작가 형사 부스지마

작가 형사 부스지마

나카야마 시치리 소설 | 김윤수 옮김

作 家 刑 事 毒 島

북로드

차례

1

워너비의 심리 테스트

1

"아무리 생각해도 이건 고문이야."

문학신인상에 응모한 사람들의 90퍼센트는 분명 소설 같은 건 제대로 읽어본 적 없는 인간들이다. 오늘 첫 원고를 읽자마자 도메키 지로는 평소와 똑같은 불평을 내뱉었다.

소설가가 되기로 마음먹고 쓴 소설을 전문가에게 평가받아보려고 투고한 이들이니 어느 정도 독서 경험은 지녔겠지, 하고 짐작한다면 이는 실제 사정을 모르는 어리석은 착각이다.

스토리에 파탄은 없는가, 인물 조형에 무리는 없는가, 하는 문제까지 갈 것도 없다. 잘못 사용한 조사나 어휘 선택도 못 본 척하자. 오탈자도 지금은 무시할 수 있다.

그러나 원고를 한 장만 읽어봐도 머리가 아파오는 것은 치명적이다. 문장 하나가 문제없이 읽히더라도 다음 문장과 제대로 연결되지 않고 모든 부분들이 눈에 거슬린다. 필자가 의도적으로 거슬리는 문장들을 쓴 것 같진 않으니 그저 언어감각이 수준 미달이라고 추정할 수밖에 없다. 1차 심사를 하는 다른 사람들에게 혹시나 하고 물어봐도 모두 같은 생각이라 하니 이것이 도메키의 편견은 아닐 것이다.

아니, 문장을 따져보기 전에 보다 근본적인 문제를 지닌 원고도 심심찮게 보인다.

원고 수백 매에 걸쳐 기호만 줄줄이 늘어놓은 것.

원형의 원고지를 직접 만들어 방사형으로 글자들을 적은 것.

본문이 시작되기도 전에 자신의 프로필을 위해 원고지 20매를 사용한 것.

자신의 작품이 문학사에서 얼마나 커다란 사건인지, 아울러 자신의 재능이 어떻게 기존의 작가들을 뛰어넘는지를 끝도 없이 서술한 것.

애니메이션으로 제작할 때 참고할 설정 자료나 피규어 등을 동봉한 것.

이 정도라면 언어감각은커녕 상식 수준부터 의심하지 않을 수 없다.

좌우간 문장에 서툰 사람이 어째서 신인문학상에 응모하는 것일까? 운동을 못하는 사람이 운동경기에 출전하려는 것과 같지 않은가? 포수 미트까지도 공을 못 던지면서 프로 투수로 야구장에 서겠다는 것 아닌가?

문학상 공모가 등단을 목표로 하는 이들에게 거의 유일한 등용문이 된 지 오래다. 예전에는 만화의 경우처럼 원고를 직접 들고 출판사를 찾아가기도 했지만 이제 그런 방식은 어느 출판사에서도 반기지 않는다. 그래서인지 현재 문단 중앙의 저명한 문학상 스물 몇 가지에다 지방에서 주최하는 문학상까지 합치면 3백여 가지나 되는 문학상들이 난립하고 있다.

도메키가 '소설 스메라기 신인상'의 1차 심사를 담당하게 된 것은 근무하던 출판사를 퇴사하고 프리랜서가 된 직후부터였다. 소속 출판사가 다르더라도 편집자들끼리는 서로 연결되어 있기에 쇼에이샤 출판사에 다니는 지인이 도메키에게 이 일을 소개해주었다.

예전에 출판사에서 직원으로 일할 때엔 기성 작가들의 작업만 담당하느라 신인 공모에 관여할 기회가 없었다. 그래서 새로운 재능을 발굴하는 것에 일조하게 된 데 약간의 우월감을 갖지 않을 수 없었다. 자신의 심미안으로 문단에 새 물결이 일어날지도 모른다는 일말의 가능성에 가벼운 현기증을 느낄 정도였다.

그것이 완전히 환상에 불과했다는 사실을 깨닫는 데엔 그리 오랜 시간이 걸리지 않았다. 운이 나빠 안 좋은 원고들만 걸려든 건지, 아니면 원고들의 전체적인 수준이 너무 낮은 건지, 도메키 앞으로 온 응모작들은 한결같이 소설이라 하기에 한참 부족한 원고들이었다.

응모만 하면 무조건 심사평을 받을 수 있다는 점이 소설 스메라기 신인상 공모의 장점이다. 그 장점 때문에 총 응모작 수가 매회 경신되고 있지만 1차 심사를 담당하는 입장에서는 고생이 이만저만이 아니다. 심사평을 작성해야 비로소 편당 심사 수수료를 편집국에 청구할 수 있기 때문이다. 응모작의 편당 분량은 4백 자 원고지 350매부터 800매 사이로 규정되어 있다. 1차 심사 수수료는 원고 분량에 관계없이 편당 5천 엔. 즉 한 장만 읽어도 머리가 아파지는 원고를, 최악의 경우 무려 800매나 읽고 고작 5천 엔밖에 받지 못한다. 심사평을 써야 하므로 읽다가 중단할 수 없음은 물론이다.

기성 작가의 문장에 익숙해 있던 도메키에게 이 작업은 실로 고문이었다. 돈다발을 싸 갖다준다 해도 받고 싶지 않은 것이 있다면 이제 문학상 응모작이야말로 그중 하나였다.

택배 상자 한 상자를 채울 만한 원고들을 처리해야 돈을 받을 수 있다. 게다가 마감이라는 우선순위가 있기 때문에 다른 일은 건드리지도 못한다. 도메키는 저주의 말을 내뱉으면서 원고를 넘기기 시작한다.

필명 아마기 마히로, 32세, 무직. 뭐야, 또 백수야? 『내가 무슨 수를 쓰더라도 그 여자를 아내로 맞이하고 싶은 이유』. ……어렵쇼! 오레쓰에에(俺TUEEE, 압도적으로 강력한 주인공이 위기도 없이 적을 물리치고 주위의 칭송을 받고 여러 명의 이성으로부터 호감을 사는 구도의 이야기/옮긴이)계의 이(異)세계 전투에다 하렘(한 명의 남성을 여러 명의 여성들이 좋아하는 구도의 이야기/옮긴이), 게다가 대놓고 '나 좀 인정해달라'로군. 말줄임표에 느낌표, 물음표투성이, 서체까지 다양하게, 이게 만화야? 문장은 또 어떻고. 비유적 표현이 전혀 없는데 이렇게도 읽기 힘들 수 있다니!

등장인물 이름은 또 왜 이래? 주인공이 하루키인 건 그렇다 쳐도 여주인공이 가나데이고 나머지는 이레네에다 안젤리카, 대체 어느 나라 설정이야? 이 자식, 의무교육이나 제대로 받은 거야? 백수라니 어쩌면 안 받았는지도 모르지. 머리만 아픈 게 아니라 눈까지 어질어질하네. 뭐, 제1장 끝? 아니…… 겨우 5매로 1장이 끝나다니, 프롤로그인가? 잉? 제2장도 15매로 끝나잖아. 으앗, 3장, 4장도? 골통 아냐, 이 자식? 이건 아무리 봐도 라이트노벨, 아니면 그 이하야. 분야를 잘못 찾아왔군. 아니, 소설 스메라기 신인상은 엔터테인먼트 전반을 대상으로 하니까 이런 것도 다 포함해야겠지. 하지만《소설 스메라기》는 일반 문학지잖아. 일반 문학 공모에 라이트노벨을 보내는 건 실수라고 봐야 하지 않겠어? 역시 장르 불문이라 하면 꼭 SF나 판타지가 섞여 들어온단 말이야. 장르 제한을 안 두면 엉망진창이 돼. 어중이떠중이 다 덤빈다니까. 이건 심사평을 아주 독하게 써야 다시는 안 보내오겠군.

다음, 필명 오우미 히데오, 본명 동일, 66세. 정년퇴직한 아저씨네. 『석양을 향해 뜨겁게 흥분한 포효』라니. 뭐야, 복고풍인 데다 제목은 왜 이렇게 길어?

이런, 주인공 이름이 저자와 같잖아. 예순여섯이라면서 웬 나르시시스트? 기업소설이군. 아무래도 회사 연혁이 계속 이어지는 것 같은데. 여전히 이어지네. 아직도? 대체 몇 장이나 계속되는 거야? 공업제품 점유율 같은 건 관심 없다고. 그런데 참 수수한 업계를 골랐네. 어차피 무대로 설정하려면 항공업계나 증권업계처럼 더 화려한 업계를 고르는 게 나을 텐데. 대체 주인공은 어디서 뭘 하고 있는 거야? 아, 이제야 대화가 시작되네. 이건 아니야. 주인공은 유난히 폼 잡는데 다른 등장인물들은 틀에 박힌 데다 암만 가벼워도 정도가 있지. 주인공만 확 튀는 이야기야. 음, 파벌 싸움? 왜 한직으로 내몰린 녀석이 파벌 싸움에 휘말리지? 어째서 이제 막 입사한 여직원이 그렇고 그런 직위의 별 볼 일 없는 아저씨한테 접근하는 거야? 이건 아까 그 오레쓰에에와 구조가 같잖아. 이 아저씨, 나이도 먹을 만큼 먹어가지고 수준은 라이트노벨이냐? 나이도 나이니까 딱 잘라 말해주는 심사평이 도리어 친절하겠군.

그리고 다음은 『내일의 나는 분명 오늘의 내가 아니다』. 우와,

제목만 봐도 읽을 맘이 사라지네. 대체 어떤 인간이 쓴 거야? 필명 아이카와 시오리, 26세. 앗, 아이카와 시오리면 내가 강의하는 소설 쓰기 강좌 수강생이잖아. 하필이면 소설 스메라기 신인상에 투고하다니, 이를 어쩐다? 얘를 예선 통과시키면 내가 봐준 것처럼 보일 텐데. 이럴 때는 떨어뜨리는 게 뒤탈이 없지. 잠깐, 심사평에는 내 이름이 들어가니까 강좌 때 얼굴 보면 골치 아파지는데. 하긴 예선 통과시켜도 골치 아파지는 건 똑같은데. 젠장, 어느 쪽이 더 나으려나? 1차 심사는 넌더리 나지만 이 일을 안 하면 타격이 꽤 큰데. 으음, 이럴 게 아니라 일단 읽어보자. ……아아, 이거 고리타분한 자아 찾기 소설이잖아. 제발 좀!

*

스기나미 구 아사가야미나미의 공사 현장 옆에서 자상을 입은 시체가 발견된 것은 4월 7일 오전 0시 50분이었다.

출동 명령을 받은 다카치호 아스카가 현장으로 달려가자 이미 스기나미 경찰서와 아소 반 사람들이 모여 있었다.

"수고가 많으세요."

이누카이 씨가 보여 얼른 좇아갔다. 수사1과에 배속된 지 아직 반년. 사수인 이누카이는 남성 용의자 검거율로 보자면 경시청에서 1, 2위를 다투는 성과를 기록하기에, 가르침을 받는 아스카로서는 몹시 거슬리는 사내임에도 그를 따를 수밖에 없었다.

이누카이가 손가락질로 아스카를 불렀다. 그를 따라 파란 천막 안으로 들어가자 미쿠리야 검시관이 시신 옆에 쭈그리고 앉아 있었다.

"이제 검시가 끝났을 거야."

시체는 발가벗겨졌고 핏기를 잃은 피부에 난 가슴의 상처가 몹시 생생했다.

"급소를 일격. 등에서 찌른 흉기가 가슴을 관통했더군. 사인은 실혈사. 부검을 하겠지만 틀림없을 거야."

"범인이 힘이 아주 센가봐요."

아스카 자신도 모르게 말이 나왔다. 쓰러진 사람은 30대 남성. 다부져 보이는 몸집으로 몸싸움이라도 붙으면 때려눕히기 쉽지 않아 보였다. 가슴도 탄탄한 근육질이었다. 흉기를 등에서부터 단숨에 관통시켰다면 범인은 상당한 완력을 지닌 사람으로 추정되었다.

"흉기도 좀 특이했는데 보겠나?"

미쿠리야가 비닐봉지에서 흉기를 꺼냈다. 전체 길이는 약 20센티미터 정도. 거대한 얼음송곳 형태로 끝이 날카롭고 뾰족하다.

"흉기가 유첨무인기(끝이 뾰족하고 날이 없는 것/옮긴이)의 표본이야. 사건이 해결되면 자료로 보존해두고 싶을 정도로."

피범벅이 된 흉기를 보는 순간 아스카는 다리가 얼어붙었다. 이누카이가 미쿠리야에게서 비닐봉지를 받아 들며 물었다.

"지문은요?"

"감식반은 채취 못 했네. 범인이 자기가 손댄 부분은 닦았겠지."

"붙잡으려면 자루가 있어야 할 텐데 그게 없다니 이상하네요. 그리고 아주 가벼워요."

"직접 만들었을 가능성도 있지. 소재는 알루미늄 합금인 것 같아. 가볍고 가공하기 쉬우니까."

"알루미늄은 약할 것 같은데요."

"수사1과의 이누카이가 그걸 모르다니? 알루미늄이 청동보다 더 단단하다고 할 수 있어. 가공하는 방식에 따라 이렇게 이상적인 흉기로 완성될 수 있다고. 그래서 자료로 보존하고 싶다는 거네."

"이상적이라고요?"

"가볍고 단단한 데다 가공도 쉬워. 옷매무새가 흐트러지지 않았던 걸로 봐서 다툰 흔적도 없어. 갑자기 뒤에서 찔려 상대방 얼굴을 돌아볼 사이도 없이 절명한 것 같아."

"여성이 저질렀을 가능성도 있습니까?"

"이 흉기라면 가능성을 부정할 수 없지."

"검시관 판단으로 사망 추정 시각은요?"

"6일 밤 11시부터 자정 사이. 빨리 발견했으니 오차는 거의 없을 거야."

"감식반원에게서 무슨 얘기 없었습니까?"

미쿠리야는 언짢아하는 눈빛으로 이누카이를 쳐다보았다.

"현장 주변의 흙을 채취했지만 족적을 포함해서 용의자 것으로 추측되는 단서는 아직 나오지 않았네."

얘기를 마치고 천막을 나와서야 정신이 들었다. 이누카이는 조금 투덜댈 줄 알았더니만 아스카 쪽은 아예 쳐다보지도 않은 채 사건 개요를 설명하기 시작한다.

"시체를 발견한 사람은 매일 이 길을 지나다니던 회사원이야. 큰길에서 두 번째 샛길, 가게 네온사인도 비치지 않고 평소에도 사람들의 왕래가 적은 지점인가봐."

"신원은 확인됐어요?"

"지갑에 운전면허증이 있었어. 도메키 지로, 38세. 출판사에서 근무하다가 지금은 프리랜서 작가 같은 일을 하고 있나봐."

"프리랜서 작가 같은 일이라는 게 구체적으로 뭔데요?"

"글쎄. 명함에는 출판 프로듀서라고 되어 있는데, 말하자면 출판과 관련해서 뭐든 한다는 게 아닐까?"

이누카이는 스기나미 경찰서 수사원들에게 다가갔다. 그중 몇 명과 아는 사이인 듯했다.

"탐문 결과는 어떻습니까?"

"별로예요. 원래 근처가 업무지구라서 밤 10시가 넘으면 사람들이 일제히 없어지거든요. 내일 아침에도 계속 주변을 탐문하겠지만 장소와 시간을 고려한다면 큰 기대는 못 합니다."

"CCTV는 어떻습니까?"

관할 수사원은 역시 고개를 저었다.

"편의점, 금융기관 모두 멀리 있어요. 현장에서 제일 가까운 CCTV가 50미터 떨어져 있습니다. 여긴 사각지대예요."

목격자 없음. CCTV에도 현장은 찍히지 않았다. 범인의 것으로 추정되는 유류품도 없었다. 말하자면 아무 단서도 없다는 건가?

이누카이는 입을 굳게 다물고 있었다.

사건이 발생하고 이틀이 지나자 수사에 약간의 진전이 일어났다. 도메키 지로를 살해할 법한 동기를 지닌 세 사람이 있다는 사실이 밝혀진 것이다.

"도메키는 쇼에이샤 출판사에서 주최하는 신인상 1차 심사를 담당하고 있었는데 응모자들 중 세 사람이 출판사를 통해 도메키에게 협박 비슷한 항의 서한을 보내왔다더군."

아소 반장이 설명을 시작하자마자 아스카에게 낯선 단어가 들려왔다.

"죄송한데요, 1차 심사라는 게 뭐죠?"

"나도 잘은 모르지만 소설 신인상이라는 건 심사가 몇 단계로 나뉘어 있어. 1차 심사라는 건 그 첫 단계로, 2차 심사로 올릴지 말지를 판단하는 거야. 대개 이 단계에서 응모자의 90퍼센트가 떨어지나봐. 세 사람은 물론 떨어진 90퍼센트에 들어가 있어."

"도메키는 프리랜서였잖아요. 출판사가 1차 심사를 프리랜서한테 의뢰해요?"

"그 출판사 직원들만으로는 감당이 안 돼서 외부에 의뢰하나 봐."

"협박조의 항의 서한이라는 것은 뭐죠?"

"1차 심사를 담당한 사람이 각 작품의 심사평을 써서 그것을 응모자한테 보내준다는군. 그런데 그 응모자들이 자기가 받은 심사평을 읽고 화가 난 거지. 도메키를 만나게 해달라, 응모자의 인격을 깡그리 무시하는 소리를 써놨으니 이건 심사평이 아니라 비방과 중상이다, 사과해라, 아니면 후회하게 될 것이다…… 하는 반응이었대."

"고작 1차 심사에서 떨어졌다고 그렇게 항의했다고요, 그 세 사람이?"

아스카의 솔직담백한 질문에 아소 반장의 얼굴이 벌레라도 씹은 듯 일그러졌다. 함께 있던 이누카이도 어쩐 일인지 비슷한 얼굴을 하고 있었다.

"출판사에 항의 서한을 보내왔다는 건 세 사람 모두 도메키의 주소나 연락처를 몰랐다는 거잖아요. 그런데 어떻게 도메키가 그 현장을 지나갈 줄 알았던 거죠? 더군다나 쇼에이샤도 지요다 구에 있는데."

"아마 블로그에서 알았을 거야. 도메키가 개인 블로그에 자기 단골 술집에서 집으로 가는 길을 자주 사진 찍어 올리고 있었거든. 일단 가게 이름과 위치를 알아내면 누구든 블로그 사진을 통해 집으로 가는 길을 찾아낼 수 있었던 거지. 게다가 도메키는 술집으로 가는 요일, 시간대도 일정해서 범인이 숨어 기다리고 있기에 아주 유용한 정보들을 모조리 스스로 제공한 셈이야."

멍청하긴, 아스카는 속으로 중얼거렸다.

출판사에서 근무했다면 개인정보 보호에 관해서는 일반인보다 더 주의를 기울여야 했을 것이다. 그럼에도 블로그나 SNS에 온갖 정보를 노출하는, 초등학생만도 못한 어리석음이라니. 사생활을 함부로 공개한 것은 둘째 치고, 무엇보다 위기를 관리하는 데 태만했던 것이 그의 목을 졸랐다고 봐야 한다.

아소 반장은 설명을 이어갔다.

"덧붙이자면 항의 서한을 보내온 이 세 명의 응모자들에게는 공통적으로 사건 당일 밤의 알리바이가 없어. 우선 참고인으로 출두 요청을 했고. 자네들이 담당이야. 가서 이야기 듣고 와."

아스카는 이의가 없었지만 이누카이는 여전히 내키지 않는 눈치였다.

수사에 슬슬 착수해보라는 지시에 아스카는 참고인 앞에 앉아 청취하기로 했다. 이누카이는 다른 수사원에게 기록을 맡기고 아스카 뒤에 섰다. 첫 상대는 다다노 구스오, 32세, 무직의 남성.

면도는커녕 며칠 동안 씻지도 않았는지 머리에 기름이 번드르르하고 입에서는 구린내가 났다.

"다다노 씨는 도메키 씨한테 항의 서한을 보내셨다면서요?"

"당연하지. 항의 서한이라기보다는 심사평에 대한 강평이라고 해야지."

"심사평에 대한 강평이라고요?"

"그 인간이 쓴 심사평이 얼마나 비논리적이고 당치 않고 무지하고 품위가 없는지에 대해 내가 정성스럽게 써 보냈지."

"인격을 무시하는 소리를 하다니, 죽여주겠다고 쓰셨다는데요."

"그야 당연하지. 내 작품의 가치를 모르는 인간은 죽어 마땅해. 굳이 내가 손을 안 쓰더라도 다른 사람한테 살해되든지, 사고로 죽든지."

다다노는 오만하게 가슴을 내밀어 젖혔다.

"형사님은 내 작품을 읽었나?"

"아뇨."

"에잇, 아직도 안 읽었다니. 아마기 마히로라는 필명으로 써서 몰랐나? 읽어보면 내가 하는 말이 옳다는 것을 이해할 거야. 『내가 무슨 수를 쓰더라도 그 여자를 아내로 맞이하고 싶은 이유』라는 대걸작이지. 사건 당시에도 그 인간 방에 원고가 있었을 테니 증거물로 압수됐을 거야."

대걸작이라면 1차 심사에서 떨어질 리 없지 않았겠냐는 의혹이 들었으나 아스카는 가만 입을 다물었다.

"내 입으로 말하기는 뭣한데, 거의 6년 동안 워너비였지만 이번 건 정말 회심의 완성작이라고. 출판되면 일본 문학을 송두리째 바꿔버릴 파괴력을 가지고 있지."

"다다노 씨, 죄송합니다. 워너비라는 게 뭔가요?"

다다노는 노골적으로 얼굴을 찌푸렸다.

"뭐야, 그런 것도 모르다니. 워너비라는 건 영어의 'wanna be', 그렇게 되고 싶다는 뜻이야. 즉 프로 작가를 목표로 하는 사람을 말하지. 워너비에도 계층이 있어서 나 같은 베테랑은 하이워너비로 분류돼. 알겠어?"

아직 프로가 못 된 베테랑이라는 말의 의미가 아스카에게 분명히 와 닿지 않았지만, 워너비에 대해 설명하면서도 이미 다다노가 몹시 짜증난 듯 보였기에 더 자세히 묻지는 않았다.

"그리고 말인데, 나를 아마기 마히로라고 불러줬으면 하는데."

"하지만 본명이……."

"그러니까 하는 말이잖아! 별 볼 일 없는 부모가 붙인 이름에 무슨 의미가 있겠냐고. 아마기 마히로는 문학사에 남을 위대한 이름이야. 호적상의 이름보다 훨씬 더 중요하다고."

다음 심문 상대는 오우미 히데오, 66세. 낮에 공원 벤치에 앉아 있는 직장인처럼 잔뜩 지쳐 보이는 남성이었다. 그러나 외모와 달리 입에서 쏟아지는 말은 우스꽝스러울 정도로 권위적이었다.

"에잇, 당신 같은 젊은 아가씨가 내 담당이라니. 당신 윗사람은 없나?"

"참고인으로 이야기를 듣는 것뿐이라서……."

"그렇더라도 쌍방에 어울리는 균형이라는 게 있지 않나. 내가 꽤나 우스워 보이는 모양이군."

"오우미 씨는 도메키 씨한테 항의 서한을 보내셨다면서요?"

"아니, 항의가 아니라 사려 없는 데다 무분별한 젊은이에게 인생의 도리를 알려준 거지."

"인생의 도리라고요?"

"그렇다네. 그 도메키라는 애송이는 내가 보낸 필생의 대작 『석양을 향해 뜨겁게 흥분한 포효』에 대해 무례하기 짝이 없는 감상을 보내왔어. 필시 내 필력과 작품 구상에 질투를 느낀 거야. 대개 자유기고가라는 작자들은 작가를 지망하면서도 재능이 없어 좌절한 녀석들이니까. 내 재능을 질투하는 것은 이해가 되지만 아무리 화풀이라고 해도 온갖 악담에 욕설에 비방은 도저히 용납할 수 없었지. 그래서 너 같은 녀석한테는 천벌이 내릴 거라고 자연의 섭리를 일러줬지."

자신의 목소리에 스스로 자극되었는지 오우미의 말투는 차츰 열기를 띠어갔다.

"그, 그…… 상스러운 1차 심사위원 녀석이 내 작품을 중고생 작문과 동급으로 취급했다고! 노년의 마스터베이션? 역겨운 혼잣말? 그 원고지 800매에는 고도성장기라는 격동의 시대를 살아온 한 남자의 삶이 생생하게 묘사되어 있어. 이 오우미 히데오가 혼신의 힘을 다해 완성한 분신이라고 할 수 있지. 발표와 동시에 남녀노소를 불문하고 모두가 감동할 것이 분명하고, 자신을 주인공에게 투영시킬 수밖에 없게 돼 있단 말이지. 그런데 그걸…… 어떻게 마스터베이션이라고?"

오우미가 별안간 주먹으로 책상을 내리치는 바람에 아스카는 흠칫 어깨를 떨었다.

"요새 유행하는 경박한 엔터테인먼트 소설, 뭔가 있는 척 심각한 척하는 뜨뜻미지근한 소설이 아니라, 일본의 모든 국민에게 지침을 줄 이 시대의 초베스트셀러가 될 걸작. 그게 그릇이 작은 비열한 녀석 탓에 어둠 속에 매장되었어. 이 문화적 손실을 속죄하는 데 녀석의 목숨 하나로는 도저히 안 돼지. 살해되었다고 어떻게 용서가 되겠어. 지옥의 불구덩이로 떨어져야 해!"

세 번째 심문 상대는 마키하라 시오리라는 26세 여성으로 지바 시내의 회계 사무소에서 근무하고 있었다. 짧은 보브 머리에 폭스

형 안경테가 어울리는 이지적인 생김새에 아스카가 느낀 첫 인상은 그럭저럭 양호했다.

하지만 그 인상도 그녀가 입을 열기 전까지만 유효했다.

"저는 도메키 선생님을 죽이지 않았어요. 하지만 이루 말할 수 없을 정도로 증오했던 건 사실이에요. 법적으로 허용된다면 갈기갈기 찢어버리고 싶을 정도였어요."

"도메키 씨와 무슨 일이 있었는데요?"

"제가 쓴 작품을 아주 심한 말로 가차 없이 혹평했어요. 심사평도 아니고 채점도 아니었어요. 그저 욕설에 불과했다고요."

오랫동안 억누르고 있었는지 시오리의 눈동자에 순식간에 눈물이 고이기 시작했다.

"사, 사람이 심혈을 기울여 완성한 원고를 대놓고 쓰레기니, 시간 낭비니 하다니. 제가 선생님 강좌 수강생이니만큼 진지하게 작가를 꿈꾼다는 걸 알면서도 말이죠."

"도메키 씨와는 전부터 아셨어요?"

"소설 쓰기 강좌의 강사와 수강생 관계라 일 년에 두 번, 작품 강평을 받고 있었어요."

"많이 친하셨어요?"

"특별히 친한 건 아니었어요. 저는 도메키 선생님 휴대전화 번호도 모르고 집도 모르니까."

"강사와 수강생인데도요?"

"강사의 집과 연락처를 알려주면 다들 쳐들어올지 모른다고 공개하지 않았어요."

"하지만 작품을 좀 나쁘게 말했다고 갈기갈기 찢어버리고 싶었다는 건 심하지 않나요?"

“형사님이 어떻게 창작자의 마음을 이해하시겠어요!”

시오리 역시 주먹으로 책상을 내리쳤다. 소설 쓰기 강좌에선 소설 쓰는 방법이 아니라 책상 내리치는 방법을 가르치는 걸까?

“저는 창작자가 되기 위해 태어났어요.”

“하지만 번듯한 직장이 있잖아요?”

“회계 사무소 사무직은 아무나 할 수 있는 일이에요. 저한테는 저만 할 수 있는 표현, 저라면 할 수 있는 표현이 있어요. 우리 세대 여성들의 현실을 그려내는 재능이 있다고요. 마키하라 시오리는 평범한 회사원이지만 창작자인 아이카와 시오리는 절대적인 존재죠. 그걸 도메키 선생님과 다른 심사위원들은 전혀 알려고 하지 않는다고요! 잘 들어보세요, 형사님. 오늘날 문학은 쇠퇴했다고들 하지만 절대 그렇지 않아요. 분명히 기존 문학은 포스트모던 이후 쇠락 일로이고 출판 불황의 영향도 작용해서 소설이 단순한 소비재가 되어버린 상황을 부정할 수는 없죠. 하지만 그건 창작자와 출판사의 긍지와 각오만 있다면 당장이라도 뒤집을 수 있어요. 이를테면 제가 완성한 작품은 어디에나 있는 평범한 여자 직장인이 일상의 속박을 벗어나 새로운 삶을 모색하는 구도인데, 단순히 자아 찾기 여행이 아니라 깊은 사색과 철학적인 사고 실험을 반복해서 인간의 실존에 다가가려는 목적이 있죠. 듣기에는 달콤할지 몰라도 인간 내면에 서서히 퍼져가는 독 같은 소설이에요. 평범한 자기계발서처럼 독자들의 구미에 영합하지 않고, 나는 누구이며 어디서 와서 어디로 가는가라는 문학이 짊어진 원초적 대명제를 오로지 저만 가능한 방법으로 풀어낸 장대한 이야기예요. 출판되면 분명 아쿠타가와상을 받아요. 그것이 도메키 선생님한테는 위협이었던 거죠. 그래서 마음에도 없는 욕설을 늘어놓고 이 성과를 깔아뭉개려고 한 거예요. 그런 일이 용서되겠어요? 그래서 저는 편지지 45장에 걸쳐 그게 얼마나 어리석고 야만적인 만행인지 써 보냈어요. 그랬더니 도메키 선생님이……."

단지 세 사람의 이야기였을 뿐인데 마치 열 사람의 이야기를 청취한 듯 피로감이 등을 내리눌렀다. 아스카는 자신의 책상으로 돌아가서 푹 엎드렸다.

"왜 그래, 기름이 떨어졌어?"

아스카는 그렇게 묻는 이누카이를 홱 노려보았다.

"이누카이 선배, 왜 교대 안 해주셨어요?"

"처음부터 도와주면 훈련이 안 되잖아. 겨우 세 명 가지고 진이 빠진 거야?"

"정신적으로 힘들다고요! 마음이 무너져버렸어요! 인간의 썩어빠진 냄새를 억지로 참아냈다고요. 작가 지망생들은 모두 저렇게 성격이 삐뚤어졌어요?"

이누카이는 시선을 쓱 피했다.

"제대로 된 사람은 별로 없지. 평범한 사회생활에 불만이 있어서 소설을 쓰려는 치들이니까."

아스카는 그 말에 눈이 뜨였다.

"……아셨던 거네요, 작가 지망생들이 어떤 캐릭터인지."

"전에 담당한 적이 한 번 있었거든. 짜고 치는 고스톱으로 수상하며 데뷔한 시노지마 다쿠가 한 작가 지망생한테 살해된 사건이 있었지."

아스카가 수사1과에 배속되기 전의 일이지만 언론이 하도 떠들어대서 또렷이 기억하지 않을 수 없는 사건이었다.

"그 사건을 맡은 바람에 출판업계가 온갖 잡귀들이 모여 사는 동네라는 걸 알았어. 세상 상식이나 상도덕이 통용되지 않는 세계라는 걸 말이야."

"알고 있었다면 왜 저한테?"

"솔직히 난 별로 엮이고 싶지 않아."

중얼거리는 걸 보아하니 정말 싫어하는 모양이었다. 어떤 조건에서도 흔들림 없는 표정으로 일관하는 이누카이가 이 정도로 혐오감을 드러내다니, 아무래도 출판업계의 어둠은 예상보다 훨씬 깊은 게 틀림없다.

아스카는 이 사건을 홀로 전담하게 될 것만 같은 위기의식에 허둥지둥 아소 반장 쪽을 바라보았다. 그러자 아소 반장까지 고개를 돌렸다.

"이제 아스카가 주체가 되어 움직여봐도 될 것 같은데. 이누카이가 서포트하면 별로 불안하지 않을 테니."

"반장님, 저도 다른 사건이 있어서요. 꼼꼼하게 서포트하리라는 기대는 하지 말아주십시오."

"하긴 그렇지."

"반장님!"

아스카가 비명 비슷한 소리를 내지르자, 아소 반장은 마지못해 생각에 잠기는 몸짓을 취했다. 이누카이 말고 누가 서포트할 수 있을지를 고민하는 양.

잠시 후 아소 반장은 뭔가 떠올랐다는 듯 두 손바닥을 짝 하고 마주쳤다.

"있어, 아주 안성맞춤인 인재가. 출판업계에 아주 강한 형사."

"수사1과에 그런 인재가? ……아아."

이누카이도 동의하는 얼굴로 고개를 끄덕였다.

"그래, 아스카, 이 사건은 부스지마 씨한테 참고 의견을 들어봐."

"부스지마 씨? 그분이 누군데요?"

"독(毒)의 섬(島)이라고 써서 부스지마야. 네가 여기 배속된 뒤로는 일주일에 한 번만 나오는 분이니 모를 수밖에. 이누카이의 사수였던 사람이고 내 선배기도 하지. 재작년에 일이 생겨 그만뒀는데 바로 형사 기능지도원으로 재고용됐어."

"부스지마 씨가 어째서 출판업계에 강하다는 거죠?"

"너, 요즘에 서점 안 가봤구나. 한창 잘나가는 미스터리 작가 중에 부스지마 신리라는 신인이 있어."

아스카가 앗 하고 짧게 소리쳤다.

"아, 알아요. 2년 전쯤에 신인상 받고 데뷔한 부스지마 신리! 그 작가분, 여기 형사셨어요?"

"본명은 마사토인데 신리라고 읽어서 그걸 필명으로 쓰고 있어. 그 바닥에 발 담근 지 벌써 2년이니까 귀중한 의견을 실컷 들을 수 있을 거야."

"공무원은 지방공무원법에 따라 부업을 못 갖는 것 아닌가요?"

"예외가 있거든. 저술업처럼 허가 기준을 충족한 직종이면 임명권자의 허가를 얻을 수 있어."

"수사1과 소속이라면 부스지마 씨를 여기로 불러서 다 같이 이야기를 들으면 되겠네요."

그러자 아소 반장이 당황한 듯 고개를 세차게 흔들었다.

"아니, 그분은 지금 글 쓰는 일이 바쁜 것 같고……."

아무래도 석연치 않은 느낌에 아스카는 고개를 돌려 이누카이한테 말을 걸었다.

"그럼 선배, 같이 가실래요?"

이누카이의 얼굴이 순식간에 마치 청소하는 벌을 받는 어린애 얼굴처럼 변했다.

"나는 됐어."

그는 도망치듯 형사실을 나가버렸다.

어리둥절해진 아스카가 아소 반장을 쳐다보자, 항상 위압적인 태도를 유지하던 상사가 웬일로 난색을 드러냈다.

"저 녀석도 피하고 싶은 상대가 있거든."

"……저기요, 그 부스지마 씨한테 무슨 문제라도 있어요?"

"형사로서는 특출하게 우수하지. 이누카이를 저런 형사로 키웠고 능력을 인정받았으니까 기능지도원으로 발탁된 거야. 단지……."

"단지?"

"부스지마 씨 본인이 아주 잘 표현한 말이 있어. 재능과 성격은 전혀 별개라고."

2

부스지마의 작업실은 간다진보초에 있었다. 대형 서점과 고서점이 즐비한 사이를 오래된 음식점들이 점점이 메우고 있었다. 작업실은 그중에서도 더 오래된 외관을 지닌 튀김가게의 2층에 있었다.

튀김가게 앞에는 대형 입간판이 세워져 있었다. 간판에 따르면 예전에 소설가 에도가와 란포와 이부세 마스지가 단골로 드나들던 가게인 모양이다. 아하, 그래서 지난 시절의 향수가 감도는 거로군.

가게문 옆으로 난 계단을 올랐다. 튀김 기름에 찌든 벽, 어두운 전등 불빛. 지난 시절의 향수는 가게 외관뿐 아니라 좁은 계단에서도 피어올랐다.

문을 두드리자 "들어오세요" 하고 유난히 쾌활한 목소리가 들려왔다. 도저히 이누카이나 아소 반장까지 꺼릴 만한 목소리 같지는 않았다.

작업실에는 창문이 보이지 않았다. 설마 창문이 없진 않겠지만 벽 전체가 책장으로 점령되었기에 제 구실을 하지 못했다. 책장에 가려진 탓에 벽이 얼마나 낡았는지는 확인할 수 없었다.

작업실 안에는 두 명의 남자들이 있었다.

"실례합니다. 경시청 형사부 수사1과 다카치호 아스카라고 합니다."

책상 앞에서 컴퓨터를 마주하고 있던 남자가 이쪽을 돌아보았다. 아소 반장보다 다섯 살 많다 했으니 이미 50세를 넘었을 테지만 동안이고 머리칼이 검은 덕에 40대 전반으로 보였다.

"아아아, 그쪽이군요, 전화 준 사람이. 그래그래, 내가 부스지마예요."

부스지마는 가볍게 고개를 숙이면서도 자리에서 일어서지는 않았다.

"미안해요, 지금 딱 마감이라서. 금방 원고 끝나니까 거기 적당히 앉아 있어요."

부스지마가 가리킨 소파에는 다른 손님이 앉아 신경질적으로 태블릿을 조작하고 있었다.

"겐토샤 출판사의 신보 세이이치라고 합니다. 부스지마 선생님을 담당하고 있죠. ……으앗, 편집장님이 또 독촉 문자를. 아직 멀었습니까, 선생님?"

"이제 세 장밖에 안 남았어. 한 시간 내로 끝내면 되잖아. 여기서 오가와마치에 있는 인쇄소까지는 뛰어가면 4분이야."

"저더러 뛰어가라는 겁니까?"

"진보초에 출판사들이 모여 있는 게 바로 옆 오가와마치에 인쇄소가 있어서잖아. 선배들의 지난 노고를 생각하면 그 정도는 해야 무사할 거야."

부스지마는 말하는 동시에 키보드를 두드리고 있었다.

"아스카 씨는 얼마 전에 일어난 도메키 씨 살인사건으로 온 거지요? 뭘 알고 싶은데?"

"도메키 씨가 하던 1차 심사 일이나 워너비라는 사람들이라든지…… 좀 특수한 업계라고 들어서요. 부스지마 선배님은 소설가시니 자세한 이야기를 들을 수 있을까 해서……."

"그래그래, 그렇다면 말이지, 이 상태로 이야기해도 될까요? 지금 이 일이 급해서 말이야."

"선생님, 이렇게 다급한 순간에 이상한 일에 끼어들지 마십시오!"

신보의 만류에 부스지마는 여전히 키보드를 두드리며 대꾸했다.

"그래도 내가 한편으로는 경찰 밥도 먹고 있잖은가. 원고도 다 써가고 있고."

"하지만 부스지마 선배님, 수사 정보를 제3자 앞에서 얘기하는 것은 좀……."

아스카의 염려에 부스지마는 여전히 고개도 돌리지 않은 채 대꾸했다.

"내가 일방적으로 얘기하는 건 상관없잖아요. 그쪽도 기밀 정보만 말하지 않으면 되고. 그리고 거기 앉은 신보 씨는 나보다 이 바닥에 훨씬 많이 물들어 있어서 그런 이야기라면 누구보다 적나라하게 까발려 말해줄 거예요. 그렇지, 신보 씨?"

신보가 슬픈 표정으로 부스지마의 등을 노려보고는 말문을 열었다.

"작가 지망생들과 관련해선 이런저런 일들이 많아요. 알다시피 프로 야구선수나 축구선수가 되려는 사람들과는 다르고, 음악이나 기타 예술 분야를 지망하는 사람들과도 성향이 다릅니다. 야심이 원한으로 변질되는 건 이 바닥에서 때때로 일어나는 일이죠."

"원한이라고요?"

아스카가 놀라자 신보의 얼굴이 더 서글프게 일그러졌다.

"아스카 씨라고 하셨나요? 전국에 작가 지망생들이 얼마나 되는지 아십니까?"

"글쎄요……."

"국가에서 정확한 통계를 낸 것은 아니지만 각 신인상 공모에 보내오는 응모작 수로 추정하면 5만 명에서 10만 명. 투고하지 않고 지망하는 사람들까지 포함하면 그 배는 넘을 겁니다. 저명한 신인상들만 헤아리면 20여 개. 경쟁률만 따져보면 사법고시보다 어렵죠. 선택되는 사람이 적으니 떨어져 나간 사람들의 원망과 한탄의 총량은 어마어마해질 수밖에요."

믿기 어려운 수치였다. 아스카는 책 읽기를 즐기지만 글을 써봐야겠다는 생각은 한 번도 해본 적이 없었다. 작가 지망생들이 그토록 넘쳐날 줄 상상도 못 했다.

"작가도 아이돌이나 스타 운동선수처럼 동경하는 직종이라서 꿈꾼다는 점만 보면 똑같아 보이지만 이 분야는 사정이 좀 다릅니다. 아이돌을 꿈꾸는 사람은 용모가 특출하다거나 노래에 재능을 지닌 사람이고, 스타 선수가 되려는 사람 역시 운동 실력이 뛰어난 사람이죠. 그런데 작가가 되고 싶어 하는 사람들은 90퍼센트 이상이 재능도 없고 끈기도 없습니다. 게다가 자각도 없고요."

"어, 하지만 작품을 투고하는 사람들 수가 5만에서 10만 명은 된다고 하셨잖아요."

"도저히 소설이라고 부를 수 없는 것을 투고한다는 거죠. 자신에게 작가의 자질, 이야기를 구축하는 소양이 있다고 착각하는 겁니다. 동네 야구팀에서 뛰던 초등학생이 프로 야구 입단을 위해 심사받는 것과 마찬가지죠."

아스카는 듣는 중에 현기증이 일어났다.

"도메키 씨가 저희 출판사와 일한 적이 있는 분이라서 이번 사건에 대해서는 보도된 것 이상으로 들은 것들이 좀 있습니다. 작가 지망생 세 사람이 도메키 씨한테 협박하는 글을 보냈다고."

"그런 것까지 알려졌어요?"

"도메키 씨 본인이 여기저기 얘기하고 다녔으니까요. 세 사람이 그 경우예요. 입단 심사에서 가장 먼저 떨어진 초등학생이 심사위원이 심술을 부려서 자기가 떨어졌다 여기고 원한을 품은 겁니다."

"하지만 단지 공모에 떨어졌다고……."

아스카가 말을 꺼내려다 말았다. 심문하는 동안 세 사람이 1차 예선에서 떨어진 일로 원망과 분노를 표출하는 모습을 이미 목격하지 않았는가.

"원고지 4~500매를 채우는 일은 상당한 노력이 필요합니다."

"그런가? 500매쯤은 별로 고생할 만한 매수가 아닌 것 같은데."

"선생님, 그렇게 잘라 말하시면 안됩니다! 10매도 쓰기 전에 좌절하는 게 일반적이니 500매로 완성된 원고란 자신의 모든 것을 쏟아부은 결정체인 겁니다. 그 결정체를 처음부터 거절당했으니 자기 존재를 전면적으로 부정당한 것처럼 느끼겠죠. 따라서 아주 심각하게 절망에 빠지고 심사한 사람을 격렬히 미워하게 될 수도 있어요. 특히 소설 스메라기 신인상은 심사한 사람의 서명을 넣어 심사평을 써주기 때문에 증오 대상이 구체적으로 정해지죠. 저도 경험이 있는데 꽤 힘든 작업입니다."

신보는 말을 끊은 뒤 깊은 한숨을 내쉬었다.

"신보 씨도 1차 심사를 한 적이 있으세요?"

"신입이 하는 일 중 하나죠. 지금은 없어졌지만 예전에 저희 출판사도 문학상을 주관했기 때문에 한동안 응모작을 읽을 일이 많았습니다…… 으."

신보는 갑자기 얼굴빛이 나빠졌다.

"……죄송합니다. 그 당시 읽은 원고의 일부가 떠올랐을 뿐인데 속이 울렁거리네요."

"그렇게 못 봐줄 정도예요?"

"익숙하지 않은 사람은 몸에 무리가 와요. 어떤 시에서 주최하는 지방문학상이 있는데 1차 심사를 시청 직원이 맡아 봅니다. 일반 독자들은 편집을 거친 책만 읽으니까 잘 모르죠. 소설 형태도 갖추지 못한 원고를 몇백 매 읽다보면 5분 만에 두통을 호소하곤 해요. 그럼에도 자기 일이니까 도중에 내팽개칠 수도 없고요. 나중에 내장 질환까지 생기는 사람도 있는 모양입니다. 그래도 공모는 투고자가 눈앞에 있는 게 아니니 얼굴을 찡그릴 수도 있고 원고를 바닥에 내동댕이칠 수도 있습니다. 정말 괴로운 것은 직접 찾아오는 거예요."

"원고를 들고 직접 출판사를 방문하는 거군요."

"지금은 모든 출판사가 방문 접수를 거절하지만, 막무가내로 직접 봐달라며 찾아오는 사람이 있어서…… 우읍."

신보는 손으로 입을 막는다.

"……죄송합니다. 또 생각이 나서. 신인상을 공모하니 그쪽으로 보내달라고 당부해도, 1차 심사위원은 대체 뭐 하는 사람인지도 모르겠고 이 작품의 진가를 이해하지도 못한다, 제대로 된 편집자들이 읽어야 한다며 막무가내로 밀고 들어오는 거죠. 돌려보내지도 못하고 바쁜 시간을 쪼개서 읽어보지만 백이면 백, 형편없는 것들뿐입니다. 그런데도 본인들은 어떤 찬사를 받게 될지 두 눈을 반짝이면서 기다리고 있어요. 대충 인사치레로 얼버무리려 하면, 당장 출판해달라고 해요. 결점을 언급하면, 그 결점을 수정하면 당장 출판할 수 있느냐고 묻죠. 상업성을 고려할 때 도저히 안 되겠다고 솔직하게 말하면, 너는 재능을 보는 눈이 없다며 실컷 욕설을 퍼부어요. 돌아가면서 침 뱉고 가는 인간도 있죠. 현관문 차인 적이 한두 번이 아닙니다. ……선생님, 아직 멀었습니까?"

"앞으로 두 장 더."

"자신이 있으니까 직접 들고 가는 거 아닌가요?"

"아뇨, 그건 아닙니다. 정말 자신이 있으면 신인상에 응모하죠. 공모에서는 상대를 안 해준다는 것을 아니까 억지로 강행해서 돌파하려는 겁니다. 뭐랄까, 정정당당하게 뒷문으로 입학하려는 거죠. 그런 사람들은 하나같이 정말 질이 안 좋아요. 규칙을 따르지 않고 무리하게 밀고 나가려는 사람이니까 당연히 그렇지 않겠어요?"

아스카의 기분까지 차츰 불쾌해지고 있었다.

"뭔가…… 처절한 이야기네요."

"꼭 그래서라기보다, 외부에서 섭외한 1차 심사위원들한테는 한 편당 수천 엔의 수수료로 심사를 의뢰하고 있습니다. 편당 5천 엔이 시세지만 솔직히 5천 엔으로 수지타산이 맞는 일이 아닙니다. 게다가 심사평까지 작성하게 되면 완전히 자원봉사 같은 거죠. 도메키 씨가 그럼에도 도리어 원한을 사서 살해되었다면 정말이지, 뜻하지 않게 휘말린 겁니다."

"자신이 투고한 작품을 혹평했다고 해서 그것이 살인 동기가 될 수 있다고 보세요? 제 생각에는 너무 극단적인 이야기 같아서요."

"일반인들은 이해할 수 없을지 몰라도, 작가 지망생들의 실상을 아는 사람들한테는 얼마든지 있을 수 있는 일이죠."

"으으으응, 그렇지, 얼마든지 있을 수 있지."

"선생님, 이야기 듣고 계실 여유가 있으면……."

"이제 한 장, 한 장 남았어."

"제발 빨리 좀 부탁드립니다, 선생님. 그러니까 아스카 씨, 단순히 응모한 원고를 거절당했다기보다는 자신의 인격을 전면적으로 부정당했기 때문이라고 보면 이해되실 겁니다. 컴퓨터를 처음 사서 호기심에 소설 같은 것을 써봤다, 퇴직하고 할 일이 없어서 시간 때우려고 써봤다…… 유람이라도 하는 그런 기분으로 응모하는 사람도 있지만 대부분의 원고는 문장들에서 지독한 집념이랄까, 르상티망(ressentiment, 주로 약자가 강자에게 갖는 분노·원한·증오 등을 일컫는 니체의 용어/옮긴이) 같은 것이 절절이 느껴지니까요."

신보는 몸서리가 쳐지는지 입술에 힘을 주어 말했다.

"아스카 씨, 형사님이라면 머리에 나사 풀린 사람들이 말도 안 되는 범죄로 치닫는 것을 보신 적 있죠? 머리 나사에 문제가 있다는 점에서는 작가 지망생들도 마찬가지예요. 세 사람 중에 범인이 있다고 해서 그것을 이상하게 생각할 출판 관계자는 한 명도 없을 겁니다. 워너비라는 무리들은 많든 적든 범죄자의 자질을 확실하게 가지고 있습니다."

가당치 않은 편견으로 들릴 수도 있을 주장을 하는 신보의 눈동자는 진지함 그 자체였다. 그 사람들에게 아주 혹독한 꼴을 당했던 모양이다.

"도메키 씨가 그 사람들 말고 다른 사람들에게서 원한을 샀을 가능성은 없을까요?"

"부인과 이혼한 지 벌써 5년, 아이도 없고, 참고로 이렇다 할 재산도 없고, 편집자의 재능은 평범하고. 입은 험하지만 어울려보면 의외로 상식적인 사람. 남들이 싫어하는 일도 마지못해 수락하고. 이 바닥에서 그 사람을 죽이고 싶을 정도로 미워하는 사람은 생각나지 않는군요."

"됐다…… 신보 씨. 지금 그쪽으로 보낼게."

부스지마의 목소리를 듣자마자 신보는 가방에서 태블릿 단말기를 꺼냈다. 그러고는 세상이 끝장난 듯한 표정을 단숨에 버리고 시험관을 손에 든 화학자의 냉철한 표정으로 탈바꿈해, 방금 받은 부스지마의 원고를 훑어보았다.

그는 고개를 크게 끄덕이더니 태블릿 단말기를 가방에 집어넣으며 자리에서 일어났다.

"수고하셨습니다!"

신보는 그 말을 남기더니 인사도 하는 둥 마는 둥 하고 방을 뛰쳐나갔다.

"어이구구구, 미안해요, 미안해, 기다리게 해서."

부스지마가 아스카 쪽으로 몸을 돌렸다. 다시 보니 왠지 초연한 인상에 나이보다 젊어 보이는 웃는 얼굴이 더없이 온화한 분위기를 자아냈다. 적어도 경계심을 품게 하는 용모는 아니었다. 이누카이와 아소 반장이 어째서 이 남자를 상대하기 꺼리는지 이해되지 않았다.

"신보 씨가 이것저것 얘기해줬지만 그 사람도 약간 피해망상 같은 게 있을 거야. 그렇더라도 그 세 사람 중에서 범인이 나온다고 이상할 건 없다는 데 나도 동의해."

"네에."

"세 사람의 알리바이는?"

"세 사람 모두 그 시간에 자기 집에 틀어박혀서 열심히 글을 쓰고 있었대요. 다다노 구스오와 마키하라 시오리는 혼자 살고, 오우미 히데오는 아내와 둘이서 살지만 범행 시각에 아내가 자고 있었기에 알리바이를 증명하지 못하고요."

"흠흠흠, 세 사람 모두 도메키 씨를 살해할 동기가 있고 알리바이는 없다, 그리고 현장에서 범인을 특정할 유류품은 아직 발견되지 않았다는 거지?"

"네, 장소가 장소이니만큼 정체불명의 모발은 산처럼 채취했지만 그 가운데 세 사람 것은 찾지 못했어요. 족적도 마찬가지고요."

"다시 말해 범인은 소리도 없이 도메키 씨한테 다가가 저항할 틈도 없이 흉기로 일격해 찔렀다, 그리고 발자국을 주의 깊게 지운 뒤 바람과 같이 사라졌다는 거군. 범행에 아주 익숙한 사람이거나 아니면 보통 이상으로 침착하고 냉정한 사람이야."

"수사본부도 같은 견해예요."

"세 사람이 투고한 원고와 도메키 씨가 작성한 심사평은 아직 남아 있을까?"

"가지고 왔어요."

아스카는 안고 있던 가방에서 원고 세 다발과 파일을 꺼냈다.

"쇼에이샤에서 받아 왔어요. 잠깐만 빌려 보겠다고 했더니 이제 필요 없다고 떠넘기는 바람에."

"그럴 거야. 1차에서 떨어진 원고는 문서 세단기에 넣기에도 수고롭기만 한 쓰레기니까. 아스카 씨가 쓰레기통 역할을 해준 셈이야."

어라, 친근한 미소를 유지하면서 뜻밖에 기분 나쁜 말을 아무렇지 않게 내뱉으시는군.

"수사본부는 용의자를 이 세 사람으로 추렸군."

"네, 동기다운 동기를 가진 사람이 더 떠오르지 않아서."

"좀 볼까?"

부스지마는 아스카에게서 원고를 받아 들고 팔랑팔랑 넘겨보기 시작했다. 정말로 읽고 있는지 의심이 들 정도로 빠른 속도였다.

"우후후, 우후후, 우후후."

한 장 한 장 넘기면서 그의 표정에 심술궂은 웃음이 번져갔다. 이윽고 심사평에 이르자 그 웃음이 더 노골적으로 드러났다.

"후후, 후후, 우후후후."

부스지마는 치밀어 오르는 웃음을 참지 못하겠는지 얼굴 한가득 미소가 넘쳐흘렀다. 아스카는 무심결에 반걸음 뒤로 물러났다.

어쩌면 부스지마의 첫인상을 착각한 건지도 모른다.

"도메키 씨는 참 착하기도 하지."

"네?"

"이 원고를 읽고 이런 심사평을 쓰는 걸 보면 말이지, 단순히 어물거리는 정도가 아니야. 재갈을 물고 말하는 것 같아. 아, 그래서 원한을 샀나? 독해력 없는 사람이 읽으면 희망을 가질 수도 있는 평이야. 이런 것은 단칼에 쳐내지 않으면 오히려 불쌍한데."

부스지마는 흥미롭다는 얼굴로 아스카를 쳐다보았다.

"저기저기, 기능지도원으로서 이 세 사람을 만나보고 싶은데."

기능지도원이라는 역할을 꺼내 들면 아스카가 거절할 방법이 없다.

일말의 불안을 느꼈으나 그 요청을 받아들였다.

3

부스지마는 재빨리 옷을 갈아입더니 용의자를 만나기 전에 현장을 먼저 보고 싶다고 했다. 산뜻하게 데님 셔츠를 입은 모습이 제법 모양새가 났다.

아스카가 흘낏 봤을 뿐인데 부스지마는 눈치 빠르게 알아챘다.

"내 복장이 신경 쓰이나?"

"아뇨, 형사치고 멋쟁이시구나 하고."

"진보초 일대엔 출판사들이 모여 있다 보니 업계 사람들을 어디서 만나게 될지 모르거든. 그래서 항상 옷차림에 신경을 쓰지. 그 세 사람을 만나기 위한 복장이기도 하고."

"용의자를 위한 복장이라고요?"

"그 사람들을 심문할 때 내가 형사라는 것은 밝히지 말아줘. 작가 부스지마 신리로 이야기하는 편이 정황상 나을 테고 일단 그 사람들도 친숙하게 느낄 것 같고. 아아, 그리고 심문 형태는 아니니까 본부나 관할서 취조실 말고 각 용의자들의 집에서 가까운 찻집이 좋겠군. 으응, 그래, 그게 좋겠어."

"저기요, 그게 무슨 뜻이죠?"

"아무리 취조 상황을 공개한다고 해도 역시 사람들에게 취조실은 긴장되는 장소라 어떻게 부추겨도 진실을 쉽게 실토하지 않아. 음, 예를 들면 이누 짱이 부추기더라도."

"이누 짱이라면…… 혹시 이누카이 선배 말이에요?"

"그래그래, 이누 짱. 그 친구는 용의자한테서 본심을 끌어내기 위해 일부러 도발하는 말을 하잖아."

"네, 자주 쓰는 수법이라고 들었어요."

"다 내가 가르친 거지. 이누 짱은 심문 요령을 파악하는 것은 잘하는데, 좀 철저하지가 못해. 자기한테 유리한 장소이니 웬만하면 취조실을 이용하고 싶어 한단 말이야. 주도권을 쥔다는 의미에서는 효과적이지만 때를 가려야지."

"이번에는 아니라는 거예요?"

"작가 지망생들은 말이야. 소설과 관계없는 사람들한테는 꽤 대범하게 굴지만 관계자들 말에는 정말 민감하게 반응해. 더구나 자신에게 친숙한 장소이거나 아는 사람들 눈이 있으면 유난히 흥분하지. 후후, 우후후후."

부스지마는 온화한 얼굴에 어울리지 않게 입을 다문 채 웃음 소리를 흘렸다.

아스카는 부스지마와 함께 아사가야미나미의 살인 현장을 다시 방문했다.

아침 출근시간이 지나고 통제선도 풀렸기 때문에 살인 현장 특유의 음산한 분위기는 어느 정도 걷혔지만 막상 발을 들이자니 긴장감이 동반되었다.

부스지마는 도메키의 시체가 뒹굴던 장소를 당장이라도 휘파람을 불 듯한 발걸음으로 돌아다녔다.

"저, 저기, 시체가 쓰러져 있던 곳이 바로 그 근처인데."

"흐음, 공사 현장 바로 옆이라."

그는 주변을 두리번거렸다.

"설명한 대로네. 주변이 사무실뿐이라 밤에는 인적이 끊기는군. 아직 목격자는 안 나왔지?"

"네."

"CCTV는 한참 멀리 있고. 도쿄에 이런 위험지역이 있단 말이야. 여자들도 밤중에 혼자 다닐 수 있다는 건 다 옛날이야기지."

"우연히 지나가다가 일어난 범행일 수 있다는 건가요?"

"우연한 범행? 당치 않은 소리. 가까운 역에서 걸어왔다 해도 CCTV나 사람들 눈에 띄지 않는 사각지대는 이 근처뿐이잖아. 뒤에서 흉기로 한 번 찔렀고 더구나 다툰 흔적도 없어. 틀림없이 이 장소를 사전 답사해서 기다리고 있었던 거야."

"가슴까지 관통했으니. 처음부터 명확한 살의가 있던 거겠죠."

"과연 그럴까?"

부스지마는 노래하듯 말했다. 어딘지 즐거워 보이는 태도에 아스카는 대단히 당황스러웠다.

"용의주도한 사전 답사, 가슴까지 관통시킨 일격. 하지만 그것만으로 처음부터 살의가 있었다고 단정하는 건 경솔해. 그런 수사 태도는 평범한 상해사건만 봐온 폐해라니까. 범인을 체포해서 진술을 받아내기 전까지는 의도된 살인인지 아닌지 확신할 수 없는 법이지."

하는 말들이 의외로 구구절절 옳기에 또다시 당황스러웠다. 과연 형사 기능지도원이라는 직함은 괜한 것이 아니었던가.

"숨는다면 여기쯤 되려나?"

부스지마는 시체가 발견됐던 지점을 떠나 옆길로 이동했다. 그리고 한 건물 그늘에서 그 지점을 바라봤다.

"봐봐. 여기 있으면 걸어오는 사람을 뒤에서 공격할 수 있어."

"거기서 도메키 씨를 기다리고 있었다고요?"

"상대방의 체력이나 완력이 얼마나 될지 모르면 밤에 습격하는 것이 가장 효과적이잖아. 적어도 나라면 그럴 거야."

말투는 농담조지만 왠지 모르게 으스스해지는 것은 왜일까?

"그럼 현장검증은 이걸로 됐고. 지금 당장 첫 번째 용의자를 만나볼까?"

가장 먼저 뽑힌 사람은 다다노였다. 전화로 불러내자 성가셔하는 듯했지만 장소를 알아서 정하라고 하자 결국 만남에 응했다.

다다노가 정한 곳은 집 근처의 패밀리레스토랑이었다. 점심시간이 되기 전이라 테이블이 반 이상 비어 있었다.

아스카가 부스지마를 소개하자 다다노는 눈이 동그래졌다.

"엣, 엣, 그 미스터리 작가 부스지마 신리? 어, 어떻게 이런 분이 경찰 수사에 관여하고 있지?"

"그건 말이죠. 수사라기보다, 저희가 출판계 쪽 사정이 어두워 이 업계를 잘 아시는 부스지마 선생님께 협조를 얻고 있습니다."

사전에 부스지마와 말을 맞춘 대로 설명했다. 실제로 경찰이 외부에서 해당 업계를 잘 아는 관계자를 수사에 영입하는 것은 있을 수 없는 일이었지만 다다노는 아스카의 말을 순순히 믿는 듯했다. 작가 부스지마를 아는지 동경의 눈으로 쳐다보고 있다.

"처음 뵙겠습니다. 부스지마입니다."

부스지마는 공손하게 인사를 건넸다. 조금 전까지 짓고 있던 심보 고약한 표정을 벗어버리고 완전히 딴 사람이 되어 다시 온화한 표정을 짓고 있었다. 이제부터 모든 진행은 부스지마가 맡는다.

"저, 저야말로 처음 뵙겠습니다."

"미리 말씀드리지만, 이건 수사와 별로 상관이 없습니다. 중요한 건 당신 작품과 그에 대한 도메키 씨의 심사평을 검증하는 것이라고 생각해주십시오."

"네, 네에."

"다다노 씨라고 부르면 되나요?"

"아뇨, 부스지마 선생님. 가능하면 아마기 마히로라는 필명으로 불러주세요."

"알겠습니다, 아마기 씨. 그건 그렇고 줄곧 방에 틀어박혀 글을 쓰고 있다고 들었습니다만 왜 이 가게에서 만나자고 하셨습니까?"

"여긴 제 서재이기도 하니까요."

다다노는 코를 약간 벌름거렸다.

"집에서 글이 잘 안 풀릴 때 여기에 와서 쓰거든요. 점심시간을 피하면 자리도 이렇게 많이 비어 있고 커피 한 잔으로 네 시간은 버틸 수 있고."

아스카는 카운터 근처에서 이쪽을 바라보고 있는 여자 종업원의 표정을 힐끔 훔쳐본다. 영업에 도움 될 것 없는 단골을 기억하는지, 한시라도 빨리 나가라고 요청하는 얼굴이었다.

"그러니까 제가 방에만 틀어박혀 있다고 보는 건 잘못이죠. 바깥 세상과도 이렇게 교류가 있습니다."

"글쎄, 과연 그럴까요? 결국 집과 패밀리레스토랑 사이를 왕복하는 거잖아요. 범위가 좀 넓을 뿐 백수가 틀어박혀 지낸다는 것에는 변함이 없습니다."

다다노는 순간 멍한 표정을 지었다.

"아마기 씨 작품을 읽었습니다. 『내가 무슨 수를 쓰더라도 그 여자를 아내로 맞이하고 싶은 이유』."

"가, 감사합니다."

"도메키 씨의 평가는 잘못됐다고 생각합니다."

그 순간 다다노의 눈이 반짝였다.

"그렇죠! 아아, 역시 글을 볼 줄 아는 사람이 읽으면 그런 평가가 나오는군요. 저는 다 알고 있었어요. 그걸 그 인간이 중학생 작문이라고 평해가지고……."

"어떻게 그런 실례되는 소리를."

"네, 정말 맞는 말씀……."

"아니, 중학생한테 실례라고 한 겁니다."

"……에?"

"한 페이지를 읽고 머리와 눈이 아파왔습니다. 어떤 식으로 포장해서 말해도 변변찮은 중학생 작문보다 심각하죠."

"뭐, 뭐, 뭐……."

"느낌표와 물음표의 남발은 그렇다 치고, 어이없을 정도로 짧은 지문과 지루하게 이어지는 대사도 그렇다 치고, 유난히 만화 같은 캐릭터 역시 그렇다 쳐도, 조사 사용도 엉망인 데다 시점은 어지럽게 들쭉날쭉, 묘사의 ㅁ 자도 모르는 문장들이 압도적으로 많더군."

"그, 그건 읽기 쉽게 하려고 신경 쓰다보니……."

"자네 1차에서 떨어졌지? 인터넷을 보면 투고자 블로그나 인터넷 게시판에 1차 심사위원과의 합이 안 맞았다는 둥 분야 선택 실수라는 둥 탄식하는 사람들이 있는데, 그런 우려는 안 해도 돼. 1차 심사위원들도 자신의 심미안을 전폭적으로 신뢰하진 않아서 자신은 이해가 안 되더라도 일단 이야기로서 성립만 되면 2차 심사로 올리거든. 아무리 자기 변호를 해도 1차에서 떨어지는 건 어차피 소설 이전, 우리말 이전의 문제인 거야. 그럼에도 자신의 문장이 제대로 씌어졌다고 생각하고 있으니 이중으로 질이 나쁜 거잖아. 이건 1차 심사를 맡은 사람들의 공통점인데, 반드시 책상 위에 자기가 좋아하는 작가의 책을 놔두고 심사해. 투고작은 한 페이지만 읽어도 고문당하는 것 같아서 때때로 제대로 된 소설을 영양제처럼 삼지 않으면 이상해진다나."

다다노는 입만 뻐끔거릴 뿐 한마디도 하지 않았다. 아니, 부스지마의 말이 날카로워서 입을 열 엄두를 내지 못했다.

"문장도 못 봐주겠지만 스토리는 더 못 봐주겠어. 이세계에 내던져진 고등학생이 배틀을 반복하면서 미지의 능력을 각성하게 되다니, 대체 어느 시대 라이트노벨일까? 라이트노벨도 그런 장르는 이미 내다버린 지 오래인데. 그런 소설을 쓰고 싶어 하는 사람은 대개 자네처럼 제대로 된 사회 경험이 없는 사람이지. 현실에서 경험이 너무 없으니까 설정이 자유로워 보이는 SF나 판타지로 금세 도망가는 것 아니겠어."

"SF나 판타지도 요샌 수상 후보에 많이 오르고 있잖아요."

"SF나 판타지가 나쁘다는 말이 아니야. 가공의 세계관을 그려내는 구성력 없이 기존의 작품을 흉내만 내기 때문에 질 떨어진 모방작에서 다시 더 질 떨어진 모방작이 되는 거라고. 자네, 라이트 노벨이랑 심야 애니메이션을 너무 많이 본 거 아냐? 그나마도 소화를 다 못 시키고 있어. 이런 작품으로 어떻게 데뷔할 수 있다고 생각했는지. 우후, 우후후후."

부스지마는 얼굴 한가득 미소를 띤 채 얼굴을 확 들이댔다. 다다노는 잔뜩 일그러진 얼굴로 움츠러들었다. 고양이 앞의 생쥐 모양이었다.

가만 보고 있자니 다다노가 가여워지기 시작했다.

"저기저기, 자네 첫 번째 취직에 실패한 뒤로 줄곧 신인상에 투고하고 있는 거잖아. 그것도 여러 군데에 동시에. 실력이 없더라도 많이 쏘다보면 맞힌다고들 하는데 자네 건 장난감 총도 안 되니까 아무리 써도 시간 낭비, 종이 낭비야. 그럴 시간 있으면 차라리 직업소개소에 가보는 게 나을 텐데, 왜 제대로 된 직업을 가지려고 안 하지? 정사원이 안 되면 계약직도 괜찮잖아. 부모님도 빨리 취직하라고 재촉하시지 않아?"

"……그걸로 안 된단 말이에요."

"뭐? 다시 말해봐."

"그런 평범한 일 말고 모든 사람들이 깜짝 놀랄 일이어야 해요. 안 그러면 의미가 없단 말이에요."

"아아, 인생 한 방이라는 거구나. 자네 같은 사람들 참 많단 말이야. 꼭 인생이 꼬이거나 궁지에 몰린 사람들이 한 방에 역전되는 걸 노린단 말이지. 왜 착실하게 인생을 끌어올리려고 하지 않을까? 평범한 직장인, 평범한 판매원은 안 되는 거야?"

"평범한 직장인은 아무도 주목하지 않잖아요."

"나왔다, 나왔어. 뻔질나게 들어 친숙한 그 인정 욕구! 나를 인정해줘, 나를 사랑해줘, 나 여기 있어. 변두리 폭주족도 아니고 그런 일에 체력과 시간 소비하는 짓 그만두라니까. 자네, 올해 서른둘이지? 앞으로 3년이면 서른다섯, 그러면 마흔까지 순식간이야. 그때까지 계속 이렇게 살 거야? 1차 심사위원들 외에는 절대 아무도 안 읽을 원고를 쓰면서, 수상 소감 발표하는 망상이나 키우면서, 낙선할 때마다 홧술 들이켜면서 1차 심사위원과 출판사, 거기다가 수상작까지 헐뜯는 걸 언제까지 허무하게 반복할 건가? 하나 덧붙이지. 서른 넘어서도 결혼 못 하고 제대로 된 직장도 없고 모아놓은 목돈도 없으면서, 자기한테 영향력이 있다고 온종일 망상에 빠져 있는 생활무능력자들을 가리켜 세상 사람들이 뭐라고 하는지 알아? 우훗."

"뭐, 뭐라고 하는데요?"

"인간쓰레기. 우후, 우후후. 난 알아냈다고. 자네가 왜 필명으로 불러달라고 했는지. 본명 다다노 구스오, 그러니까 다다노 구즈('그저 쓰레기'라는 의미/옮긴이). 옛날부터 그렇게 불렸던 것 맞지? 그렇지? 우후, 우후후, 우후후후."

손님들이 드문드문 앉은 레스토랑 안에 부스지마의 냉소가 울려 퍼지고 카운터 근처의 여자 종업원은 손으로 입을 가리며 필사적으로 웃음을 참고 있었다.

다다노는 얼굴이 새빨개져 부들부들 떨고 있었다.

두 번째 용의자 오우미 히데오는 집에서 만날 것을 제안했다. 자기 이야기를 듣고 싶으면 직접 자기 있는 곳으로 오라는 식이었다. 그러나 아스카의 동행이 부스지마 신리라는 사실을 확인하자마자 현관 앞에서부터 환하게 웃음을 지었다.

“어이구, 저는 엔터테인먼트 소설은 많이 안 읽지만 그래도 성함 정도는 알고 있습니다. 설마 진짜 작가님이 저희 집을 방문하는 날이 이렇게 빨리 올 줄이야! 자, 자, 어서 안으로 들어오세요. 여보, 귀한 손님이야. 토라야 양갱 있지? 그거 꺼내 와.”

부스지마와 아스카는 극진한 환대를 받으며 객실로 안내됐다. 갑작스레 돌변한 태도에 아스카는 당황했지만 부스지마는 예상하고 있었는지 예의 그 온화한 미소를 유지하고 있었다.

“그런데 정말 놀랐습니다. 또 지난번 같은 불쾌한 취조가 이어질 거라고 생각했는데 어떤 사정으로 선생님이 수사에 관여하고 계신지요?”

아스카가 다다노에게 설명했던 것과 똑같은 설명을 건네자 오우미는 뜻대로 되어 만족스럽다는 듯 크게 고개를 끄덕였다.

“경찰로서는 아주 현명한 판단이군요. 하긴 내 작품의 가치를 제대로 이해하려면 선생님 같은 현역 작가가 비평해주셔야죠.”

오우미는 팔짱을 끼며 흡족한 미소를 지었다. 앞으로 어떤 일이 펼쳐질지 훤한 아스카는 괜스레 불안해져 두 사람에게서 거리를 두고 싶어졌다.

“오우미 씨가 쓰신 『석양을 향해 뜨겁게 흥분한 포효』를 읽어봤습니다.”

“오오, 그러셨습니까?”

“소설 스메라기 신인상 규정 분량 상한에 딱 맞는 800매, 역작이네요. 쓰시는 데 몇 개월이 걸리신 겁니까?”

“몇 개월 정도가 아닙니다, 1년. 그래요, 1년이죠. 다니던 회사를 그만두고 이 작품을 완성하는 데만 심혈을 기울였습니다.”

"기계를 제조하고 판매하는 일을 하셨다고?"

"공업용 압축기나 용접기 같은, 제조 분야에서는 반드시 필요한 제품을 만들었습니다. 입사해서 정년까지 무사히 마친 충실한 반평생이었죠. 그 40여 년을 한 편의 대작으로 멋지게 승화시켰다는 자부심이 있습니다."

"네네, 그렇군요. 그런데 좀 모순된 느낌이 드는데."

"……무슨 모순이죠?"

"회사원 생활은 충실했다는데 작품 내용은 몹시 원한에 사무쳐 있더군요. 주인공에게 저자의 모습이 투영된 걸까요?"

"그, 그런 일면은 분명 있습니다. 그런데 작품 속에서 주인공의 인간적인 성장을 그리려면 당연히 우리 일본의 고도성장을 함께 그리는 것이 문학적으로 가장 효과적이라서…… 그렇다면 주인공은 자기 자신이어야 이야기에 설득력이 있죠."

"아아아아, 그렇군요. 그래서 주인공도 오우미 히데오군요. 참고로 질문하는데, 그건 실제 경험입니까? 한직으로 내쫓겼는데 파벌 싸움에 휘말리고, 아내와 사별한 지 얼마 안 된 주인공에게 20대의 여직원 여러 명이 구애를 해오는 것 말이죠."

"아니, 그건."

오우미는 뒤쪽에 있는 아내를 힐끔 쳐다본다.

"주인공의 남성적인 매력을 생생하게 묘사하려면 반드시 필요한 요소로…… 시대소설에서도 그런 고고한 낭인이 집안 소동에 휘말리는 것은 스토리의 왕도가 아닙니까?"

"왕도라……."

"그럼요. 이 나라가 일약 경제대국이 된 것은 우리 단카이 세대(2차대전 직후에 태어난 일본의 베이비 붐 세대/옮긴이)의 분투가 있었기 때문입니다. 우리, 아니, 내 반평생을 그려낸다는 것은 지금의 정체된 일본에 희망과 용기를 주는 것이며 이 『석양을 향해 뜨겁게 흥분한 포효』야말로 출판과 동시에 남녀노소의 마음을 사로잡을 게 틀림없습니다. 이 작품이야말로 전 국민 필독서이죠."

"우풋, 우푸풋."

갑자기 부스지마가 웃음을 터뜨렸다.

"푸흡, 푸흡, 푸하하핫. 히잇, 힘들어. 더, 더는 안 돼. 도저히 못 참겠어."

"뭐, 뭘……."

"저기, 의욕이 왕성한 것은 더할 나위 없이 좋지만 유감스럽게도 이 작품은 상업적으로 도저히 안 돼. 일단 문장은 무슨 보고서처럼 사무적이고 가독성에 문제가 있는 데다 완급 없이 질질 이어지기 때문에 두 번째 페이지 볼 때 벌써 읽을 마음이 사라져. 읽기 어려운 한자가 있구나 싶으면 오자이고 사자성어는 잘못 사용됐고. 격조 높은 문장을 만들려고 하면 모조리 엇나가고. 더구나 주인공을 찬미하는 묘사가 어찌나 장황한지 속이 타들어갈 것 같아. 기업 고발물을 쓰고 싶었던 모양인데 주인공이 좌절이나 고뇌도 없이 난제를 해결해버리니까 카타르시스라곤 눈곱만치도 없어. 서비스 정신 덕인지는 모르지만 관능적인 장면만 유난히 생생해서, 석간신문의 그런 기사를 외울 정도로 열심히 읽었다는 건 알겠어. 하지만 다른 문장들이 절망적으로 어설퍼서 그 부분만 붕 떠 있단 말이야. 뭔가 저자 본인의 유치함과 원한과 호색이 소화가 덜 된 채드러나 있어서 한 장 한 장 읽을 때마다 오한이 일어나. 으윽, 기분 나빠."

부스지마가 메스껍다는 몸짓을 하자, 눈앞에 앉아 있던 오우미가 자리를 박차고 일어나려 했다.

"어, 어떻게 그런 실례되는 소리를……."

"실례라면 사과하지만 내가 사과한다고 이 작품이 신인상을 받는 일은 절대 없을 거야. 실례라면 이런 노인 라이트노벨을 800매나 써 보내는 행동이 오히려 실례인 것 같은데. 오우미 씨, 당신 실제로는 별로 출세하지 못했던 것 아니야?"

"다, 당신이 뭘 안다고……."

"왜 몰라? 회사원 생활을 하면서 훌륭하게 업무를 완수해 명성을 얻은 사람이 기업 고발물 같은 것을 쓸 리가 없잖아. 단카이 세대라고 했지? 맞는 말이야. 단카이 세대는 정말 하고 싶은 말이 많은 사람들이니까. 무슨 말만 하면 내가, 내가, 시대가, 시대가, 하면서 말이지. 대부분 술만 취했다 하면 자기가 세상을 움직이는 것처럼 국가의 미래를 꺼내 들잖아. 누가 듣고 싶어 한다고. 그런 사람은 정년을 맞아 회사에서 내쫓기면 순간 의지할 곳을 잃고 불안해져 어쩔 줄 모르게 돼. 집에 있어도 대형 쓰레기 취급을 받고 그동안 자신을 지탱해주던 것이 회사 간판이었다는 걸 깨달아. 그래서 자신을 긍정하고 싶어 신통치 않은 시시한 문장을 장황하게 늘어놓고 남에게 인정받으려 하는 거지. 아무것도 아닌, 그저 백발의 중학생인 거지, 당신은."

"다, 다, 다, 닥쳐, 닥쳐, 닥쳐……. 이 엔터테인먼트 퇴물에 경박한 사이비 작가 놈아!"

"앗, 미안해라, 작가 본인의 성격을 왈가왈부할 생각은 전혀 없었는데. 우후후후. 사이비 작가라는 것도 전혀 틀린 말은 아니고, 나도 내가 작가라는 자각이 없으니까. 그런데 당신은 그 사이비 작가도 못 되잖아. 소설 속의 오우미 히데오는 어떻든 간에, 현실의 당신은 정년 뒤 재취업도 못 하고 자신을 철저히 미화한 자신만의 걸작을 혼자 계속해서 읽는 단순한 백수라고. 흔히들 한 사람의 일생은 한 편의 소설이 된다고 하지. 하지만 당신 인생은 별로 재미없어. 당신 세대는 어쨌든 명예나 칭찬을 원해. 작가가 되려는 것도 그게 목적이지? 당신을 위해서 하는 말인데 그만둬. 이왕지사니까 조언하지. 우후, 우후후후후. 그런 소설을 쓰려거든 공원에서 잡초라도 뽑는 편이 훨씬 더 칭찬받을 거고 세상과 다른 사람들을 위한 일이 될 거야."

어느새 말없이 옆자리에 앉아 있던 부인이 남편을 쳐다보며 냉소를 짓고 있었다.

오우미는 얼굴이 새빨개져 몸을 바르르 떨고 있었다.

마지막 심문 상대, 마키하라 시오리가 지정한 곳은 도내의 임대 회의실이었다. 마침 그날이 소설 쓰기 강좌가 있는 날이라 다른 곳까지 이동할 여유가 없다는 것이었다.

어떻게 할까 물어보자 부스지마는 온화한 표정으로 수락했다. 워낙에 이 만남은 상대방 진영에서 심문하는 것이 목적이었다.

부스지마와 아스카가 시오리를 만나기로 한 임대 회의실, 즉 강의실에 들어서자 마침 수강생의 강평이 한 차례 끝난 참이었다. 예상대로 수강생들 대부분이 부스지마 신리의 이름을 듣는 순간 눈빛을 바꾸었다.

"잉, 그 부스지마 선생님?"

"진짜야?"

"왜 부스지마 신리가 이 강의실에 오는데? 누가 선생님을 강사로 불렀나?"

수강생들은 모두 두 눈을 반짝이면서 모여들었다. 이토록 매력 없는 중년이 인기를 끌다니, 소설 쓰기 강좌이기에 가능한 풍경이었다.

형태야 어떻든 간에 수사의 일환임에는 틀림없으니, 일제히 떠들고 있는 수강생들을 이대로 내버려둘 순 없었다. 아스카가 시오리를 제외한 모든 수강생들을 다른 곳으로 이동시키려 하는데, 부스지마가 귓속말로 소곤거렸다.

"괜찮아. 저 여자 작품 얘기만 할 거니까."

그 작품 얘기를 하면서 앞의 두 사람과 마찬가지로 또 거센 불길처럼 화가 일어날 텐데 어떻게 괜찮겠냐고 아스카가 볼멘소리를 내뱉기도 전에 부스지마는 시오리의 맞은편에 풀썩 앉아버렸다.

이렇게 되면 하는 수 없다. 아스카는 예전과 같은 설명을 되풀이하고서 다른 수강생들에게 개입하지 말 것을 당부했다.

"음, 처음 뵙겠습니다. 미스터리 소설을 쓰는 부스지마라고 합니다. 오늘은 그런 사정으로 도메키 씨의 심사평을 다시 검토해보려고 왔습니다."

"잘 부탁드립니다."

시오리의 활기찬 목소리에 아스카는 깜짝 놀랐다. 시오리는 흥분과 긴장이 뒤섞인 눈빛으로 부스지마를 똑바로 쳐다보고 있었다.

"부스지마 선생님의 데뷔작을 읽었습니다. 심사평에 즉전력(교육이나 훈련 없이 바로 싸움에 쓸 수 있는 힘/옮긴이) 등장이라는 말이 있던데 저도 같은 의견이에요."

"고마워요."

"그런 선생님한테 강평을 들을 수 있다니, 정말 꿈만 같습니다."

"으음, 그렇다면 꿈은 꿈으로 놔두는 편이 좋겠는데."

"……네?"

"아가씨 작품 읽었어요. 『내일의 나는 분명 오늘의 내가 아니다』. 정말이지, 제목에서부터 다른 사람들에게 읽히려는 노력을 완전히 포기하고 있어."

"그 제목은 작품의 주제를 나타내는 거예요. 그 제목 말고 다른 것은 생각할 수 없어요."

"그럼 제목은 제쳐놓고 문장력도 곤란한데. 문법상 틀린 데는 없고 오탈자도 안 보이지만 마음을 움직이는 호소력이 없어. 계속 페이지를 넘기게 하는 추진력도 없고. 간단히 말하면 전혀 재미가 없어. 마치 아가씨, 당신 같아."

"뭐라고요?"

"제목과 문장도 그렇지만 스토리도 괴로워. 독신의 직장 여성이 연애와 실연을 반복하면서 진정한 자신을 찾는다, 그것 자체는 오래전부터 사용된 테마니까 그렇다 쳐도, 어조가 독선적이라서 공감이 안 느껴져. 이런 소설로 감정이입이 안 되는 건 절망스러울 정도로 치명적이지."

상기되어 있던 시오리의 얼굴이 순식간에 굳어졌다. 그 뒤에서 부스지마의 강평을 듣고 있던 수강생들은 슬그머니 하나둘씩 히죽대고 있었다.

"오래전부터 사용된 테마이니 어조에 더 신경을 써야지. 한참 전에 이미, 무엇을 쓰느냐보다 어떻게 쓰느냐가 더 중요하게 대두됐어. 소설 속에서 몇 사람과 난교를 하든, 환각제를 몇 대 맞든, 그게 뭐 별거라고. 중학생도 거들떠보지 않아. 아가씨, 소설 쓴 지 얼마나 됐지?"

"4년…… 됐어요."

"4년간 성적은?"

"2차에서 두 번 떨어지고, 나머지는 1차에서 탈락했어요."

"에라잇, 4년이나 썼으면서 아직 최종심사까지 간 적이 없구나. 그렇다면 이제 포기하는 게 나아. 그래, 그게 좋겠어. 포기하는 게 분명히 나아."

"그렇게 쉽게 말하지 마세요! 어떻게 선생님이 그렇게 단언하실 수 있죠?"

"지금 현역 작가들 대부분은 글을 쓰기 시작해서 3년 안에 신인상을 받아왔으니까. 3년이라는 것은 통계상의 숫자야. 덧붙이자면 처음 투고해서 최종후보에 못 올랐을 경우엔 역시 맘먹고 단념하는 편이 좋아. 재능이 없다는 증거니까."

"그, 그건 너무 지나치세요."

"지나친 게 아니야. 이건 나만의 의견이 아니라, 나오키상 수상 작가인 이치다 씨와 아이바 씨가 대담에서 한 말이야. 역시 통계상으로 납득할 수 있는 사실이지."

"하, 하지만…… 9년을 고생하고 노력해서 란포상(추리소설가 에도가와 란포의 이름을 딴, 일본추리작가협회에서 주는 문학상/옮긴이)을 받은 사람도 있잖아요."

"그런 건 예외 중의 예외라니까. 왜 아가씨 같은 작가 지망생들은 그런 예외에 매달리려고 할까? 응모자의 90퍼센트가 1차에서 떨어진다는 말을 들으면 자신은 나머지 10퍼센트에 속한다고 믿어. 신인 작가의 90퍼센트가 3년 안에 문단에서 사라진다고 하면 역시 자신은 나머지 10퍼센트에 속한다고 단정하지. 잘 생각해 봐. 몇 년을 고생하고 노력해서 수상하면 언론이 떠들어대지? 시끄럽게 떠드는 바람에 우리 기억에 선명하게 남곤 한다고. 어째서 언론이 그것만 가지고 떠드느냐 하면 말이지, 몇 년을 고생해서 수상하는 일이 그만큼 흔하지 않기 때문이야. 사람이 개를 물었다 하는 것처럼 아주 드물고 특별한 사건이니까 재미있어서 다루는 거라고."

"하지만 저는 3년이나 소설 쓰기 강좌를 다니고 있기 때문에 나름 실력이……."

"'하지만'이 많네. '하지만'을 변명 앞에 수식어처럼 달고 있다는 것 모르겠어? 그리고 지금 소설 쓰기 강좌가 대단한 뭐라도 되는 것처럼 말하는데, 소설 쓰기 강좌 같은 건 작가가 되는 지름길도 뭣도 아니야. 아니지, 수강생들에게 괜히 이상한 꿈이나 심어주고 돈이나 갈취하니까 사기 같은 거라고 볼 수 있지."

이 말에 뒤에 있던 수강생들까지 얼굴색이 바뀌었다.

"디자인학교나 미술학교와 마찬가지로, 아가씨도 계속 다니다 보면 언젠가 그 직업을 갖게 되리라는 망상을 품고 있는 것 아냐? 여기에 적을 두고 있으면 안심이야, 그런 기분 말이야. 소설 쓰기 강좌 좀 다녔다고 작가가 될 수 있는 거라면 온 세상에 작가들이 넘쳐났게? 애당초 소설은 가르치는 것이 아니고 가르칠 수 있는 것도 아니야."

"하지만 이 강좌에서는 프로 작가가 된 사람이 여러 명 나왔고……."

"그 사람들한테 소설 쓰기 강좌는 단순히 계기에 불과해. 작가 자질이 있는 사람이라면 강좌를 다니든 안 다니든 결국 작가가 돼. 수강생들 사이에서 절차탁마로 자신의 기술이 향상된다는 것도 완전한 망상이야. 아마추어끼리 서로 칭찬하고 격려한다고 소설을 잘 쓰게 되는 건 결코 아니니까."

"강사 중에 저명한 작가도 있고……."

"흐음, 그럼 그 저명한 작가분은 상근 강사신가? 강사들 대부분은 편집자 출신인가 그렇고, 정작 중요한 유명 작가는 명예 강사 같은 직함으로 1년에 두 번 정도만 강의하지 않아? 만일 작가가 상근 강사라면 그 작가는 어떤 베스트셀러를 썼는데? 여기 수강료는 연간 얼마쯤 되지?"

"10만 8천 엔이에요."

"대충 보니 수강생 30명, 곱하기 10만 8천 엔, 음…… 도합 연간 324만 엔. 당신들 선생이 왜 상근직을 하냐면 그 시간에 자기 원고 쓰는 것보다 당신들한테 수강료를 거두는 편이 더 낫기 때문이야. 평범한 단행본 한 권 간행할 경우 받는 원고료와 인세만으로는 그에 한참 못 미치지. 즉 당신들이 감사하면서 강의를 듣는 상근 강사는 대부분 별 볼 일 없는 작가라는 소리야. 별 볼 일 없는 잡소리에 당신들은 연간 10만 8천 엔을 그에게 원고료 대신 지불하고 있다고. 더구나 그 소설 쓰기 강좌에 3년째 다니고 있다는 사실을 자랑스럽게 늘어놓는데, 바꿔 말하면 3년이나 수업을 들었으면서 최종후보에도 오른 적이 없다는 거잖아. 이건 결정적으로 뭔가 결여되어 있다는 증거라니까. 시오리 씨, 회계 사무소에 다닌다고 했지? 좋은 직장이네. 다 시오리 씨 좋으라고 하는 말인데, 그쪽에 전념해."

"싫어요."

시오리는 어느새 눈물을 흘리고 있었다. 언제부터인지 다른 수강생들도 적의가 담긴 눈으로 부스지마를 노려보고 있었다.

"저, 저는 작가가 되어야만 한다고요. 회계 사무소 일 같은 것은……."

"저기 말이야, 내가 작가라서 하는 말은 아닌데, 작가는 그다지 뽐낼 만한 직업이 아니고, 회계 사무소 사무원도 그렇게 비하할 만한 직업이 아니야. 결국은, 우훗. 아가씨는 지금의 자신과 지금의 직업이 너무너무 싫어서 꿈을 좇는 모습에 스스로 도취되어 있을 뿐이야. 자신의 모습을 거울에 비추면서 자위행위를 하는 것과 비슷한 거지."

"너무해요, 너무해……."

"너무하다고? 다 아가씨를 위해서 충고하는 건데. 우후, 우후, 우후후후후."

시오리는 얼굴이 새빨개져 몸을 떨고 있었다.

아스카는 강의실에서 나오자마자 부스지마에게 따졌다.

"무슨 속셈이시죠, 선배님? 지금까지 한 게 심문이에요? 용의자를 뒤흔들며 갖고 논 것뿐이잖아요. 그러다 조만간 칼에 찔릴거라고요."

"응응, 그렇게 되게끔 했으니까."

"네?"

"내가 말한 대로 세 사람 모두 관계자의 말에 대단히 민감하게 반응했잖아. 도메키 씨한테 베인 상처에 내가 소금을 뿌려줬으니, 도메키 씨 살인범은 분노한 나머지 이번에는 나를 노릴 거야."

"어떻게 그렇게…… 같은 사람이 습격할 거라는 보장은 없잖아요."

"아니, 아니…… 틀림없이 동일범이야. 살인은 가당찮은 행위지만 한번 그 금기를 넘으면 두 번째엔 아무 저항도 느끼지 못해. 첫 번째에서 성공했다면 더더욱 그렇고. 자신과 자신의 작품을 폄훼한 나를 절대 이대로 가만두지 않을 거야. 후후훗."

4

용의자 세 명과 부스지마를 대면시킨 경위를 보고하자 아소 반장과 이누카이는 모두 얼굴을 찌푸렸다.

"인정사정없는 것은 여전하다니까, 그분."

이누카이가 자못 어이가 없다는 듯 내뱉었다.

"전부터 그런 식이었어요?"

"그래, 아무리 흉악한 용의자도 부스지마 씨가 취조를 담당하는 걸 싫어했지. 그 사람, 새끼손가락 끝에서부터 한 마디 한 마디 꺾듯이 심문하잖아."

"아, 네."

"부스지마 씨가 취조해서 범행을 털어놓지 않은 놈이 한 놈도 없어. 더구나 머리카락 하나 건드리지 않고 말이야. 옆에서 보면서 감탄하긴 했지만 나중에 따라 해야겠다는 생각은 전혀 안 들었어. 너무 잔인해."

"그 견해에는 동의해요. 그런 심문은 흉내 낸다고 되는 게 아니죠."

"어쨌든 간에 상대방의 약점을 순식간에 파악해버려. 그건 훈련이나 경험 탓이 아니야. 타고난 천부적 재능이지. 그래서 그 사람이 작가로 데뷔한다는 소식에 경찰 관계자 대부분이 놀랐을 때도 우리는 자연스럽게 납득이 됐어. 그 정도로 인간에 통달해 있다면야 소설 한두 편은 너끈히 쓰겠지 하고."

"그리고 말인데, 아스카."

아소 반장이 대화에 끼어들었다.

"부스지마 씨가 무슨 사정으로 경찰직을 그만두었는지 본인이나 다른 사람한테 들은 적 있나?"

"아뇨, 아직 못 들었는데요. 정년 전에 그만두셔서 무슨 불상사가 생겨 책임지고 그만두셨나 했지만, 금방 재고용되셨고……."

"완전히 퇴관한 거면 몰라도 복직했으니까, 우리보다 본인에게서 직접 듣는 편이 좋겠지. 우리에게서 듣는 걸 본인이 안 좋아할 수도 있고. 좀 더 가까워지면 천천히 물어봐."

"좀 더 가까워지면 천천히라니…… 자, 잠시만요. 부스지마 씨와 파트너가 되는 건 이번 한 번만이잖아요?"

"보고를 들어보니 왠지 둘이 잘 맞는 느낌이 들어서 말이지."

아소 반장은 아스카의 눈을 마주보지 않은 채 이렇게 말했다.

분명히 거짓말이다.

"가만 보니 두 분 다 부스지마 씨를 멀리하시는 것 같은데요. 혹시 저한테 거추장스러운 짐을 떠넘기시려는 건가요?"

"거추장스러운 짐이라니, 대선배를 두고 대체 무슨 소리야?"

아소 반장의 호통에는 평소와 같은 박력이 빠져 있었다. 속내를 들킨 것을 얼버무리기 위해 형식적으로 꾸짖는 소리로만 들렸다.

"경찰은 엄연한 수직사회야. 앞으로 그런 말은 삼가도록."

그 말을 끝으로 아소 반장은 도망치듯 형사실을 나갔다. 이누카이는 마음이 편치 않은 양 이쪽을 쳐다보고 있었다.

"뭔가 하고 싶은 말씀이 있으신 것 같은데요, 선배."

"아니, 이번 일에 관해서는 아무 말도 하고 싶지 않고 가능한 한 관여하고 싶지 않아."

부스지마가 SNS를 시작했다는 사실을 알게 된 것은 그날 저녁 무렵이었다. 연락을 준 사람은 겐토샤의 신보였다.

"좀 말려주세요, 아스카 씨. 그동안 부스지마 선생님은 블로그는 커녕 트위터도 하지 않았는데 무슨 생각이 들었는지 갑자기 어제부터 시작한 거예요. 이유를 물었더니 수사와 관련이 있다는데, 선생님은 안 그래도 바쁘시다고요. 트위터에까지 시간 빼앗겨 원고 마감을 못 지키는 사태가 생기면 경찰이 책임져줄 겁니까?"

아스카는 즉시 부스지마의 트위터에 들어가봤다. 그다지 중대한 이야기들을 올린 것도 아니었다.

'기막히게 좋은 술집 발견. 간다타초의 다코정. 요즘은 자정까지 마시고 돌아가는 것이 일과.'

'간다 주변에서 우리 고향 토속주를 마실 수 있는 곳은 여기밖에 없단 말이야.'

무슨 속셈인가, 이것은?

아스카는 스마트폰 화면을 보면서 생각에 잠겼다. 이제 단말기만 있으면 SNS에 가입하지 않는 사람이 없는 추세다. 부스지마는 나름대로 고집을 갖고 그것을 거부해왔다.

'타인의 혼잣말을 보고 듣는 것은 즐겁지만 내가 그 혼잣말을 해야겠다는 생각은 눈곱만큼도 안 들어. 나의 취미나 기호, 행동 패턴을 전부 추측할 수 있잖아. 도메키 씨 경우처럼 말이지. 끔찍한 일이야.'

세 사람을 취조하면서 흘린 이 말은 부스지마의 진심이었을 것이다. 그런데 왜 손바닥 뒤집듯이 갑자기………. 여기까지 생각하다가 아스카는 앗 하고 외마디 비명을 지를 뻔했다.

사흘 뒤 토요일 자정, 간다타초의 술집 다코정에서 한 남자가 나오는 모습이 보였다.

부스지마였다.

4월이라지만 여전히 이 시간대는 쌀쌀했다. 부스지마는 스프링 코트를 걸치고 조금씩 비틀대는 걸음걸이로 호준이나리 신사 방향으로 걸었다. 직진해서 야스쿠니 길로 나가면 작업실이 있는 간다진보초까지 택시로 5분 정도 걸린다.

음식점이 숲을 이룬 이 일대는 11시를 넘으면 썰물 빠지듯 사람들이 사라진다. 간다 역 앞이라면 밤새도록 영업하는 가게가 있지만 뒷골목은 토요일이라도 늘 이렇다.

호준이나리 신사를 10미터 앞둔 지점이었다.

아무런 전조 없이 사람 그림자 하나가 불쑥 나타나 부스지마를 가로막고 섰다.

"당신은……?"

"시오리, 마키하라 시오리예요."

"왜 당신이……?"

"선생님께 드릴 말씀이 있어서요."

설마…….

저 여자가 범인이라는 것인가?

놀랄 틈도 없이 부스지마가 바로 시오리에게 달려들었다.

"아아아악……."

비명 소리가 부스지마 것인가, 아니면 시오리 것인가?

어둠을 찢고 은색 화살이 부스지마의 등에 꽂혔다.

"선배님!"

숨어 있던 아스카가 깜짝 놀라 뛰쳐나왔지만 이미 늦었다. 화살은 정확하게 부스지마의 등에 적중했고…… 그리고 딱딱한 소리와 함께 튕겨 나갔다.

아스카는 화살이 당겨진 방향을 즉각 돌아본다.

"범인이 저 건물 뒤에!"

대기하던 수사원 두 명이 일제히 범인에게 달려들었다. 2 대 1, 이렇다 할 저항도 없었다.

"놔, 이거 놔!"

"범인 확보, 붙잡았습니다!"

아스카는 한숨을 내쉴 틈도 없이 부스지마와 시오리에게 뛰어갔다.

시오리는 멍하니 서 있지만 특별히 외상을 입은 것 같지는 않았다. 그녀의 방패막이가 된 부스지마도 몸을 숙인 채 신음을 내뱉고 있지만 위급해 보이지는 않았다.

"선배님, 괜찮으세요?"

"그럭저럭……. 범인이 정확하게 조준했으니 망정이지."

말하는 도중에 부스지마가 코트를 벗었다. 코트 안에서 방탄조끼가 드러났다. 심지어 두 장을 겹쳐 입고 있었다.

부스지마의 발밑에 도메키 사건 때와 똑같은 흉기가 구르고 있었다. 길이 20센티미터 정도의 커다란 얼음송곳.

놀라서 입을 열지 못하는 시오리에게 부스지마가 상황에 안 어울릴 정도로 명랑한 목소리로 말을 건넸다.

"굉장하지? 방탄조끼는 케블라 섬유라고 해서 그것과 동일한 무게의 철강선보다 강도가 5배나 돼. 흉기로 쓴 알루미늄 합금보다

이게 강한 것은 알고 있었지만 그래도 만일을 위해 두 장을 겹쳐 입었거든. 덕분에 어찌나 무겁던지."

"알루미늄 합금이라고요?"

"범인의 흉기를 회수했습니다."

수사원 한 명이 겨드랑이에 뭔가를 낀 채 보고했다. 소형 탱크에 모터를 단 듯한 물체다. 탱크 앞에는 짧은 파이프가 부착되어 있었다. 시오리가 신기한 듯 바라보았다.

"그게 뭐예요?"

"휴대용 소형 압축기. 시판되는 것을 개조해서 파이프 끝에 이 알루미늄 합금의 화살을 장착할 수 있게 돼 있어. 화살을 장착한 뒤 압축공기로 목표물을 향해 발사하는 거야. 요컨대 공기총과 같은 원리. 탄속 140킬로미터로 소리 없이 발사되기 때문에 웬만한 사냥감은 그냥 관통해버리지."

"도메키 씨도 이걸로?"

"그러니 현장에 다툰 흔적이나 발자국이 없을 수밖에. 수 미터 떨어진 곳에 숨어서 등을 겨누고 쐈어. 맞은 본인은 무슨 일을 당했는지도 몰랐을 거야. 그보다 시오리, 이런 곳에서 기다리면서까지 나한테 하려던 말이 뭐지?"

"저, 저기, 저번에 부스지마 선생님이 그렇게 말씀하셨지만, 그래도 저는 작가가 되는 것을 포기하지 못하겠어요……."

"아니, 겨우 그 말을 하려고 여기까지 왔다고?"

"선생님이 계시는 곳을 모르니까 트위터에 올리신 술집 근처에서 기다리는 수밖에 없었어요."

"참, 사람 놀라게 하긴. 만약 잘못해서 화살이라도 맞았으면 부상 정도로 끝나지 않았을 텐데. 그나마 범인이 잡혔으니 천만다행이지만."

부스지마는 천천히 일어나 붙잡힌 범인에게 다가갔다.

"이거, 이거, 이거, 수고가 많네. 역시 같은 방법으로 습격을 하셨구먼, 오우미 씨."

수갑으로 자유를 빼앗긴 오우미는 당장이라도 울음을 터뜨릴 듯한 얼굴이었다.

"하, 함정이었던 거냐?"

"현장에 떨어져 있던 흉기와 당신 전직을 연결해보고 아마도 이렇게 들어맞지 않을까 추측은 했지. 자신이 취급하던 제품에 살짝 손을 대는 건 식은 죽 먹기일 테니까. 아, 그때 깜빡하고 말 못 했는데 작가한테는 발상력이 중요해. 참으로 아쉽군. 이런 무기를 만드는 발상력을 플롯에 살리면 조금은 재미있는 소설을 썼을 텐데. 머리를 잘못 쓰면 안 되지. 우후, 우후후후후."

"주, 죽일 생각은 없었어. 내 인격과 작품을 우롱한 그 남자를 조금만 다치게 하려고 했던 거야."

"그게 기대한 이상으로 살상 능력을 발휘해 결과적으로 죽이게 됐다? 흐음, 그래. 하지만 그 위력을 확실히 알았으면서도 이번에 똑같은 방식으로 나를 노렸으니까 더 이상 변명의 여지가 없네. 화살을 발사했을 때 생긴 찰과상은 지난번에 사용된 흉기의 경우와 일치할 테니, 탁월한 물적 증거가 되겠군. 살인 하나에 살인미수가 하나. 사형은 아니더라도 두 번 다시 철창 밖으로는 못 나오겠는걸. 아…… 한데 좋은 기회가 되지 않을까? 교도소에선 비교적 시간이 많아서 글 쓸 시간이 충분하거든. 징역수의 옥중 일기는 제법 수요가 있을 텐데. 그런 장르는 문장이 치졸한 편이 도리어 사실적인 느낌도 나고. 음, 괜찮으면 겐토샤를 소개해줄게. 단,

다행히 출판 계약이 성사되면 나한테 수수료로 40퍼센트 떼어줘야 해. 아까 그 충격, 꽤 강력했으니 위자료 대신으로. 자, 데리고 가주세요."

오우미는 수사원 두 명에게 붙잡혀 큰길 쪽으로 연행되었다.

현장에는 세 사람이 남겨졌다.

"저, 부스지마 선생님. 조금 전 이야기인데 저요, 역시 작가의 꿈은 포기하고 싶지 않아요. 선생님 말씀대로 현실 도피일 수도 있지만, 노력해도 아무 성과 없는 세상이라는 건 인정할 수 없어요."

"나도 같은 의견이야."

"……네?"

"노력은 반드시 결실을 맺어. 그렇지 않다면 모험이 얼마나 허무하겠어. 단지 그 노력이라는 것은 정당한 노력에 한해서니까."

"정당한, 노력."

"내가 그렇게 심한 소리를 했는데도 맞서는 사람은 드물어. 나는 아가씨 재능을 판별할 능력은 없지만 정말 아가씨한테 재능이 있다면 그 오기야말로 재능을 추진하는 힘이 되어줄 거야."

부스지마가 시오리의 어깨 위로 살며시 손을 얹었다.

"강요하는 것은 싫으니까 열심히 하라고는 안 해. 하지만 지지 말도록."

시오리는 눈가를 훔치며 자리를 떠났다.

아스카는 가슴이 찡해오는 것을 느끼며 만족스러워 보이는 부스지마에게 다가가 말을 건넸다.

"저요, 부스지마 선배님을 오해했던 것 같아요. 마지막에 깔끔하게 마무리해주셨네요. 세 사람에게 퍼부은 폭언도 범인을 낚기 위한 연기였던 거군요."

그러자 부스지마는 황당하다는 듯 눈이 동그래졌다.

"왜 연기를 해야 하는데? 범인을 낚을 먹이로 삼은 것은 맞지만 내가 말한 건 거의 다 진실이야. 그리고 만에 하나 그 세 사람 중에서 장차 내 글쓰기의 적수가 나타날 수도 있고. 재능의 싹수를 일찌감치 잘라버리는 것이 최고지. 우후, 우후후, 우후후후."

2

편집자(編集者)는 편집자(偏執者)

1

"대체 왜 그러셨어요?"

일대일로 마주한 접대실. 맞은편에 앉은 하고로모 사야, 즉 다카무라 데이코는 사나운 눈으로 이쪽을 노려보았다. 아니, 본인에겐 노려보는 것이겠지만 가만히 눈을 치뜨고 있을 뿐이기에 전혀 무섭지는 않다. 상대편이 미인이라면 야릇한 분위기에 휩싸일 수도 있겠지만 공교롭게도 소설가 마쓰모토 세이초를 빼닮은 얼굴이기에 착각으로라도 그런 상황은 일어나지 않는다. 돌아보자면 데뷔 당시 본인이 "저는 비주얼로 승부하는 작가가 되고 싶어요"라고 말했을 때엔 너무도 놀라 뒤로 넘어가는 줄 알았다.

"뭘? 왜 그러다니? 분명하게 말을 해야 알아듣지. 나도 바쁜 몸이야."

마다라메 아키라는 시치미를 뗐다. 사실 짚이는 것이 너무 많아 어느 건이 하고로모 사야를 화나게 했는지 짐작도 가지 않았다.

"제가 데뷔하기 전의 2차 창작물을 무단으로 전재한 거요."

"아아, 그거."

그 말을 들으니 생각이 났다.

하고로모 사야는 군유샤 출판사의 '군유JA신인상'으로 데뷔한 작가로 그전에는 인터넷 창작 사이트 '소설가가 되자!'에 꾸준히 원고를 올리고 있었다. 사야는 과거에 그 사이트에 올렸던 단편 한 편이 군유사 선집에 전재되는 것에 항의하는 것이다. 사야의 그 투고작은 인기 애니메이션 캐릭터를 가지고 소년들의 사랑 이야기를 그려낸 것으로 일부 독자층의 특별한 지지를 받는 장르에 속했다.

"이번 선집은 여성 작가의 신감각 소설이라는 콘셉트라서 마침 잘 맞아떨어지거든."

"저는 그걸 다른 출판물에 수록한다는 말을 들은 적이 없어요."

"거짓말……. 하고로모 씨한테 전화로 다 전달했는데?"

마다라메는 뜻밖이라는 듯 몸을 뒤로 젖혔지만 사실 하고로모 사야한테 허가를 받은 기억이 없다.

그 선집은 원래 마다라메의 기획이었다. 군유샤에서 데뷔한 신인과 중견 작가들 몇을 모아 그들에게 동일한 테마의 글을 청탁했는데, 교정이 끝날 때가 되어서야 분량이 부족하다는 것이 판명되었다. 작가 세 사람이 초교 단계에서 내용을 대폭 삭제한 바람에 애초의 계획보다 원고지 30매 분량이 부족해진 것이었다.

교정을 마친 단계에서 새로운 집필자에게 원고를 의뢰할 수는 없었다. 궁여지책으로 떠오른 것이 하고로모 사야가 데뷔하기 전에 쓴 2차 창작물을 그 선집에 집어넣어 분량을 맞추는 것이었다.

"그 작품은 저한테 일종의 취미의 연장과도 같아서 도저히 상업적으로 사용할 수 있는 게 아니라…… 제 자존심이 허락하지 않아요."

상업적으로 사용할 수 없다니 대체 어떻게 그런 말을 할 수 있는지, 마다라메는 순간 비웃어주고 싶은 충동이 들었다.

창작 사이트 '소설가가 되자!'에는 만 명 단위의 투고자가 존재하지만 수상을 목적으로 하지 않았고 심사위원도 없었다. 단순히 취미로 글 올리는 사람들이 대부분이었고, 그중에 출판사의 출간 제안을 기대하는 사람들이 있다 하더라도 대체로 작품 수준이 낮았다.

그런 사이트에 2차 창작물을 올려놓고 어떻게 이제 와서 자존심이 허락하지 않는다고 말할 수 있는가?

"근데 말이지, 하고로모 씨한테는 다 허락을 받았다니까."

"그러니까, 못 들었다니까요. 일단 계약서도 없고."

"저기 말이야. 하고로모 씨, 당신 이 바닥에 들어온 지 몇 년이나 됐지?"

"3년째예요."

"그렇다면 이 바닥에서 구두약속이 계약이라는 건 알잖아. 따로 녹음하지 않아도 관습적으로 그렇게 정해져 있으니까. 선집 건도 마찬가지야. 그쪽은 기억이 없어도 이쪽은 있으니까 당혹스럽네. 정 그러면 법정에서 따져보자고."

재판 이야기를 슬며시 꺼내자 하고로모 사야는 겁먹은 눈빛이 되었다. 기업인 출판사와 개인사업자인 작가가 다투면 일단 작가에게는 승산이 없다. 주장의 정당성에 앞서 재판 비용을 마련할 수 없기 때문이다.

"계약서라면 다음 주에 작성하자고. 물론 인세 6퍼센트를 작가들끼리 나누는 거야."

문고본으로 출간되는 선집은 초판 4천 부 발행, 정가 600엔으로 6퍼센트의 인세를 12명의 집필진이 똑같이 나누면 하고로모 사야한테는 1만 2천 엔이 건네진다. 말 그대로 쥐꼬리만 하지만, 읽으면 눈 버릴 졸문을 상업적으로 출판하여 돈까지 얹어주는 것이니, 감사하다는 말이라면 몰라도 원한을 살 이유는 없다.

"그건 지금의 제 작풍과는 많이 달라요. 발표되면 제 이미지가 실추될 거예요. 제발 회수해주세요."

하고로모 사야는 영웅 판타지로 데뷔했다. 제재 자체는 닳고 닳았지만 여성 특유의 부드러운 필치로 그려냈다는 점에서 신선하다는 평가를 받았다. 비슷한 것을 동년배 남자가 쓸 경우에 풍기는 미성숙한 풋내가 하고로모 사야의 것에서는 느껴지지 않았다.

다만 하고로모 사야에게는 강력한 개성이 없다.

"이미지 실추? 미안한데 당신은 실추될 정도의 이미지가 아직 구축되지도 않았어. 애당초 문고로 시작하면서 초판 4천 부를 밑도는 신인이 무슨 어엿한 작가 흉내를 내고 그러나? 그러면 안 돼. 자기 주제를 알아야지."

역시 자존심에 상처를 입은 것이다. 하고로모 사야는 마다라메를 홱 노려보았다.

"이걸로 두 번째예요. 무단으로 이런 짓 한 것."

"으음, 두 번째?"

"잊어버렸다고 하지 마세요. 구니오 씨의 라이트미스터리, 메인 트릭은 제가 제출한 플롯에 있던 거잖아요."

또 그 얘기야, 마다라메는 못마땅해진다.

마다라메가 담당하는 구니오 반나이는 라이트미스터리의 기수로 최근 각광받는 작가였지만 한 달에 한 권 꼴로 출간하고 있던 탓에 슬슬 트릭이 바닥을 드러내고 있었다. 그러던 참에 마침 하고로모 사야가 제출한 플롯 안에서 적합한 트릭이 눈에 띄어 마다라메는 그것을 구니오에게 제안했고 구니오는 그 트릭을 순순히 채용했다. 하고로모 사야가 항의했지만 아이디어 사용료를 지불하는 것으로 해결된 터였다.

"이미 끝난 일을 왜 다시 끄집어내는데? 꼴사납게."

"꼬, 꼴사납다고요?"

"우선, 그 플롯으로는 모처럼 괜찮은 트릭도 돼지 목에 진주목걸이나 마찬가지야. 아이디어가 작품과 융합되어 있지 않거든. 그렇다면 구니오 선생님이 자기 작품에 써주는 편이 아이디어로서도 행복하다고 할 수 있지. 당신한테도 영광이고."

"너무해……."

그녀는 원망스러운 듯 중얼거린다. 출판사에서 방음설비를 시공해둔 방이기에 소리를 좀 크게 내도 상관없음에도 나직한 목소리로. 이러한 소심함으로 인해 약점을 잡힌다.

"아, 아무리 내가 인기가 없기로서니 지나치시군요. 바, 반드시 고소하겠어요."

"저기, 저작권에 대해 잘 모르는 것 같아서 알려주겠는데, 아이디어나 트릭 자체에는 저작권이 없고, 상품으로 세상에 나온 건 오로지 구니오 선생님 작품이야. 그렇게 고소하고 싶으면 말리지는 않겠지만 백 퍼센트 당신이 진다는 것만 알아둬."

"사, 사, 사람을 뭘로 보고……."

"음, 미안한데 당신은 일회용 라이터 정도로밖에 안 보여. 두세 번 쓰고서 휙 버리는 백 엔짜리 라이터. 물론 라이터(lighter)와 라이터(writer)의 발음을 이용한 농담이야. 아니, 꼭 농담이라고만 할 수는 없나?"

그녀는 분노로 어깨를 떨었다.

"아, 하지만 너무 신경 쓰지 마. 하고로모 씨 정도의 일회용 신인은 산처럼 쌓였으니까. 당신만 일회용은 아니란 말이지. 그리고 내 방법이 마음에 안 든다고 해서 우리 말고 다른 출판사에서 출간 제안을 받을 수 있는 입장도 아니잖아. 그렇다면 지금은 와신상담하는 마음으로…… 아차, 와신상담이 무슨 뜻인지 알아? 나중에 꼭 사전 찾아봐. 그러면 하고로모 씨도 조금은 격조 높은 문장을 쓸 수 있을 테니."

별안간 그녀가 자리에서 일어나 마다라메의 얼굴에 손가락을 들이댔다.

"너 같은 건, 주, 주, 죽어버려!"

그리고 접대실을 뛰쳐나갔다.

홀로 남겨진 마다라메는 쓴웃음을 지으며 한가로이 손을 흐느적대면서 인사했다.

회사를 나오니 이번에는 마다라메를 숨어서 기다리는 다른 자가 있었다.

"이제야 만났네, 이 자식아."

덴도 구이치로, 다른 이름으로 니시하라 히데오, 그는 처음부터 위태로운 공기를 주변에 퍼뜨리고 있다.

조금 전의 하고로모하며, 이 덴도하며, 아무래도 오늘은 운수 사나운 날인 모양이다. 성가시긴 하지만 덴도도 하고로모와 마찬가지로 애송이에 불과하니 그저 적당히 다루면 된다.

"이야기는 언제든 들어줄게. 뭔데 그래?"

"뭐긴 뭐겠어. 내 작가 인생 돌려줘. 지금 당장 돌려줘. 바로! 즉시!"

술이 들어간 것 같지는 않은데 덴도의 눈은 심하게 충혈되어 있었다.

"작가 인생? 잠깐만. 당신한테 원래 작가 인생이라는 게 있었나? 데뷔는 했지만 두 번째 작품이 안 나오면 그런 건 작가도 뭣도 아니야. 그냥 신인상을 받아본 평범한 일반인인 거지."

"네, 네, 네가 두 번째 작품을 못 쓰게 한 장본인이잖아."

아하, 그런 식으로 보고 있었구나, 마다라메는 약간 뜻밖이라고 여겼다.

덴도 구이치로는 작년에 군유샤의 라이트노벨로 데뷔한 신인이었다. 군유JA신인상의 최종후보에 올랐지만 결국 가작도 수상하지 못한 그의 소설을 마다라메가 구원해주기로 한 경우였다.

그러나 최근 라이트노벨은 난립 상태였다. 당연히 작품도 산더미같이 넘쳐나서 다른 것들과 차별화를 도모하지 않으면 허망하게 매몰되어버린다. 신인상 수상 같은 왕관이 없으면 어필할 방법이 없다.

그래서 마다라메는 '본격 미스터리의 정통 계승자'라는 홍보 문구를 내세워 덴도를 데뷔시켰다.

"우리가 화려하게 데뷔시켜줬잖아. 두 번째 작품을 못 쓰는 것은 어디까지나 쓰는 사람 책임이야. 그걸 출판사 탓으로 돌리면 곤란하지."

마다라메가 덴도의 눈앞에서 손가락을 흔들었다.

"편집자의 사명 가운데 하나가 신인을 키우는 것이긴 하지만 본질적으로 본인에게 힘과 기개가 없다면 어쩌겠어. 워낙에 작황이 안 좋은 채소에 무슨 비료를 준다고 잘 자랄 리가 없잖아."

"뭐, 뭐라고? 그런 식으로 나를 팔아놓고. 나, 나는 제대로 된 오리지널로 승부할 수 있는 실력이 있었어. 그런데 그런 스캔들에 휘말리게 해서 무너진 거라고!"

스캔들이라고?

마다라메는 코웃음을 친다. 그까짓 것이 무슨 스캔들이라고.

본격 미스터리의 정통 계승자라고 내세운 것까지는 좋았지만 정작 덴도에게는 그에 걸맞은 실력이 결여됐다. 덴도가 최종심까지 올라갈 수 있었던 것은 다른 건 몰라도 산뜻한 문체와 전대미문의 캐릭터를 창출하는 재능이 있기 때문이었다. 바꿔 말하면 장점이라곤 그게 다였다.

그래서 마다라메가 덴도에게 이야기의 아이디어를 제공해주었다. 물론 일개 편집자인 그가 획기적인 트릭을 떠올렸을 리 없다.

"당신이 생각해낸 아이디어인 줄 알았는데 서, 설마 아야네 선생님 것을 가져왔을 줄은……."

마다라메는 군유샤로 좌천되기 전에 대형 출판사인 소류샤 문학팀에 근무했다. 베스트셀러 작가 아야네 렌지를 담당한 것도 그 당시였다.

아야네는 다작의 작가이고 그의 머리에서 만들어지는 트릭들은 모두 독창적이었다. 그런 이유로 당대의 가장 뛰어난 인기 작가로 불렸다.

마다라메는 아야네의 저작물 중에서 대표작 하나를 빌려 그 아이디어를 덴도에게 제공했다. 무대와 캐릭터 설정, 메인 트릭과 마지막 반전까지 전부 빌려왔기 때문에 완전한 표절이나 다름없었다.

드디어 덴도의 데뷔작 『신들의 모순』이 발매되고 시작은 좋았다. 홍보 문구의 효과가 있었는지 초판 1만 부가 순식간에 팔려나갔다. 그러나 2쇄를 찍으려던 찰나, 아야네의 팬들과 서점 직원들이 '표절이 아니냐'는 의문을 제기했다. 인터넷에서도 아야네의 원작과 비교하여 덴도의 표절 방식이 얼마나 치졸한지를 성토하기에 이르자 판매가 뚝 멈췄다.

이후 군유샤에서는 덴도의 두 번째 작품을 내지 않았다.

"그런 인기 있는 선생님의 작품을 표절했는데 다른 출판사에서 출간 제안을 할 리가 없어. 내가 글을 못 쓰게 되고 업계에서 매장된 것도 모두 네 책임이야."

"이래서 세상 물정 모르는 애들은 곤란하다니까. 잘 들어. 지금 데뷔 때 일을 가지고 트집 잡고 있는데 데뷔라는 건 단지 출발선에 서는 것에 불과해. 별로 대단한 일이 아니야. 물론 대상을 수상하면 화제를 만들기 위해서라도 축제를 벌이긴 하지만."

자신의 과실을 합리화하기 위해 우선 정론으로 말문을 연다. 마다라메가 수라장을 빠져나가기 위해 상투적으로 사용하는 수단이었다.

"중요한 건 데뷔한 뒤에 어떻게 하느냐에 달렸어. 다른 주자들과 같은 속도로 달리느냐, 등에 로켓부스터를 달고 하늘을 나느냐, 아니면 덴도 씨처럼 출발선에 주저앉아서 코치와 관중들을 매도하느냐지. 그건 완전히 자기 책임이잖아. 출전 통지를 받은 것만이라도 고맙게 생각해야지."

"뭐, 뭐라고?"

"어떻게 데뷔를 했든, 원래 재능이 있는 작가는 남는 거고, 그렇지 않은 작가는 결국 사라져. 그 정도 순리는 알 텐데."

"으윽."

덴도는 말문이 막혔는지 신음 소리를 냈다. 그 모습을 본 마다라메는 내심 실망했다.

한심하긴. 언어를 다룬다는 사람이 이 정도 논리에 한 마디도 반박하지 못하다니. 이것은 이 남자의 작가적 한계다.

"그리고 이건 오늘 다른 사람한테도 한 말인데, 아이디어나 트릭에는 저작권이 없어. 그래서 현대의 미스터리 작가가 고전에서 사용된 트릭을 변형시키고 환골탈태하는 거잖아. 표절 운운은 그저 윤리적인 문제이고 덴도 씨의 소설이 재미없는 것은 무엇보다 센스와 기량의 문제야. 표절이라도 제대로 대박 치면 오마주라는 말을 듣거든. 자신의 치졸함은 생각도 않고 스캔들이니 오리지널이니 표절이니 얘기하는데, 적당히 좀 하지 그래? 스캔들에 엮이더라도 상품 가치가 있는 걸 내버려둘 사람은 없어. 어느 출판사든 재능 있고 인기 있는 작가를 원하니까. 그만큼 세상에 알려졌는데 다른 곳에서 오퍼가 없는 이유는 문제가 생겨 시끄러워지는 것이 무서워서가 아니라 단지 덴도 씨의 소설에 재능이 반짝이지 않기 때문이야. 알겠어?"

"으으으……."

덴도는 얼굴이 새빨개졌을 뿐 팔이 올라가지는 않는다.

몇 번 만나봤기에 덴도의 성격은 이미 잘 알고 있다. 어린애처럼 낮은 수위로 대들 줄은 알아도 주먹다짐 같은 것은 못 한다. 더구나 활동 범위가 좁고 독선적인 논리밖에 모르기 때문에 상대방에게 논파되면 죽을 만큼 분해한다.

저항하지 않는 사람을 가끔 괴롭히는 것도 나쁘지 않다. 마다라메는 폭언을 조금 더 퍼부어주기로 했다.

"당신처럼 노력도 뭣도 안 하는 사람이 꼭 남 탓, 환경 탓을 한다니까. 성공하는 사람은 그냥 숨을 쉬듯 꾸준하게 노력하는 법이야. 당신 같은 인간들은 머리에 망상만 잔뜩 들어차 있어 눈곱만큼도 노력을 안 해. 막상 뭣 좀 해놓더라도 괴팍한 자존심과 근거 없는 자신감 때문에 출판사에 그걸 가져가려는 생각은 안 하지. 자신과 자신의 재능은 세상의 사랑을 받기 때문에 팔리는 게 당연하고 안 팔리면 운이 없어서라거나, 무슨 음모 때문이라니. 그건 옆에서 보면 전혀 안 웃기는 개그라고. 그런데 말이지, 그게 안 웃기는 개그라 해도 당신이 쓴 소설보다는 재미있으니 정말 어째야 할지."

"야!"

마침내 덴도가 참지 못하겠는지 덤벼들었다.

몸이 부딪히기 직전 마다라메는 우측으로 비켜 가볍게 다리후리기를 한다. 앞으로 기울어져 중심을 잃은 덴도는 버티지 못하고 현관 앞 계단에 머리부터 고꾸라진다.

신음하며 고개를 쳐든 덴도의 얼굴은 순식간에 엉망진창이 되어 있었다.

"아아, 이런 말 꺼낼 일이 없어서 그동안 가만히 있었는데 덴도 씨, 운동을 너무 안 해. 계속 컴퓨터 앞에만 붙어 있지? 그 시간 내내 원고를 쓴다면 아직 싹수가 있는 거지만 어차피 인터넷 서핑이나 자기 이름 검색밖에 안 하잖아. 비만인 데다 생활 습관이 그런 식이니 이런 흉한 꼴 보이게 되는 거야. 운동 좀 해."

말을 마친 마다라메는 등을 돌렸다. 큰길이 바로 앞이라 사람들 눈이 있다. 이런 곳에선 덴도가 기습해 오지 않으리라는 계산이 있었다.

덴도라는 남자는 정말 알기 쉬운 남자다. 멀어져가는 마다라메의 등을 향해 혼자 소리칠 뿐이었다.

"기, 기억해둬라!"

저런 빤한 말밖에 떠오르지 않는 것도 소설가로서는 치명적이란 말이야.

"조금 전에 한 말, 반드시 후회하게 해줄 테니."

무슨 생각으로 이런 어휘 빈약한 남자의 소설을 출판하기로 결정했을까?

마다라메는 스스로 믿을 수 없을 정도로 어이가 없었다.

2

마다라메의 시체가 발견된 것은 5월 20일 이른 아침이었다.

시체는 도쿄도 나카노 구 나카노의 한 폐건물 앞에 내팽개쳐져 있었다. 처음 발견한 이는 그 구역을 돌던 쓰레기 수거차 운전자였는데 보통 사람이 언뜻 보아도 살인사건임이 분명해 보였다고 한다.

"도쿄에도 아직 이런 데가 있네요."

이누카이와 함께 현장에 달려간 아스카는 주변을 둘러보며 놀라움을 금치 못했다.

나카노 45번가, 나카노 브로드웨이 동쪽에 위치한 먹자골목. 와세다 길과도 가깝기에 지명만 들으면 번화가를 연상하지만 실제로는 대부분 폐허가 된 지역이었다. 사용하지 않는 건물은 문이고 창문이고 할 것 없이 전부 합판으로 막아놓아 도저히 도쿄의 풍경 같지 않았다.

"이 일대는 거품 경기 때 땅 투기가 있었어."

이누카이는 시체가 놓여 있는 파란 천막으로 걸어가면서 아스카의 얼굴을 쳐다보지도 않고 설명했다.

"작은 술집들로 북적이는 곳이라 재개발로 건물 한두 채 세우면 쏠쏠한 벌이가 됐겠지만 투기가 끝난 순간 거품이 터져버렸지. 예정되어 있던 건설비용이 날아가고 남은 건 빈집과 허허벌판뿐이야."

천막 안에서는 언제나처럼 미쿠리야 검시관이 막 일을 마친 참이었다.

그의 발밑에는 벌거벗은 시체 한 구가 놓여 있었다. 보통 체격에 보통 키, 나이는 40대 초반 정도 될까? 연령대에 비해 아랫배가 처져 있다.

"치명상은 셔츠 위에서 가슴을 예리한 칼로 한 방. 찔린 곳을 봐주십시오, 하듯 뒹굴고 있었네."

아하, 이래서 보통 사람들도 타살로 판단할 수 있었구나.

"흉기는요?"

"현장에는 없었네. 감식반이 근처를 찾아다니고 있는데 아직 소식이 없군. 내 느낌인데, 아마 근처에서는 발견되지 않을 것 같아."

이누카이는 이해된다는 듯 고개를 끄덕였다.

"여기에서 살해된 것이 아니군요."

"상처가 심장까지 미쳐 있네. 흉기를 뺐을 때 출혈이 엄청났을 텐데 시체나 현장에 피 흐른 흔적이 거의 없어. 사망 추정 시각은 어젯밤 9시부터 11시 사이. 어디 다른 곳에서 살해된 뒤 여기까지 운반되었든지, 찔려서 숨을 거두고 시간이 좀 지난 뒤에 흉기를 빼냈든지 했을 거야. 현장에 흉기가 없을 땐 대개 그런 경우지. 아무튼 범인이 가지고 갔을 가능성이 높네."

"또 다른 게 있습니까?"

"여기."

미쿠리야가 몸을 숙여 시체의 상체를 뒤집더니, 목 뒷부분에 남은 붉은 화상 흔적을 보여주었다.

"이 모양이라면 십중팔구 전기 충격기야. 전기 충격으로 일단 정신을 잃게 하고서……."

이어 시체를 본래대로 돌려놓고 입가와 손목을 가리켰다. 그 부위를 압박했던 자국이 희미하게 시야에 들어왔다.

"입과 손목을 테이프로 압박했어. 숨이 끊어진 뒤에 떼어냈을 걸세."

"전기 충격기로 신체의 자유를 뺏고서 테이프로 압박하고 칼로 찔렀다, 그런 순서가 될까요?"

미쿠리야는 말없이 고개를 끄덕인다. 자기가 직접 설명하진 않았지만 대체로 그 순서가 맞으리라는 의사 표현이었다.

"결국 시체만 내버려두고 자기 물건들은 모두 회수했다는 거네요."

천막에서 나온 아스카는 이누카이에게 이렇게 말을 꺼내 정황을 확실히 한다. 이 남자도 미쿠리야와 같은 부류로 아스카가 먼저 일일이 물어 확인하지 않으면 자기 의견을 밝히지 않는다. 범죄수사를 계속하다보면 이런 식이 되는가 하고 생각해본 적도 있지만, 매사에 숨김없는 아소 반장을 보면 단지 개개인의 성격 문제인 것 같다. 두 성격 모두 아스카가 응대하기 쉽지 않은 유형이다.

"압박할 때 사용한 테이프 접착 면에 지문이 묻었든지, 아니면 테이프 자체가 범인을 한정 짓는 단서였을 거야. 신중한 녀석임에 틀림없어. 이런 장소를 고른 것도 그렇고."

주변을 둘러봤다. 아까 들은 대로 빈집과 허허벌판뿐으로 사람 사는 기척이 전혀 없었다. 쓰레기 수거차가 시체를 발견했다고 하니, 목격자 증언은 아예 기대하지 못할 듯하다.

이누카이가 감식반원을 한 명 붙잡았다.

"현장에 뭔가 떨어져 있었습니까?"

"다수의 평면 족적과 정체불명의 모발 몇 점이 발견됐고, 특별히 다툰 흔적은 없었습니다."

"소지품은요?"

"웬만한 건 다 남아 있었습니다. 지갑, 휴대전화, 신분증을 소지하고 있었고, 지갑에는 현금 5만 2천 엔과 각종 카드가 들어 있었습니다. 범인이 가지고 간 물건은 없는 것 같습니다."

"신분증이라면……."

"군유샤 문학팀이라고 적혀 있습니다. 중견 출판사죠."

출판사라는 말을 들은 순간 이누카이의 표정이 미묘하게 일그러진 것을 아스카는 놓치지 않았다.

현장검증과 일대 탐문수사를 마친 뒤에는 주변인물 탐문수사, 즉 피살자의 대인관계를 털기 위해 자택이나 근무지를 찾아가는 것이 순서이다. 하지만 이누카이의 얼굴에는 여느 때와 같은 패기가 드러나지 않았다.

"왜 그러세요?"

"음, 느낌이 안 좋아."

군유샤에 가서 소식을 전하자, 문학팀의 호사카 부장은 "그렇습니까"라고 대꾸하고는 입을 다물었다. 이누카이는 여전히 내키지 않는 모습으로 질문을 던졌다.

“별로 충격 받으신 표정이 아니군요.”

“다들 좋아할 만한 사람은 아니었어요.”

“가정이나 직장에서 무슨 문제라도 일으켰습니까?”

“독신이라서 가정보다는 직장이 주요 무대였죠. 그 친구는 편집자로서는 대단히 유능했습니다. 군유샤에 손해를 입힌 적도 없고, 담당한 책들의 반품 비율이 늘 40퍼센트 이하였고요.”

아스카는 겐토샤의 신보에게서, 요새 반품 비율이 50퍼센트가 넘는 문학서가 적지 않다는 이야기를 들은 적이 있다. 반품 비율이 40퍼센트를 넘지 않았다는 것은 이 업계에서 상당히 선전하고 있었다는 말이다.

“회사 입장에서는 수익을 담보해주는 사원이었을 텐데, 왜 좋아할 만한 사람이 아니었습니까?”

“회사에 수익을 담보해주는 사람이었으니까요.”

납득이 가지 않는다.

“뭐랄까…… 이렇게 말하기 뭣하지만, 출판이라는 것은 어느 정도 도박 같은 면이 있어요. 뭘 내야 팔린다, 이렇게 하면 반드시 대박 난다는 공식이 없습니다. 물론 베스트셀러 작가를 많이 담당하는 편집자가 타율도 높긴 하지만, 그래도 100퍼센트라는 건 있을 수 없죠. 팔리는 책이 있으면 안 팔리는 책도 있습니다.”

“마다라메 씨의 타율은 100퍼센트에 가까웠다는 거군요. 편집자로서 유능했다는 것은 수치로 이해되지만 구체적으로 어떤 점이 뛰어났던 겁니까?”

호사카는 그 물음에 대답하고 싶지 않은지 시선을 다른 곳으로 돌렸다.

"호사카 씨, 이건 범죄수사라서……."

"저희는 소류샤의 자회사 같은 곳인데요."

갑자기 호사카는 종잡을 수 없는 이야기를 꺼냈다.

"명목상 다른 출판사지만 소류샤가 저희 회사 주식의 거의 30퍼센트를 보유하고 있으니 자회사라고 해도 과언은 아닐 겁니다. 마다라메는 예전에 소류샤의 편집자였습니다. 그 친구를 채용할 때 소류샤의 지인이 확인해준 바에 따르면 거기서도 역시 유능한 편집자였어요."

유능하다는 말이 반복되는 것이 괜스레 수상했다. 이누카이도 마찬가지로 느꼈는지, 거침없이 호사카에게 의아하다는 표정을 지어 보였다.

"그런 유능한 편집자가 왜 자회사로 좌천되었을까요?"

"손댄 작품에 전혀 실패가 없었다는 것은 바꿔 말하면 실패할 것 같은 작가나 작품은 담당하지 않았다는 겁니다. 돌려 말하는 것으로 들릴 수 있지만, 회사에 이익을 가져오는 사원이 회사 이외의 누군가에게도 이익을 가져온다고 할 수는 없죠."

"좀 분명하게 말씀해주십시오. 마다라메 씨는 이전 출판사에서 문제를 일으켰다, 그래서 유능했지만 자회사로 보내졌다는 것 아닙니까?"

호사카는 이누카이의 날카로운 시선에 불편해진 듯 무릎을 떨었다.

"문제라고는 하지만 그게 담당하던 작가와의 의견 차이 같은 거라서 별로 대단한 일은……."

"구체적으로 얘기해주세요."

"한 신인 작가가 제출한 플롯을 마다라메가 다른 기성 작가의 작품에 유용했어요."

"표절했다는 겁니까?"

"아니…… 메모지에 끄적거린 정도의 플롯이라서 표절까지는 아닐 겁니다. 그런데 그걸 그 신인 작가가 인터넷에서 폭로하는 바람에 문제가 불거졌죠. 그때 마다라메의 실명도 밝혀졌기에 소류샤로서도 뭔가 조치가 필요했을 겁니다."

가만 들어보자니, 진실을 폭로한 신인 작가를 책망하는 듯한 말투였다.

"마다라메 씨는 이 회사에서도 유능했습니까?"

"네."

"그럼 여기서도 같은 문제를 일으켰습니까?"

"회사에 실질적인 손해를 준 것은 아니라서 역시 문제라기보다는 작가와의 의사소통이 잘 안 된 걸로 봐야죠."

"그것은 아주 최근 일입니까?"

"이달 초였습니다. 편집부로 작가 두 명이 항의를 해왔습니다."

다들 좋아할 만한 사람은 아니었다는 말이 이제 이해되었다.

"의사소통이 잘 안 된 것 가지고 항의까지 합니까?"

"자기 일이 잘 안 풀리는 작가 중에는 작은 문제 가지고도 여러모로 복잡하게 키우는 경우가 종종 있어요."

호사카는 항의를 해온 작가 두 사람의 이름을 마지못해 밝혔다.

먼저 임의 출두에 응한 사람은 다카무라 데이코, 35세, 하고로모 사야라는 필명으로 작가 경력 3년이라 했으나 공교롭게 아스카가 아는 이름은 아니었다.

심문 전에 이름을 확인하려 하자 당장 주문이 들어왔다.

"저기, 가능하면 필명으로 불러주시겠어요?"

심문을 담당하게 된 이누카이는 벌써 넌더리가 난 표정이다.

"무슨 문제라도 있습니까?"

"이제 본명으로 불릴 일이 별로 없어서 본명을 들으면 오히려 불안정해진다고 해야 하나……."

옆에서 보기에도 그녀의 바람은 분명해 보였다.

"그럼 하고로모 씨, 군유샤의 마다라메 씨가 살해된 건 아시죠?"

"네, 오늘 아침 인터넷 뉴스에서 봤어요."

하고로모 사야는 고개를 숙인 채 대답했다. 이누카이라는 남자는 성격 면에서는 좋아할 수 없을지 몰라도 외모는 배우라 해도 통할 얼굴이기에 하고로모 사야의 이러한 태도는 사교성 문제일 것이다.

"군유샤 얘기를 들어보니 이달 초, 마다라메 씨 일로 항의를 하셨다고요?"

"그건 마다라메 씨가 작가와의 신의에 어긋나는 일을 했기 때문이에요."

하고로모 사야가 어떤 피해를 입었는지 듣고 난 아스카는 기가 막혔다. 플롯 단계의 표절이라니, 마다라메가 이전 출판사에서 저지른 불상사와 동일하지 않은가.

말하자면 마다라메가 똑같은 짓을 반복해서 저지르고 있었는데도 군유샤에서는 그를 유능한 사원으로 간주했던 것이다.

"그게 다가 아니에요. 제가 데뷔하기 전의 2차 창작물을 무단으로 게재했어요."

하고로모 사야는 마다라메가 저지른 또 다른 과오를 장황하게 비난했다. 아스카가 보기에 그녀는 인세율의 수준보다 무단 전재 자체에 분노하고 있었다.

"접대실에서 '너 같은 건 죽어버려' 하는 소리가 들렸다던데요?"

"그때는 너무 화가 나서…… 기억에 없지만 어쩌면 그런 소리를 했을지도 모르겠네요."

"무단 전재라는 것이 그렇게 화나는 일입니까?"

"형사님은 문예나 라이트노벨을 잘 아세요?"

"그 방면은 별로……."

"인터넷에 올렸던 과거의 2차 창작물은 프로 작가가 된 지금의 저에게 흑역사예요. 오리지널리티라곤 눈곱만큼도 없고 플롯도 없어요. 편집자와 교정교열 작업을 거치지 않아서 문장도 불안하고 도저히 독자들에게 보여줄 만한 게 아니라고요. 아무리 선집이라도 책이라는 형태로 서점에 진열되는 건데, 이웃을 포함한 전 세계에 오줌 싼 이불을 공개하는 것과 마찬가지로 치욕이 아니고 뭐겠어요."

다소 어폐 있는 비유로 들리지만 본인은 아주 진지했다.

"마다라메 씨는 창작자의 그런 마음을 전혀 이해해주지 않았어요. 말을 꺼냈다 하면 인쇄 부수나 반품 비율 따위 돈 얘기만 하고 제 기운을 꺾는 말만 하는 거예요. 이번에는 이 테마로 쓰고 싶다고 기획안을 내도 유행이 지나갔다며 바로 거절하고. 매출지상주의라고 할까, 인기 작가만 편애했어요."

"편애…… 하고로모 씨의 기분 탓 아닙니까?"

"인기 작가와는 미팅 장소도 달라요. 인기 작가와는 세련된 레스토랑, 저랑은 항상 근처 패밀리레스토랑이었어요."

그게 인지상정 아닐까, 하고 아스카는 생각했다. 작가 미팅이라면 당연히 출판사의 경비가 나가는 법이니, 작가의 출판사에 대한 공헌도에 따라 대우에도 차이가 생기지 않겠는가.

이누카이는 마음이 무거워진 듯 고개를 내저었다.

"어젯밤 9시부터 11시까지 어디서 뭘 하셨습니까?"

"동료 작가들 몇과 기분 전환하고 있었어요. 신주쿠에 있는 술집에 모여서 먹고 마셨어요."

"작가들이라면 어떤 멤버들이었습니까?"

"데뷔 3년차 정도의 동기들이에요. 기분 전환이라는 게 과장도 뭣도 아니에요. 어디선가 마음을 풀지 않으면 견딜 수 없거든요. 저처럼 술을 별로 못하는 사람도 다른 작가나 출판사 험담을 하기 위해 모일 정도니까요."

"정확히 몇 시부터 몇 시까지였습니까?"

"1차는 오후 7시부터 9시까지였어요. 저는 간사여서 15분쯤 빨리 도착했어요. 그리고 다음에 신주쿠에 있는 노래방에 가서 전철이 끊기기 전, 자정 넘어서까지 버텼고요. 참석한 사람은 저 말고 다섯 명이 다였지만 모두 끝까지 같이 있었으니 증언해줄 수 있어요."

신주쿠에서 나카노까지는 전철로 10분 거리. 가깝긴 하지만 자정까지 알리바이가 있다면 범행은 불가능했다.

"이런 말을 하면 제 심증이 나빠지는 건 알지만 마다라메 씨는 살해당해도 싼 사람이에요."

살해당해도 되는 사람은 없다, 이 말이 목구멍까지 올라왔지만 아스카는 간신히 참는다.

"편집자라는 사람은 작가의 창작 활동에 기여해야 하는 거잖아요. 돈벌이를 도외시해서라도 좋은 작품을 독자들에게 전한다, 그런 생각을 해야죠. 그런데 마다라메 씨는 제게 정반대로만 강요했다고요. 그런 편집자라면 차라리 이 세상과 다른 사람들을 위해 죽는 편이 나아요."

이누카이의 미간 주름이 더 깊어졌다.

두 번째로 부른 사람은 필명 덴도 구이치로, 본명 니시하라 히데오, 본인 말로는 29세라 하지만 더 나이 들어 보였다. 머리에 비듬이 붙어 있고 피부에 윤기가 없다. 생활습관이 나쁜 것인지, 아니면 마음에 문제가 있는 것인지.

"아, 미리 말해두는데 나는 필명으로 불러줘요."

"무슨 문제라도 있습니까?"

"딱히 문제는 없지만 정식 취조도 아닌데 본명을 말할 필요 없지 않나요? 나도 본명으로 불리고 싶지 않고."

이누카이는 내심 역겨워하는 것을 숨기려는지 고개를 끄덕였다.

"여기 불려온 건 내가 마다라메 씨 살인범으로 의심받고 있다고 간주해도 오케이?"

"즐거워 보이는군요."

"아니, 이런 일이 아니면 경찰서를 견학할 기회도 없고. 지금 라이트미스터리 쓰는 중이니 취재도 겸할 수 있으니까요."

이누카이는 조그맣게 한숨을 내쉬었다.

"군유샤에서 들었는데 이달 초, 마다라메 씨한테 항의를 했다고요?"

"아아, 그랬죠. 전화로는 편집부와 마다라메가 이 핑계 저 핑계 대느라 결말이 날 기미가 안 보였어요."

"그래서 본인이랑 직접 담판을 지었다?"

덴도가 갑자기 불쾌한 표정을 지었다.

"현관 앞에 퇴근하던 직원들이 있었습니다. 당신과 마다라메 씨의 대화가 너무 격해져서 차마 나서지 못했다던데."

"……그렇다고 내가 범인이라고 단정 짓는 것은 아니죠?"

"그걸 확인하려고 부른 겁니다. 당신은 '조금 전에 한 말, 반드시 후회하게 해줄 테니'라고 내뱉었다죠?"

"싸울 때야 다 그런 말 내뱉지 않나요? 그리고 편집자에게서 그런 심한 소리를 듣는데 창작자라면 모름지기 맹렬히 항의해야 하지 않겠습니까?"

"반드시 후회하게 해줄 테니…… 표현이 심상치 않은데."

"창작자의 퍼포먼스라는 것은 대개 전위적이고 화려해 보이는 법이죠. 안 그러면 일반 대중한테 전달이 잘 안 되니까."

"구체적으로 묻겠는데 마다라메 씨는 당신에게 어떤 피해를 입혔습니까?"

"그 인간은 내 작가 생명을 망가뜨리려고 했어요."

그리고 덴도는 자신이 문단에 데뷔했을 때의 전말을 털어놓기 시작했다.

덴도는 피해자의 얼굴로 내내 호소했으나 아스카는 도중에 김이 새버렸다. 이누카이는 처음부터 그랬다. 덴도의 주장이 이해되긴 하지만, 설령 인기 작가의 것이 아니었더라도 타인의 아이디어를 빌린 소설로 데뷔하려 했던 게 애당초 잘못 아닌가. 아울러 아야네 어쩌고 하는 작가의 작품을 표절한 것으로 판명된 시점에서 스스로 책 회수를 의뢰하고 사죄하는 것이 제대로 된 사회인의 행동 아니겠는가.

"그게 마다라메 씨만의 책임인가? 보기에 따라서는 당신도 공범 같은데."

이누카이도 같은 생각을 했는지 가시 돋친 한마디를 내던졌다.

"말도 안 되는 소리. 막 데뷔해서 이 바닥에 대해 아무것도 모르니 남이 안 가르쳐주면 뭐가 옳고 그른지 판단할 수 없는 게 당연하죠. 그리고 표현은 모방에서 시작하는 거예요. 코믹 마켓(세계 최대의 동인지 즉매회이자 만화 · 애니메이션 행사/옮긴이)이라고 몰라요? 대부분 2차 창작물로 저자의 승낙 없이 장사가 성립되고 동인(同人)에서 프로가 되는 사람도 있어요. 모방은 절대 나쁘지 않아요. 단지 그 방법이나 상대는 고려해야죠."

이 시점에서 덴도에 대한 동정심은 흔적도 없이 사라졌다. 도둑이 뻔뻔하다는 말까지 굳이 안 하더라도, 마다라메와 덴도 양쪽 다 꼴사납기만 하다. 그런 꼴사나움마저 긍정하는 것이 창작의 세계란 말인가?

"어젯밤 9시부터 11시까지 어디서 뭘 했습니까?"

"한잔하고 있었어요."

덴도는 선선히 대답했다.

"아카사카 리젠시 호텔 라운지, 거기서 8시부터 자정까지 있었어요."

아카사카 리젠시 호텔이라면 도쿄에서도 유명한 곳이다.

"거기 라운지에서 네 시간이나 버텼으면 틀림없이 지갑이 얄팍해졌을 텐데."

"일반 대중들이 가는 곳은 아니죠."

"당신은 일반 대중이 아니고?"

순간 덴도의 얼굴색이 돌변했다.

"무슨 그런 멍청한 소리를 하는 겁니까? 난 작가예요. 창작자라고. 일반 대중과 같을 리가 없잖아요. 당신들과 사는 세계도 다른데."

"……같이 마신 사람은 있고?"

"혼자였어요. 아아, 그걸 증언해줄 사람이 있냐는 거죠? 염려 마요. 카운터에 있던 바텐더가 아마 날 기억할 겁니다. 아니, 분명히 기억합니다."

"뭔가 특별한 술이라도 주문했습니까?"

"그런 건 아니고, 세상살이 가지고 이야기꽃이 피어서. 한데 그 바텐더, 덴도 구이치로를 모르는 거예요. 믿을 수 없어. 바텐더가 손님들을 상대하려면 평소에 폭넓은 화제를 지녀야 하는 법인데 내 이름은커녕 데뷔작도 들어본 적 없다고 지껄이잖아요. 최신 라이트노벨의 현황도 모르다니 아무리 공부 부족이라도 정도가 있지. 발끈해서 내 잔에 남아 있던 술을 그놈 얼굴에 확 뿌렸더니, 좀 실랑이가 있었죠. 그러니까 일반 대중은 아는 것도 없고 어리석어서 가까이하기가 싫단 말이에요."

이누카이는 다시 작게 한숨을 내쉬었다.

덴도를 귀가 조치한 뒤 이누카이가 아스카를 불렀다.

"난 두 사람의 알리바이를 확인할게. 미안하지만 그 작가 선생한테 얘기 좀 해봐."

그 작가 선생이라면 한 사람밖에 없다. 그러나 아스카한테는 이누카이보다 더 상대하기 어려운 사람이다.

"이번에도 일반 사회와 괴리된 특수한 세계 사람들 이야기야. 부스지마 씨가 적임자라고 봐야지."

작가와의 신의를 깨부수면서도 손댄 작품이 대박을 터뜨리면 무조건 유능한 편집자로 칭찬받는 업계. 모방을 적극적으로 긍정하는 세계. 그리고 창작자와 작가들이 특권계급이라고 큰소리치면서 조금도 부끄러워하지 않는 사람들.

이야기만 들어도 숨이 턱턱 막히도록 암울한 이 업계에 아스카 역시 고개를 들이밀고 싶지 않았다.

"선배, 혹시 도망치시는 거예요?"

"도망치는 게 아니야. 일을 선택하는 거지."

아스카는 자칫 우울해지려는 마음을 스스로 다잡으면서 간다진보초에 위치한 부스지마의 작업실을 방문했다.

지난 시절의 향수를 느끼게 하는 튀김 가게 2층으로 올라가 안으로 들어서자 오늘도 겐토샤의 신보가 자리를 지키고 있었다.

그 눈앞에서 부스지마는 오로지 컴퓨터 키보드를 두드리는 데만 몰두하고 있었다.

"아아, 아스카 씨, 오랜만에 뵙습니다."

"오랜만이라니, 신보 씨 저번에도 계셨잖아요."

"에에, 부스지마 선생님께서 저희 원고를 조금 더 빨리 완성해주시면 저도 옛날 편집자 같은 흉내 안 내도 되는데 말이죠."

"그건 황금연휴가 있다 보니."

"작가한테는 황금연휴도 없고 부모님 임종을 지킬 시간도 없다고 말한 것은 부스지마 선생님이십니다."

"이번 달부터 신문 연재가 시작돼서."

"그렇다고 오랫동안 같이해온 저희를 뒷전으로 미루시는 겁니까? 그렇게 의리를 저버리시면 언젠가 길거리 떨어져 나갑니다."

지난번보다 분위기가 한층 긴박해 보였기에 나중에 다시 올까 하는 생각도 들었지만 한 번 더 생각해보니 언제 와도 지금과 같은 상황이리라는 결론에 이르렀다.

아스카가 좀 알아본 바에 의하면, 부스지마 신리라는 소설가는 꽤나 좋은 평가를 받는지 잡지에 여덟 편, 신문에 두 편을 연재하고 있다. 즉 사흘에 한 번 마감이 있다는 계산이 나온다. 게다가 일주일에 한 번은 경찰로서 형사 기능지도원의 임무를 담당하고 있기에 시간적 여유가 있을 리 없다.

현관 앞에 멍하니 있는데 부스지마가 뒤돌아보지도 않고 말을 걸어왔다.

"아스카 씨가 온 것은 마다라메 씨 건 때문인가?"

"알고 계셨어요?"

"그런 용건이 아니면 안 오잖아. 좋아, 얘기해봐. 난 남의 이야기 들으면서도 글 쓰는 속도를 똑같이 유지할 수 있으니까."

하지만, 하고 신보 쪽으로 시선을 옮기자 신보 역시 괜찮다는 손짓을 건넸다.

"마다라메 씨라면 저도 잘 알고 있습니다. 이 바닥에서는 유명인이니까."

"그러니까 출판 관계자한테 사정을 청취한다는 명목이라면 어느 정도 자세한 이야기를 발설해도 괜찮잖아. 만일 수사 정보에 저촉되는 것 같으면 자리 좀 비켜달라 하면 되고."

"선생님이 50매 써주실 때까지 안 나갑니다."

무서워라, 무서워, 하고 웃으면서 부스지마는 손가락을 계속 놀려댔다. 이런 상황이라면 우선 신보에게서 마다라메 이야기부터 듣는 것이 낫겠다.

"그건 그렇고 마다라메 씨 사건에 대해선 벌써 들으셨나봐요."

"좁은 바닥이니까요. 참고로 하고로모 사야 씨와 덴도 구이치로 씨가 경찰에 임의로 불려간 사실도 들었답니다."

"엣, 그런 이야기는 기자회견에서도 발표 안 했는데."

"하고로모 사야 씨는 저희와도 작업하고 계시고, 덴도 구이치로 씨는 본인이 여기저기에 떠들고 다니거든요."

"떠들다니, 왜 그런 이야기를 자랑스럽게?"

"무고죄와 관련해서 작품을 쓸 수 있을 것 같은데 흥미 없으십니까, 하고 저희 편집부에도 전화가 왔었습니다. 재미있죠? 아직 한 장도 쓰지 않았는데 기획만 먼저 통과시켜달라니."

역시 이 업계는 이상하다. 아니, 덴도만 이상한 건가?

"마다라메 씨는 소류샤 시절부터 아무튼 유명했죠."

"그럼 하고로모 씨와 덴도 씨가 당한 일도 아세요?"

"네, 고참 편집자라면 대부분 알죠. 그렇게 명백한 이야기는 마다라메 씨 정도지만, 그 친구가 전무후무한 것은 아니니까."

"표절이나 무단 전재가 그렇게 노상 있어요?"

"아뇨, 노상은 아닙니다. 단지 요즘은 라이트노벨 분야에서 좀 눈에 띄는구나, 하는 정도죠. 마다라메 씨는 소류샤 시절부터 라이트노벨을 담당했기 때문에 이 장르에 한정되지만, 하고로모 씨나 덴도 씨 이야기를 듣고 블랙 기업 수준의 대우라고 생각 안 하셨습니까?"

"조금은요."

"그럴 겁니다. 여기니까 하는 말인데, 문단에서도 라이트노벨 작가는 일회용으로 보는 경향이 있습니다. 작가가 너무 많다는 것도 그 원인 중 하나입니다. 작가 수에 반해 대박 작품이 적으니까 대박 작품 한 편에 편집과 영업이 집중되어 아무래도 다른 것들에는 소홀해져요."

"본인들은 어쩐지 피해망상에 젖은 것 같았어요."

"음, 피해망상이라고 하면 저희도 할 말이 있죠. 이것은 마다라메 씨의 인물평이 양분되는 요인이기도 합니다. 마다라메 씨는 편집자로서는 유능했다는 평가죠?"

"네, 실은 저는 그게 이상해서…… 작가분들의 평판과 백팔십 도 달라서 어느 것이 진짜인지."

"그건 말이죠. 편집자는 크게 두 가지 타입으로 나뉘기 때문입니다. 하나는 작가와 이인삼각도 꺼리지 않는 타입. 다른 하나는 작가한테 빨판상어처럼 달라붙는 타입."

"앗, 앗, 그거 내가 설명할게."

"선생님은 빨리 원고나 완성해주세요! 으음, 즉 마다라메 씨라는 편집자는 전형적인 후자로 어쨌든 인기 작가의 원고를 받아내 그것을 마케팅에 맞는 방법으로 팔죠. 과격한 일에도 태연하고 작가한테 괜한 믿음도 없기 때문에 개인적인 정에 휘둘려 팔리지 않는 책을 내는 일이 없습니다. 따라서 출판사에 손해를 끼치는 일도 없고요. 한편, 이인삼각형의 편집자도 아직 많은데 작가를 신인 무렵부터 격려하고 질타하며 때로는 함께 울면서 마침내 당당한 중견 작가, 대가로 키우는 편집자죠. 어떤 의미에서 이상형입니다."

"어느 쪽이 좋은 거예요?"

"좋다, 나쁘다의 분류가 아니라 모두 옳은 거예요. 예를 들면 문학상을 주최하는 출판사의 편집자는 이인삼각형이 되는 경향이 강합니다. 신인상을 운영하는 데엔 상금 외에도 파티나 심사 비용이 드니까 신인 작가의 향후 활동으로 본전을 회수해야 합니다."

이 설명은 쉽게 이해가 됐다. 출판사도 영리기업인 이상 적자가 이어지면 사업을 지속할 수 없다.

"반대로 말하면, 기껏 상금을 주고 파티에서 치켜세운 신인이 단발성으로 끝나거나 수상작 매출이 오르지 않으면 출판사도 신인상을 축소하거나 폐지하려고 합니다. 다른 곳에서 데뷔한 신인을 가로채서 대박을 터뜨리는 편이 위험이 적으니까요. 그런 움직임이 만성화되면 마다라메 씨 같은 타입이 늘어나는 것도 불 보듯 뻔한 일이죠."

"왠지…… 각박한 이야기네요."

"지금은 업계 전반이 불경기이기 때문에 보기에 따라서는 팔리는 것에 주력하는 마다라메 씨의 방법론이 틀린 것은 아니에요. 젊은 작가들 중에는 공공연히 마다라메 씨의 방법에 항의하는 사람도 있지만, 출판사나 편집자한테 키워달라며 무조건 기대만 하는 쪽도 이상하다면 이상한 거죠. 유치원 애도 아니고, 자기를 프로듀싱하는 능력 정도는 스스로 개발해야죠. 출판사와 작가는 단순히 비즈니스 파트너라는 입장도 있으니까요."

그때 부스지마가 갑자기 두 팔을 번쩍 들었다.

"다 됐어요, 신보 씨. 50매 업로드."

그 말을 신호로 신보는 가지고 있던 태블릿 단말기를 확인하고 딱 한 번 크게 고개를 끄덕이더니 "수고 많으셨습니다!"라는 한 마디를 남기고 작업실을 뛰쳐나갔다.

어안이 벙벙해 있는 아스카를 향해 부스지마가 천천히 의자를 돌려 앉았다.

"조금 전에 신보 씨가 해준 이야기, 꽤 참고가 될 것 같은데."

"그래요?"

"하고로모 씨나 덴도 씨가 마다라메 씨를 얼마나 증오했느냐 하는 지표는 되잖아. 요는 두 사람 중 누가 더 살의를 강하게 품고 있었느냐 하는 거지."

부스지마는 첫 걸음마를 떼는 손자를 바라보는 할아버지의 눈으로 아스카를 바라보며 미소 지었다.

"두 사람의 알리바이, 이미 확인했지? 자세히 얘기해봐. 우후, 우후후, 우후후후후."

3

아스카로부터 두 용의자의 이야기를 들은 부스지마는 그들의 알리바이가 성립된 각 장소들을 직접 방문하자고 했다.

"하지만 알리바이 확인은 이누카이 선배가 한다고 했는데."

"괜찮아, 괜찮아. 직접 확인하고 싶은 것도 있으니까. 이누 짱한테는 휴대전화로 연락해둘게. 그 친구는 다른 방면을 조사해줬으면 싶어서. 그 방면을 찾아내는 건 그 친구 아주 잘할 거야. 역시 개('이누'는 개라는 의미/옮긴이)라서 그런가?"

어느새 부스지마가 주도권을 잡아 쥐었다. 아스카에게 거부권은 주어지지 않았다.

일단 자동차를 타고 하고로모 사야가 동료 작가들과 함께 있었다는 신주쿠를 향했다. 조용히 운전만 하는 것이 어색하게 느껴져 아스카는 예전부터 가슴속에 품고 있던 의문을 털어놓기로 했다.

"아까 신보 씨가 두 가지 타입의 편집자가 있다고 했잖아요. 정말 그래요?"

"글쎄, 표현이 좀 엉뚱하긴 하지만 현실에서 크게 벗어나지는 않아. 그 사람도 편집 경력 십 년이 넘은 베테랑이고."

"의문이 든 건 제가 관계자가 아니기 때문일까요?"

"어떤 의문?"

"이인삼각으로 뛰면서 작가를 키워가는 타입과 수익에 얽매여 인기 작가의 원고만 모으는 타입. 하지만 그건 다른 업계도 마찬가지잖아요. 요는 이상주의자냐 현실주의자냐 하는 차이 아닌가요? 어느 쪽이 옳고 그르다기보다 오히려 양쪽 모두 있는 게 건전한 업계라는 생각이 들어요."

"응, 응, 맞는 말이야. 아스카 씨, 잘 아네. 어느 세계든 이상주의자와 현실주의자가 있는데 그 본질을 가만 보면 한 사람의 속에서 서로 다투는 두 가지 입장이라 할 수 있지. 달리 말하면 이상은 장래성, 현실은 수익성인 셈이야. 이 두 가지가 병존하지 않는 업계는 결국 쇠락하게 돼 있어. 출판사에 적용시켜보자면 문화 사업이라는 성격이 이상적인 부분이라 할 수 있는데 그것만으로는 기업이 성립되지 않으니 현실적인 영리도 추구해야 해."

"그렇다면 왜 수익성을 추구하는 마다라메 씨만 미움 받을까요? 물론 하고로모 씨와 덴도 씨가 작가로서 이용당했으니 원망이 가슴에 사무쳤겠지만 그렇다고 살해할 만한 원한으로까지 이해되진 않거든요."

"아스카 씨, 이번에도 이누 짱이 떠넘긴 거지? 출판계는 특수한 세계라서 맡기 싫다고."

대답을 주저하는 아스카의 태도에 아랑곳하지 않고 부스지마는 내키는 대로 말을 이어갔다.

"하긴 뭐, 이누 짱 마음도 이해되긴 해. 그 친구, 남의 마음은 잘 읽지만 일반인을 상대할 때에 한해서니까, 일반적이지 않은 계층을 상대할 땐 잘 안 될 거라고 미리 단념하는 경향이 있어."

"출판계 사람들이 정말 특수한가요?"

"작가의 재능이라는 게 워낙에 실체가 의심스럽잖아. 자각할 수 있는 것도 아니고, 그것이 꼭 이익으로 직결된다고 볼 수도 없고, 잠재력이 어느 정도인도 짐작할 수 없고. 하지만 그게 없으면 얘기가 안 돼. 의심스러운 걸 다루기 때문에 모조리 비즈니스처럼 처리할 수도 없고, 스스로 착각하는 인간들도 나오게 마련이지. 하고로모 씨나 덴도 씨가 그 견본이라 할 수 있겠군. 아까 신보 씨가 출판사와 작가는 비즈니스 파트너라고 했는데 맞는 말이야. 그런데 그 두 사람, 아니, 적잖은 작가들이 편집자한테 지나치게 의존하고 있어. 그래서 보통이라면 금전으로 해결할 문제를 원한으로 풀게 되는 거야. 우훗, 우후훗."

"지금 웃음이 나오세요?"

"응, 아무리 생각해도 웃을 수밖에 없어. 단순히 동업자에 불과한데 자신을 키워줄 지도자나 적으로부터 보호해줄 수호자라고 믿는 거잖아. 물론 선의와 사명감으로 작가를 대하는 편집자도 있지만, 작가가 응석 부리는 걸 받아주는 것은 전혀 다른 문제지. 이 업계에 들어와서 알게 됐는데 작가들은 대개 자기 생각밖에 못 해. 그래서 출판사나 편집자에게 지나치게 기대하거나 필요 이상으로 의존하는 경향이 있어. 요컨대 정신연령이 현저하게 낮다는 거야. 동년배 사회인이 보면 유치원 애 정도라 할 수 있지."

"유, 유치원 애라니."

"유아들은 이쪽 사정이 어떻든 상관없이 울고불고하잖아. 똑같아. 편집자 일이라는 게 담당 작가한테 원고 쓰도록 하는 게 다가 아니야. 작품을 재미있게 만들기 위해 작가와 대화도 해야 하고, 원고 입고된 뒤에 교정도 마쳐야 하고 편집회의도 해야 하고, 작가가 기운 없으면 상담도 해줘야 하고, 출판할 때는 판매 아이디어도 내야 하고, 취재 세팅도 해야 하고, 다른 곳에서 오퍼가 있으면 스케줄 관리도 해야 해. 게다가 한 장만 읽어도 자기 언어감각을 침해할 것 같은 응모작들의 1차 심사를 맡기도 해. 옆에서 보면, 참 정신없이 일하는구나 하는 생각이 들어. 그럼에도 작가들은 자신의 작가성을 보호해달라, 데뷔 후에도 성심성의껏 돌봐달라 하니 대체 몇 살짜리인지 한숨을 내쉬지 않을 수가 없지."

"그래도 작가성이나 데뷔 후의 활동은 아주 중요한 거잖아요."

"그걸 부정하는 것은 아니고, 그렇게 중요하다면 남에게 맡기지 말고 직접 하라는 거야. 예를 들어 일반 기업에서 신입사원이 '제 개성을 존중해주세요', '제가 승진할 수 있게 성심성의껏 돌봐주세요'라고 말을 꺼내면 직장 사람들 모두 뒤집어지지 않겠어? 직장을 수사1과로 가정해보자고. 신입 형사가 그렇게 말하면 당장 한 방 날리고 싶어질 거 아냐."

"그건…… 그래요."

"두 용의자가 바로 그래. 문단은 특수하다는 말도 안 되는 논리에 기대고만 있는데, 그래 봤자 덩치만 큰 다섯 살짜리 애들이야. 그래서 신보 씨가 두 사람을 밀쳐내는 식으로 얘기한 거고."

점점 더 두 용의자가 딱하다는 생각이 들었다.

"물론 이번 사건은 마다라메 씨의 직업윤리 의식이 낮았다는 게 주요 원인이지만 두 사람 모두 지나치게 감정적이야. 상대방이 철두철미한 비즈니스로 간주한다면 자기도 비즈니스로 간주해야 제대로 해결되는 법인데 말이지."

"그럼 부스지마 선배님이었다면 어떻게 대처하시겠어요? 마다라메 씨나 출판사를 상대로 소송이라도 하실 거예요?"

"에엣, 설마. 그런 아까운 짓 안 하지. 절대 안 해. 죽어도 안 해.

나라면 말이지, 편집자가 의리를 저버리면 편집장이든 출판부 부장이든 쫓아가 각서를 쓰게 해서 나한테 유리한 조건으로 연재를 따낼 거야. 아니면 그걸 소재로 책 하나 써서 다른 회사에 팔든지. 아니면 해당 출판사에 원고를 보여주고서 원고지 매당 5만 엔 정도 받아내도 괜찮겠는걸. 우훗, 어느 출판사에서 그런 의리 저버리는 짓 안 하려나? 나한테 해주면 좋을 텐데. 우후, 우후후, 우후후후후."

두 사람이 먼저 방문한 곳은 마루노우치선 신주쿠 역 근처 복합건물 안에 있는 술집이었다. 부스지마와 아스카가 방문 이유를 설명하자 사건 당일 홀을 담당했던 여자 종업원이 당시 상황을 설명해주었다.

"하고로모 씨 이름으로 7시부터 9시까지…… 아, 예약 기록도 남아 있네요. 네, 분명히 저희 가게에 오셨습니다."

만일을 위해 하고로모 사야의 사진을 보여주니 본인이 틀림없다고 대답했다.

부스지마가 자진해서 묻기 시작했다. 지난번과 달리 경찰관으로서 하는 탐문이라 그런지 표정이 긴장되어 보였다.

"간사를 맡았던 하고로모라는 여성을 기억하십니까?"

"네, 간사는 물론이고 다른 다섯 분 모두 기억해요. 아주 인상적인 손님들이라서요."

비아냥거리는 말투에 부스지마가 뭔가 느꼈는지 입꼬리를 살짝 올렸다.

"인상이 어땠죠?"

"손님들을 나쁘게 말할 수는……."

"아니아니. 나쁘게 말해달라는 게 아니라 있었던 일을 사실대로 말씀해주시면 됩니다."

그렇다면, 하고 그녀는 면죄부를 얻었다는 듯이 이야기를 시작했다.

"술집이니까요, 마시면서 삶의 시름을 달래는 건 좋아요. 그래도 한계라는 게 있다고 봐요."

"모두 한계를 넘어서서 떠들었던 거군요?"

"건배하고 한동안은 괜찮았어요. 그런데 술이 더 들어가면서 목소리가 점점 커지고……. 게다가 요리는 거의 주문하지 않고 알코올 종류만 추가 주문했어요. 나중엔 목소리가 정말 커져서 옆자리 손님이 눈치를 줬더니 오히려 이렇게 소리치더군요. '지금 누구한테 뭐라는 거야? 이 자리에 앉은 사람들 모두 작가라고. 일반 서민인 당신들이 같이 있을 수 없는 자리니까 고맙게 이야기나 들어.' 그 손님들이 어이가 없어 그냥 나갔어요."

이것도 꽤나 듣기 괴로운 이야기구나, 하고 아스카는 남몰래 한숨을 내쉬었다. 부스지마와 파트너로 다니면서 대체 몇 번째 한숨을 내쉬는가?

"그리고 한 분씩 따로 주문하는 바람에 그 테이블에 수시로 불려 갔어요. 덕분에 손님들 대화를 띄엄띄엄이긴 해도 전부 들을 수 있었죠."

"오호, 그러셨습니까?"

"평상시라면 그럴 수 없지만 그 테이블은 워낙 목소리가 컸고, 아니, 주변에 들리게 일부러 크게 얘기하니까 원하지 않아도 들을 수밖에 없었어요. 나는 무슨무슨 상으로 데뷔했다, 데뷔작은 몇만 부 팔렸다, 영화화가 되느니 마느니 하면서. 가게에 처음 들어왔을 때엔 꿔다놓은 보릿자루 같았는데 알코올이 좀 들어가자 가게를 전부 세라도 낸 것처럼 말이죠. 이렇게 말하긴 그렇지만 정말이지 출입 금지시키고 싶었어요. 그 사람들 자기네가 작가라던데 그런 사람들이 쓴 걸 누가 읽을까 싶어요."

그때 일이 떠올랐는지 종업원의 목소리가 차츰 커졌다.

"정말 심했나 보군요."

"기분 좋게 마시면서 열 올릴 때는 그래도 괜찮았어요. 민폐라 해도 자기 자랑하면서 열 올리는 건 나쁜 게 아니니까. 그러다 분위기가 점점 이상해져가지고."

그녀는 미간에 주름을 만들면서 거침없이 말을 이어갔다.

"자기 담당 편집자는 다른 작가만 칭찬하고 자신은 전혀 칭찬하지 않는다, 이제 처음부터 문고판으로만 내려고 한다, 신작을 낼 때마다 부수가 줄어든다, 이런 원망으로 바뀌더라고요."

부스지마가 겉보기에 무표정이었음에도 아스카는 그의 소리 죽인 특이한 웃음소리가 귓가에 울리는 듯했다.

"그 뒤부터는 온통 험담 일색으로 무슨 출판사 누구누구는 자신들과 인기 작가를 차별한다, 또 무슨 출판사는 캐릭터 문학이니 신문학이니 바꿔 말하면서 결국 라이트노벨 작가를 우습게 여긴다, 또 무슨 출판사의 그 인간은 원고를 송고하고 반년이 지났는데도 대답이 없다, 무슨 출판사는 큰 회사라서 자신처럼 신인상을 받지 않은 작가는 발톱에 낀 때처럼 대하는데 가만 안 두겠다, 끝내는 우는 사람까지 나왔죠. 이 바닥에서 일한 지 오래됐지만 보기 드물게 침울한 그룹이었어요."

"그중 하고로모 씨가 어떤 불만을 얘기했는지 기억합니까?"

"그분이 가장 어두웠어요. 군유샤의 뭐더라……?"

"마다라메 씨?"

"맞아요 맞아. 그 마다라메 씨가 자기를 창작자로 전혀 인정해주지 않는다고 했어요. 자기 소설은 사후에 재평가될 만한 가치를 지녔는데 마다라메 씨는 작가를 보는 눈이 없다고. 앗, 그리고 자기 아이디어를 도용해놓고 배 째라는 꼴이 뻔뻔하다고도 했어요. 간사라서 그런지 소프트드링크만 마셨을 텐데 제일 집요하게 원망을 늘어놓더라고요. 가만 안 둔다, 매운맛을 보여주겠다고 주문처럼 되뇌었으니까. 저기, 형사님."

"네?"

"그 사람들, 정말 작가들이에요? 옆에서 듣고 있자니 작가 이미지에서 점점 멀어지던데."

"본인들이 작가라고 하면 작가가 맞을 겁니다."

부스지마가 간신히 웃음을 참고 있다는 것을 아스카는 확신할 수 있었다.

"하고로모 씨가 중간에 자리를 비운 적은 없었습니까?"

"없었어요. 가게에서 무슨 문제라도 일으킬까봐 조마조마해서 더 주의를 기울였으니 분명히 기억해요. 간사분은 7시부터 9시까지 계속 가게에 있었어요. 잠깐 자리를 뜬 건 화장실에 다녀오느라 10분 정도였고."

확인한 결과 화장실은 바깥과 직접 연결되지 않았다. 복합건물의 구조상, 밖으로 나가기 위해선 반드시 가게 카운터 앞을 통과해야 했다.

다음으로 하고로모 일행이 2차로 갔다는 노래방을 찾아갔다.

술집과 같은 건물에 있는 노래방이라 이동 시간이 3분도 채 걸리지 않았다.

"네? 간사분 이름이 하고로모 씨, 네네, 미리 예약하고 오셨어요."

남자 종업원이 쾌활하게 응대했다.

"그러니까, 9시에 입실하셔서 딱 자정에 퇴실하신 것이 틀림없네요."

"여섯 명. 간사도 이 사람 맞죠?"

하고로모의 사진을 보여주자 종업원이 기분 좋게 고개를 끄덕였다.

"아, 맞아요, 맞아. 이분이에요, 이분. 다른 사람들은 기분 좋게 취했는데 이분만 말짱해서 확실히 기억해요."

"9시에 입실한 뒤 누군가 도중에 빠져나간 일은 없었습니까?"

"그런 일은 없었어요."

"화장실에도 안 가고?"

"뭐랄까, 음료수 추가 주문도 없었으니 화장실 갈 필요도 없지 않았을까요? 좀 이상하다면 이상한 분들이었어요."

"어떻게 이상했습니까?"

"어, 그게, 그러니까, 좀……."

그동안 술술 대답을 내놓던 종업원이 갑자기 더듬거렸다. 부스지마가 입가에 미소를 띠고는 이해한다는 표정으로 말했다.

"당신의 직업윤리 의식에는 대단히 감사하지만 이건 범죄수사입니다. 본 대로 느낀 대로 말씀해주십시오. 분명히 말해 그다지 환영할 수 없는 손님들이었죠?"

그러자 종업원은 등 떠밀린 듯 이야기를 시작했다.

"노래방 손님은 크게 두 부류로 나뉘어요. 그냥 맘껏 노래하러 오는 손님들과 노래방을 객실로 이용하는 손님들. 추가 주문이 없으면 저희도 들어가지 않는 밀실이라 커플들이 많이 사용하죠. 그

팀은 술도 안 마시고 노래도 안 부르고 단지 이야기를 계속하기 위해 온 것 같았어요. 퇴실한 뒤 정리하러 들어갔는데 리모컨과 노래책에 손댄 흔적이 없어서, 한 곡도 안 불렀구나 하고 생각했죠. 달리 특이하게 논 흔적이 있는 것도 아니어서 그냥 이 안에서 얘기만 한 모양이라고 생각할 수밖에 없었어요."

"퇴실할 때 하고로모 씨는 술을 마신 것 같았습니까?"

"아뇨, 나머지 다섯 분은 엄청 고약하게 취한 것 같았지만 그분만은 끝까지 말짱했어요. 기분이 안 좋아 보인 건 나머지 분들과 마찬가지였지만."

이 노래방도 앞의 술집과 마찬가지로 카운터 앞을 지나야만 밖으로 나갈 수 있는 구조였다.

이렇게 하고로모의 알리바이는 싱겁게 성립되었다.

쉴 틈도 없이 부스지마와 아스카는 아카사카 리젠시 호텔로 향했다. 차 안에서 부스지마는 콧노래를 부르며 예의 그 온화한 웃음을 짓고 있었다.

"왠지 즐거워 보이세요."

"그렇게 보여?"

"인기 없는 작가들끼리 서로 상처를 어루만지는 것을 보고 듣는 게 그렇게 즐거우세요?"

"아니아니아니, 오해가 너무 심한데. 방금 탐문수사에서 아마도 속임수를 봐버린 것 같아 절로 웃음이 나온 거야. 그 사람들 고뇌도 그럭저럭 흥미롭지만."

아스카는 자기도 모르게 부스지마 쪽으로 고개가 돌아갔다.

"정말요? 하지만 어떻게요? 하고로모 사야는 술집에서도 노래방에서도 거의 자리를 뜨지 않았잖아요. 그런데 어떻게 나카노의 현장까지……."

"설명은 좀 있다가 하지. 아마도, 라고 했잖아. 가끔 신경 쓰이는 키워드도 나왔으니까 이누 짱 정도라면 알아챌지 모르지."

"키워드요?"

이누카이라면 알아채고 아스카라면 알아채지 못한다는 것인가? 아스카는 괜스레 맘이 상했지만 아무리 생각해봐도 속임수가 뭔지 짐작도 가지 않았다.

"술집에서 술 마시고 취해 횡설수설하던 무리들이 인기 없는 작가이면서 예외 없이 피해의식으로 똘똘 뭉쳐 있잖아. 책이 안 팔리는 이유가 자기 탓이라는 사실은 제쳐놓고 말이야. 그게 키워드야. 그런 피해의식을 가진 사람이 하는 일은 대개 정해져 있지. 우후후후후후."

아카사카 리젠시 호텔 17층에 있는 라운지 바. 저녁 시간 전이라 라운지에는 손님들이 많지 않았다. 차분하게 장식된 이런 공간에 덴도 같은 손님이 앉아 있었다고 상상하니 위화감이 느껴졌다.

사건 당일 밤, 덴도가 카운터 너머로 대화를 나눈 사람은 구사카라는 바텐더였다.

"덴도 손님 말이죠, 아, 기억합니다. 그날 밤 내내 상대해드렸으니까요."

말투는 정중했지만 형사가 내민 사진을 쳐다보는 눈동자에 경멸하는 빛이 어른거렸다.

"그 사람은 뭘 주문했습니까?"

"드라이마티니를 세 잔 주문하셨습니다."

무심결에 엇 하는 소리가 나왔다.

"덴도 씨가 여기에 머문 시간은요?"

"8시부터 자정까지 줄곧 저 자리에 계셨습니다."

구사카가 가운데쯤에 위치한 의자를 가리키자, 부스지마는 권하지도 않는데 그 자리에 털썩 앉았다.

"그때와 같은 것을 주시겠습니까?"

"알겠습니다."

"잠깐, 부, 부스지마 선배님."

아스카가 허둥지둥 말렸다.

"무슨 생각 하시는 거예요? 일하는 중이라고요."

"오늘 나는 비번인데? 그리고 확인하고 싶은 것도 있고. 구사카 씨, 그 덴도 씨 말인데, 주문할 때 '스티어하지 말고 셰이크로' 하고 덧붙이지 않았습니까?"

"그러셨습니다. 가끔 그런 손님들이 계시죠. 단골손님 중에 마티니를 좋아하는 분이라면 그런 주문은 좀처럼 안 하시지만."

구사카는 쓴웃음을 섞어 대답했다.

"범죄수사이니 평상시 마음가짐은 일단 잊으시고 구사카 씨가 느낀 대로 솔직하게 말씀해주십시오."

"알겠습니다."

"그건 그렇고 네 시간 동안 드라이마티니 세 잔만 주문하는 경우는 드물지 않습니까?"

"이런 데는 많이 마시기보다 맛과 분위기를 즐기는 곳이라서……."

"하지만 내내 상대한다는 게 수월한 일은 아니었겠죠?"

"다른 단골 분들도 계셔서 좀 곤란했죠. 목소리도 큰 손님이라서 소리 좀 낮춰달라고 몇 번 부탁드렸습니다."

"분명히 말해 민폐였죠? 분위기를 즐기는 곳이라면 더더욱."

"그건…… 네에, 네."

구사카가 조용히 칵테일 잔을 내밀었다. 무색투명한 액체 안에 올리브 한 알. 감귤 향이 아스카가 있는 곳까지 날아왔다.

부스지마는 익숙한 손놀림으로 잔을 쥐고는 가볍게 한 모금 마셨다.

"음, 좋군요."

"감사합니다."

"알코올 도수가 많이 강합니까?"

"진의 비율이 높아 38도 정도가 아닐까 합니다. 그래서 식전에 마시는 아페리티프라고 해도 몇 잔을 연거푸 마시는 건 별로 권하지 않습니다."

"덴도 씨는 어떤 이야기를 했습니까?"

"작가분인지 자기 소설을 읽어봤냐고 자꾸 물으시더군요. 저도 해외 미스터리는 꽤 읽는 편인데 공교롭게도 그분 작품은 제목조차 들어본 적이 없어 많이 화가 나신 듯했습니다."

구사카는 자제력을 발휘하며 대답하고 있었지만 별로 유쾌한 대화가 아니었음을 쉽게 짐작할 수 있었다.

"이런 장소와 별로 어울리지 않는 손님 아니었습니까?"

"드레스 코드가 있는 호텔 라운지라서 그에 맞는 손님들이 대부분인데 그분은 좀 다른 분위기를 풍겼습니다. 굳이 표현하면, 어울리지 않았다고 할 수 있을 것 같습니다. 분위기에 안 어울리는 캐주얼한 복장에, 화제도 별로 유쾌한 것이 아니었습니다. 담당 편집자가 자신을 함정에 빠뜨렸다, 자기처럼 재능 있는 사람이 부당한 대우를 받는다 한탄하면서 슬프고 분해 감정이 북받치는 모양이었습니다. 목소리가 크고 경박했기 때문에 다른 손님들 몇 분이 눈살을 찌푸리며 돌아가셨고요. 솔직히 말씀드려 어떻게 대해야 할지 난처할 따름이었습니다."

"더구나 세 잔으로 네 시간이나 버티고 있었다니 분명히 달갑지 않았겠군요. 처음부터 조금씩 마시던가요?"

"조용히 분위기를 즐기는 태도는 아니었죠."

구사카는 비아냥거리는 미소를 지었다.

"첫 잔은 두 시간 정도 계속 테이블 위에 놔두고 있었습니다. 드라이마티니는 차가울 때 맛있는데 잔에서 물기가 완전히 사라질 무렵이 되어서야 단숨에 드시더라고요. 그러고는 바로 복도 화장실에 가서 15분쯤 후에 돌아오셨는데 화장실에서 토하신 것은 아닌가 걱정했습니다. 별로 잘 드실 것 같지 않은 데다 마티니를 그런 식으로 마시면 위험하죠. 운전도 절대 안 되고."

"덴도 씨가 차를 가지고 왔습니까?"

"걸어올 때 딸그락딸그락 하고 열쇠고리 소리가 크게 났으니까요. 이런 곳에 오기 전에 그런 건 스스로 체크해야 합니다."

"그 시점에서 그 사람이 라운지를 나가기까지 아직 두 시간이나 남아 있습니다만."

"다시 시작해서 30분에 두 잔, 연이어 단숨에 들이켰습니다. 마시는 방법이 전혀 주도에 맞지 않았어요. 아니나 다를까, 마지막에는 완전히 취해 주변을 개의치 않고 고래고래 소리 지르는 모습으로……."

"뭐라고 소리 질렀습니까?"

"아주 듣기 거북한 말들이 이어졌는데……."

"괜찮으니까, 자자 어서."

그렇다면, 하고 구사카는 가볍게 고개를 숙인 뒤 입을 열었다.

"그래, 어차피 다 안다. 내가 이곳에 어울리지 않는 건 스스로 충분히 알고 있다. 호텔 최고층 라운지에서 칵테일을 마시는 건 내 취미가 아니다. 나는 체인점 술집에서 소주나 마시는 편이 어울린다고 말하고 싶지? 젠장, 사람을 깔보고 있다. 나도 좀만 운이 좋으면 베스트셀러 연타를 쳐 긴자의 고급 바에서 미인 아가씨들이 옆에서 시중들게 한다. 너희 같은 일반인이 나랑 같은 곳에서 마신다는 건 사실 기적 같은 일이다. 아느냐, 이 저능아들아, 시시한 인간들아!"

무표정으로 말하고 있으니 도리어 구사카의 울분이 전해지는 듯했다.

"마침내 저한테도 욕설을 폭풍처럼 쏟아내셨고요. 더는 볼 수 없어 주의를 단단히 드렸더니 잔에 조금 남아 있던 마티니를 제 얼굴에 뿌리셨습니다. 이 시점에서 돌아가달라고 부탁드려야겠다 싶더군요. 마지막 순간에 이대로 자동차 핸들은 잡지 마시라 조언을 드렸지만 '시끄러워' 하고 격앙되어 나가셨습니다."

구사카는 유감스럽다는 듯 한숨을 쉬었다.

"그 손님이 대체 뭣 때문에 여기에 오셨는지 도저히 이해가 안 됩니다. 그런 식으로 마시고 취하고 싶으면 가격도 더 저렴하고 맘 편히 마실 수 있는 가게가 많이 있는데 말이죠."

구사카의 이야기를 다 듣고 난 부스지마는 프런트에 뭔가 요청한 뒤 호텔에서 나왔다. 부스지마는 술을 마셨기에 당연히 아스카가 운전대를 잡았다.

"탐문하면서 이렇게 허무해지는 건 처음이에요."

"어, 그래?"

"기분이 어둡고 우울해진다고 할까, 두 용의자가 정말 가엾고 꼴사나워서…… 이게 선배님이 아까 말한 피해의식이에요?"

"그런 경향이 있지. 응, 틀림없이 있어. 승리의 축배라는 말도 있지만 그 반대는 패배의 홧술이니까. 마시면 틀림없이 고약하게 취하겠지. 우후, 우후후후."

보상받지 못하는 사람을 또 이렇게 비웃다니, 하고 비난의 눈길을 보냈건만 부스지마는 전혀 개의치 않는 모습이었다.

"나를 냉혹하다고 생각하나?"

"아뇨."

냉혹하다기보다 악마 같다.

"몇 번이고 반복하건대 도용이나 무단 전재를 일삼아온 마다라메 씨를 변호할 생각은 없어. 단지 그에 대한 두 사람의 대응이 너무 애 같아서 웃을 수밖에."

"선배로서 조언해야겠다는 생각은 안 드세요?"

"나 정도의 실적 가지고 조언을 한다는 건 교만하기 이를 데 없는 처사고, 어차피 상대방이 들으려고 안 하면 잡음밖에 안 돼. 피해의식이라는 것은 그런 식으로 금언이나 잠언을 모조리 잡음으로 바꿔버리는 거야. 그래서 그들이 더 불행해지더라도 책임은 모두 자신들한테 있는 법. 난 몰라."

"무책임한 발언이네요."

"애당초 나 정도 되는 작가는 동업자를 동정할 입장이 아니야. 앗, 하지만 경찰관의 책무에는 성실하게 임할 수 있으니 안심하도록."

자신감에 찬 말투에 곧장 귀가 반응했다.

"그래, 이걸로 대충 범인이 누군지 알았으니까. 이제는 증거를

굳혀야지."

형사실로 돌아가자 이누카이가 두 사람을 기다리고 있었다. 기다렸다면서도 이누카이는 부스지마의 얼굴을 보자마자 넌더리를 냈다.

"앗, 앗, 잘 지냈어, 이누 짱?"

"……덕분에."

"부탁한 것 찾아왔고?"

"다 찾아왔다니까요."

이누카이는 왠지 불만스러운 듯 사진 한 장을 내민다.

"오오, 이거야, 이거. 꽤 선명하게 찍혔네."

부스지마의 어깨너머로 보니 CCTV의 정지화면을 인쇄한 사진이었다. 가게 앞 내부에 설치된 것으로 계산대에 선 손님 얼굴을 비스듬히 위에서 비추고 있었다. 찍힌 사람은 용의자 중 한 명이었다.

"이 사람……."

"응응, 이거이거, 역시 아키하바라 가게였지?"

"네, 부스지마 선배님 예상대로 아키하바라의 마니아들 가게에서 전기 충격기를 구입했더군요. 어떻게 추리하신 겁니까?"

"이 사람이 쓴 책은 신주쿠, 이케부쿠로, 시부야 같은 대형 서점보다 아키하바라나 나카노 같은 덕후 거리의 서점에 잘 놓여 있어. 이건 작가의 습성 같은 건데 자기 신간이 나오면 얼마나 팔리는지 궁금해서 서점을 도는 경우가 많아.

몇 번 다니다보면 당연히 그 주변 지리에 밝아지고 근처 매장에 어떤 물건들이 있는지 눈에 들어오지. 전기 충격기처럼 위험한 물건은 인터넷으로 사면 꼬리가 잡혀. 나카노나 아키하바라는 오가는 사람들이 많아서 그냥 한 번 본 손님이라면 얼굴도 기억하지 못할 것이니……."

"나카노가 아니라 아키하바라라고 추측한 것은, 나카노에 전기기구 가게가 적어서입니까?"

"이누 짱, 정답."

"나카노 브로드웨이 일대를 지나다닌다면 당연히 시신 발견 현장의 지리에도 밝을 테니까 그곳을 선택한다…… 근데 선배님. 나카노든 아키하바라든 너무 안이하게 장소를 지정하는 것 아닙니까? 예를 들면 전기 충격기를 파는 가게는 다른 지역에도 있을 텐데."

"그것도 작가의 습성이라고 해야 할지, 슬픈 습성이지. 작가는 행동범위가 극단적으로 좁아. 자칫 은둔형 외톨이 수준이야. 바빠질수록 그 경향이 강해져. 이건 얄궂은 이야기인데 범인도 글 쓰느라 아주 바쁜 인기 작가였으면 이런 살인 계획은 세우지 않았을 거야. 현장 사전 답사, 흉기 조달, 알리바이 공작, 귀찮은 일이 한두 가지가 아니니까."

"귀찮다니……."

"아니아니, 이누 짱. 이건 정당한 생각이라니까. 이누 짱도 식견이 꽤 얕구나."

부스지마는 한 손을 천천히 휘저으면서 이누카이의 반론을 피한다.

옆에서 보고 있는 아스카에게는 통쾌한 광경이었다. 경시청에서도 검거율 1, 2위를 다투는 이누카이가 얼빠진 척하는 이 남자 앞에서 무참히 무너지고 있다.

잘한다, 부스지마 씨. 더 해줘요.

"범죄라는 것은 일종의 경제학이거든. 최소의 노력으로 최대의 이익을 얻는다. 복잡함보다는 단순함, 노고보다는 안락. 일부러 사서 고생하려는 범인은 흔치 않아. 그야 천재적인 범죄자라면 이야기가 또 다르지만 하고로모 씨나 덴도 씨 같은 사람은 절대로 아니지. 목적의식이 더 강하고 자제력을 갖추고 용의주도한 것과는 거리가 먼 전혀 다른 타입의 사람들이잖아."

"여전히 인정사정없으시네요."

이누카이가 한숨 섞어 말한다.

"저도 대체로 범인한테 냉혹한 편이라고 생각하는데 부스지마 선배님은 정말 수사를 즐기시는 것 같아요."

이누카이에게 종종 반발심을 느끼는 아스카도 이때만큼은 쌍수 들어 그에게 찬성하고 싶어졌다.

"그야 자업자득이니까."

부스지마는 지극히 당연한 듯 내뱉었다.

"부득이한 사정으로 살인을 저지르는 사람이 있기는 있어. 마가 끼는 일도 있을 거야. 하지만 이번 사건은 그렇지 않아. 원인을 제공한 마다라메 씨도 나쁘지만 보복 수단으로 살인을 선택한 범인은 더 나빠. 사회 경험이든 처세술이든 더 갖췄더라면 어떻게든 피할 수 있었던 살인이잖아. 스스로 시야를 좁혀 작가의 원한과 괴로움을 일반적인 세상사라고 착각해서 사람을 죽였어. 아무리 정신연령이 어려도 용서할 수 있는 문제가 아니야. 하지만 가장 용서할 수 없는 것은 그 유치한 계획."

이야기가 엉뚱한 곳으로 튀었기에 아스카는 엉겁결에 이누카이와 마주 본다.

"추리를 하는데 말이지, 어이없을 정도로 평이한 거야. 적어도 자신들이 창작자니, 작가니 하고 나선다면 훨씬 더 면밀하게 계획을 세워야지. 세상을 깜짝 놀라게 할 트릭이나 아무도 예측 못 한 엄청난 반전, 발각되어도 죄를 묻지 못할 살해 방법, 이런 걸 포함한 범죄가 아니라면 소설가로서 심각한 불명예야, 흠."

4

취조실에 책상을 사이에 두고 한쪽에는 부스지마와 아스카, 다른 한쪽에는 하고로모와 덴도가 앉아 있다.

"두 사람은 서로 면식이 없었지, 응응?"

하고로모와 덴도가 당황한 듯 허둥지둥 고개를 끄덕인다.

두 사람은 급한 요청을 받고 임의 출두했지만 자신들을 동시에 조사한다는 것과 담당자가 부스지마라는 사실에 놀라움을 감추지 않았다. 동료 작가들 사이에서도 이름이 널리 알려진 부스지마와 직접 얼굴을 마주하자마자 하고로모와 덴도가 동시에 소리쳤다.

"어, 어떻게 부스지마 선생님이 이런 데에, 더구나 왜 그쪽 자리에 앉아 계시죠?"

하고로모가 대단히 당황한 표정으로 물었다. 아스카는 그럴 법하다고 생각한다. 자신의 범죄수사 파트너가 소설가라니 농담이라 해도 할 말이 없다.

"우후후, 내가 사실은 겸업작가거든. 변호사 일을 하면서 소설 쓰는 선생도 있는데 형사 일 하면서 소설 쓴다고 이상할 건 별로 없잖아."

"그건 그렇지만……."

"경험을 꽤 이용해먹을 수 있어. 사람을 때리거나 죽였다는 인간을 매일같이 보고 듣고, 일대일로 대화도 하고. 때때로 피의자의 마음속을 후비는 질문을 던지며 반응도 확인하니, 경찰물 소재를 만들기에 부족함이 없지."

"혹시 선생님 데뷔작이 그 경험을 토대로 한 겁니까? 그것도 완전 경찰소설이었잖습니까?"

이번에는 덴도가 흥분한 표정으로 끼어들었다.

"음, 실제로 일어난 사건을 소재로 한 건 아니지만 굳이 취재할 필요가 없었으니 편하긴 했지. 오히려 힘들었던 건 데뷔하고 나서고."

"아, 그거 저도 이해합니다."

"저도요."

덴도도 하고로모도 처음의 긴장감은 어느새 사라졌는지 부스지마가 던진 공통 화제에 순순히 달라붙었다.

"툭 까놓고 말하면 신인상을 받는 것은 아주 간단해. 그 뒤에 작가 활동을 계속하는 일에 비하면."

"동감이에요……."

"저도 마찬가지로……."

"데뷔작이 수상작이라면 왕관도 썼으니까 팔리는 것은 당연지사. 두 번째 작품이 중요하다고 겁을 줘서 그것도 어떻게든 잘 넘겼다 생각했더니, 신인은 꾸준히 발표해야 한다는 말에 그저 계속 쓰게 되는 거지. 작품을 양산할 만한 바탕을 지녔다면 괜찮은데 신인 작가들이 한결같이 그런 실력을 가진 것은 아니잖아. 신작을 좀처럼 내지 못하고 이미 나온 책은 인터넷에서 두들겨 맞고, 책을 사는 대신 도서관에서 빌리길 잘했다고 멸시당하고. 어디로 가게 될지 자기도 방향을 알 수 없지. 데뷔한 뒤에 화려한 삶이 죽을 때까지 이어지리라 상상했는데 기다리는 건 수수한 데다 희망보다는 낙담, 환영보다는 괄시가 많은 하루하루지."

"가슴 아프니 그만해주세요."

"부, 부스지마 선생님은 데뷔한 뒤 순조로웠던 것 아닙니까?"

"현실이야 어찌 됐든 심경은 비슷했지. 데뷔한 것은 퇴직한 직후였으니 전업으로 해나갈 자신감은 눈곱만큼도 없었고. 그럼에도 인복이 있었는지 담당했던 사람들이 모두 훌륭했고 나를 높이 평가해줬지. 역시 신인 작가는 어떤 편집자를 만나는가에 달렸단 말이야. 죽은 사람한테 돌 던질 생각은 없지만 마다라메라는 사람은 신인 작가에게 적절한 편집자는 아니었을지도 몰라."

"그건 정말 맞는 말씀이에요."

하고로모의 목소리에 힘이 들어갔다.

"원래는 저희를 끌어줘야 하는데 마다라메 씨는 방치는 둘째 치고 아예 다른 길로 빠지게 만들었어요. 창작자를 우습게 보고 그것을 전혀 부끄러워하지도 않고."

"맞아요. 그런 사람은 편집자가 아니에요. 자신의 생각만 유일하게 옳다고 믿는 확신범, 아니, 편집증 환자죠. 그, 그 인간 때문에 제가 얼마나 쓰라린 경험을 했는지. 인터넷에서는 파렴치하다, 남의 것을 모방했으면서도 유치하기 짝이 없다며 인격을 모욕하는 말을 듣고, 악평만 난무하니 다른 곳에서 오퍼는 전혀 없고……."

"그렇다고 죽이는 것은 너무하지 않나?"

단숨에 내뱉은 부스지마의 한마디가 두 사람을 경직시켰다.

"선생님도 저희들 중 한 사람이 범인이라고 의심하는 거예요?"

"부스지마 선생님, 미리 말씀드리는데 저는 확고한 알리바이가 있어요."

"한 사람이 범인이라고 말하지 않았어. 이번 사건은 당신들 두 사람 다 범인이니까."

두 사람이 다시 움직임을 멈췄다.

"뭐랄까, 방법이 너무 노골적이야. 우선 하고로모 씨는 알리바이 만든 방식이 너무 알아채기 쉬워."

"제, 제가 뭘……."

"간사라서 회식 장소를 정할 때 출구가 하나인 곳을 일부러 골랐어. 물론 종업원 몰래 밖으로 나갈 수 없다는 인상을 강하게 남기기 위해서였지. 2차 장소까지의 이동 시간을 극도로 짧게 잡은 것도 마찬가지 논리였고. 하고로모 씨가 7시부터 자정까지 그 복합건물에서 한 발자국도 나오지 않았다는 증거를 만들려고 애쓴 거지. 저기 말이야, 뭘 노리는지는 알지만 설정이 너무 딱 맞아떨어져서 오히려 부자연스러워. 뭐라고 할까, 의도가 다 보여. 요컨대 구성이 서툰 거지. 전문가가 의혹을 품지 않게 하려면 더 자연스러운 허점을 만들어놔야 해. 실제로 알리바이가 허점 없이 확고하게 성립하는 사례는 별로 없거든. 구성이 서툰 것은 하고로모 씨의 소설 자체도 마찬가지야. 꼬는 것도 숨기는 것도 없으니 작가의 속셈이 앞부분에서 다 드러나고 말잖아. 스토리의 기복으로 읽게 만드는 엔터테인먼트라면 몰라도 일인칭의 내성적인 소설에서 도중에 맥이 탁 풀리게 만들면 어쩌라는 건가. 눈치 빠른 사람이라면 처음 다섯 페이지로 결말을 다 알아버리지."

하고로모는 공포에 떠는지, 경멸을 견디는지 얼굴이 새빨개져 입을 다물고 있었다.

"한편 덴도 씨는 주인공의 행동거지가 정말 만화 같아. 도저히,

라고 할 것까진 아니지만 그래도 참 못 봐주겠더군. 일부러 장소와 안 어울리는 차림으로 호텔 라운지에 나타나 일부러 고상한 척 주문하고, 바텐더의 인상에 남기 위한 이야기를 던지고는 야비하게 큰 소리도 지르고. 고맙게도 마지막에는 남은 마티니를 얼굴에 뿌리기까지 했지. '자, 나한테 주목하세요'라고 말하는 건데 행동이 너무 고의적이라서 주변과 전혀 어우러지지 않아. 당신 소설도 마찬가지야. 주인공이 활약을 많이 하지만 연기가 지나쳐서 감정이입이 어려워. 판타지에서는 치명적이지. 독자들에게 가공의 세계라는 사실을 한시라도 빨리 잊게 해줘야 하는데 주인공의 행동이 어색하니 항상 현실로 되돌아가게 되잖아."

덴도에게 화살이 향한 순간을 노려 하고로모가 반격에 나섰다.

"저희 두 사람이 범인이라니 무슨 말씀이시죠? 아, 아무리 부스지마 선생님이라도 그렇게 무책임한 말씀을 하시면……."

"당신들이 세운 것은 알리바이의 상호보완. 각자 자신의 알리바이를 구축함으로써 상대방의 알리바이도 보증한다는 것이지. 즉 다음과 같은 것이 아니었나 싶은데 만일 틀린 부분이 있으면 지적해줘."

부스지마는 두 손을 비비면서 정면에 있는 두 사람을 바라봤다. 아스카의 눈에는 그 행동이 마치 성찬을 앞에 둔 의식처럼 비쳤다.

"먼저 덴도 씨의 행동부터 추적해볼까? 저녁 8시, 덴도 씨가 일부러 캐주얼한 복장으로 아카사카 리젠시 호텔 라운지에 나타나. 드라이마티니를 주문하지만 여기서 취해버리면 다음 계획에 지장이 생길 수 있으니, 기껏 차갑게 만든 술인데도 좀처럼 마시지 않아. 그리고 타이밍을 봐서 단숨에 마시고 화장실에 간다는 구실로 자리에서 일어나 그대로 지하 주차장으로 향해. 이게 밤 10시. 지하 주차장에는 호텔에 올 때 사용한 자동차가 주차되어 있어. 그리고 자동차 트렁크에는 전기 충격기로 의식을 잃은 마다라메 씨가 테이프에 감겨서 들어 있고. 당신은 예리한 칼로 셔츠 위에서 가슴을 한 번 찔러. 의식도 없고 꼼짝도 못하는 마다라메 씨는 전혀 버티지 못했을 거야."

부스지마는 이리저리 쏘아보듯 덴도의 얼굴을 들여다봤다. 그 행동은 먹잇감 앞에서 입맛을 다시는 포식동물과 똑같았다.

"마다라메 씨를 찔러 죽인 당신은 아무렇지 않은 얼굴로 라운지로 돌아와 두 번째 잔을 주문해. 그다음부턴 바텐더의 관심을 끌면서 자정 넘어서까지 버티기만 하면 돼. 당신은 계획대로 바텐더에게 행패를 부리고 가게 안의 주목을 받은 채 퇴장. 아무도 당신이 잠시 자리를 뜬 15분 동안에 사람을 죽이고 왔다고는 상상도 못했을 거야. 하지만 역시 지나치게 고의적으로 보여. 우후훗."

이어서 부스지마는 하고로모에게 시선을 옮겼다.

"이번에는 당신. 당신이 모임 간사를 맡은 것은 아까도 말했다시피 자신의 알리바이를 구축하기에 적합한 장소를 선택하기 위해서였어. 6시 45분, 술집에 도착해서 종업원이 당신 얼굴을 간사로 기억하게 만들어. 7시, 술자리가 시작되지만 당신은 일부러 알코올을 한 방울도 입에 안 대. 다음 일에 지장이 생기지 않게 하기 위해서지. 1차가 끝나고 자연스럽게 2차 시작. 모두 고주망태가 되었으나 당신은 여전히 말짱해. 모임이 자정에 끝나자 당신은 신주쿠에서 아카사카로 이동. 아카사카 리젠시 호텔의 지하 주차장으로 직행해서 마다라메 씨의 시체가 실린 자동차를 몰고 나카노로 가. 그리고 예전부터 찍어둔 나카노 45번가에 시체를 버려. 자동차는 원래 당신 소유였기에 그대로 집으로 타고 돌아가. 전기 충격기 습격과 살인은 덴도 씨, 시체 운반은 하고로모 씨. 두 사람이 작업을 분담함으로써 두 사람의 알리바이가 경사스럽게도 성립, 짝짝짝."

부스지마와 대치한 두 사람은 완전히 낯빛이 파랗게 질려 있었다.

"즈, 증거는?"

덴도가 정색을 하고 대든다.

"증거가 없으면 그까짓 것."

"저기 말이야. 타인의 구성 능력을 자신과 같은 수준으로 보면 안 된다니까. 하고로모 씨가 아키하바라의 전기기구 가게에서 전기 충격기를 사는 모습이 CCTV에 다 찍혔거든. 가택 수색에서 전기 충격기가 나오면 살해에 사용되었는지 감정할 수 있다고. 그리고 아카사카 리젠시 호텔 지하 주차장에는 CCTV가 여럿 설치되어 있어서 하고로모 씨의 자동차가 8시에 들어와서 자정 넘어 나가는 것이 찍혀 있어. 하고로모 씨와 면식이 없었을 덴도 씨가 어떻게 그 자동차를 운전하고 왔는지 납득할 만한 설명을 할 수 있으면 해보시지. 지금쯤 두 사람 집에 감식반이 들어가 있을 테니 뭐가 나올지 기대해봐. 우후, 우후후, 우후후후."

하고로모와 덴도는 마치 괴물 보듯 부스지마를 쳐다보았다.

그날 덴도의 방에서는 하고로모가 구입한 전기 충격기, 그리고 하고로모의 자동차 트렁크에서는 마다라메의 머리카락이 발견되었다. 덴도는 살해할 때 트렁크 내부에 겹겹으로 비닐을 깔고 조심했음에도 머리카락 몇 가닥을 놓쳐버렸다.

"두 사람 모두 전부 자백했어요."

부스지마의 작업실에서 아스카가 보고했다.

“두 사람이 면식이 없다는 것은 완전 거짓말이었어요. 전에 군유샤에서 주최한 파티에서 인사를 나눴나보더라고요. 그리고 덴도가 출판사 현관에서 마다라메에게 한 방 먹은 직후, 회사에서 나온 하고로모와 우연히 다시 마주쳤고요. 원한과 괴로움을 함께 토로하는 동안에 이번 범행을 계획한 모양이에요.”

“먼저 말 꺼낸 사람이 누구래?”

컴퓨터를 마주하고 있는 부스지마가 돌아보지도 않고 물었다.

“처음 꺼낸 사람은 덴도였어요. 끝까지 살인을 주저하던 하고로모를 설득했나봐요. 습격과 살인은 내가 담당할 테니 너는 도구를 준비하고 시체나 운반하라면서요. 그래서 하고로모도 결단을 내린 모양이고요.”

“역시 서로 보완하고 있군. 손에 피를 묻힌 사람은 덴도 씨지만 흉기와 전기 충격기, 테이프, 자동차 등 범행에 사용된 도구는 모두 하고로모 씨가 구입했고 마지막에 시체 유기까지 했어. 한쪽이 다른 한쪽을 고발하려고 해도 공동정범이라 같이 쓰러질 가능성이 높아. 그것 보라고, 키워드가 제대로 범인을 가리키고 있었잖아. 피해의식을 가진 인간은 작당을 꾸미고 싶어 한다. 그래서 그런 계획을 세웠다.”

“차라리 둘이 콜라보를 했으면 재미있는 소설을 쓸 수도 있었을 텐데 말이죠.”

사건이 해결된 해방감으로 그만 가볍게 내뱉은 말이었지만 부스지마가 그 말을 놓칠 리 없었다.

“뭔 소리야. 둘이서 잔뜩 머리를 짜낸 계획이 그 모양새야. 글쓰기에 생사를 걸지 않는 작가한테 어떻게 이 이상의 퍼포먼스를 기대하겠어? 콜라보를 해도 분명 평이한 것밖에 못 썼을 거야.”

아스카는 반박할 기운을 잃고 그저 부스지마의 등을 노려보는 수밖에 없었다.

갑자기 부스지마가 뒤를 돌아보았다.

"아, 방금 내가 역시 냉혹하다고 생각했지?"

이제 익숙해졌어요, 라고는 대답하지 않았다.

섣불리 반론을 제기했다가는 한 마디가 열 마디가 되어 돌아올 것임이 불 보듯 뻔했기에.

3

상을 받긴 했지만

1

출판 불황이라는 것은 대체 어느 세상 말일까? 기리하라 무겐은 반짝이는 샹들리에와 좌우에 오가는 호스티스들을 번갈아 바라보면서 생각했다. 데이코쿠 호텔 본관 3층, '후지노마'를 대관해 열린 호화로운 수상 파티는 참석한 사람들을 그토록 꿈처럼 황홀하게 만드는 마력을 갖췄다.

아니, 출판 불황이 현실임에는 틀림없다. 일단 기리하라 자신의 신간이 가까스로 초판 1만 부를 찍었다. 기리하라 정도의 인기와 경력이라면 5년 전에는 2만 부를 찍었다. 부수가 절반가량 격감한 이유 중 하나는 시장 축소가 분명했다.

그럼에도 고작 신인상 수상식에 이처럼 대단히 화려한 연회를 준비하는 바람에 수상자뿐 아니라 자신 같은 베테랑까지 출판 경기가 좋다고 착각한다.

소류샤 신인상은 수많은 엔터테인먼트계 신인상 중에서도 가장 역사적인 상에 속했다. 이 상을 통해 재능 있는 작가들이 많이 배출되었고 그 가운데에서 나중에 나오키상을 비롯한 문학상을 수상하는 작가도 나왔다. 이렇게 말하는 기리하라도 그 작가 중 한 명이다.

한편 어둠도 태어났다. 과거에는 '소류샤 신인상 수상'이라고 띠지에 강조해놓으면 그것만으로 책이 날개 돋친 듯 팔렸다. 어디서 굴러먹던 개뼈다귀인지 모를 작자의 책이라도 소류샤 신인상을 받은 작품이라면 믿을 수 있다는 브랜드력이 있었다. 그러나 요즘이 브랜드력으로도 책이 팔리지 않게 되었다.

소류샤의 사원이나 업계 소식통들은 모두 출판 불황 탓이라고 결론 내리지만 기리하라의 의견은 조금 다르다. 물론 시장 축소가 무시할 수 없는 요인이긴 해도, 수상자들의 재능이 부족하다는 인상을 도저히 씻을 수 없다는 게 더 문제적이다. 기껏 화려하게 데뷔해놓고 그 화려함이 다음 작품으로 이어지지 않는다. 데뷔작의 속편으로 얼렁뚱땅 넘어가거나 투고 시절의 습작을 개작하여 일찌감치 힘에 부침을 드러낸다. 그래도 두 번째, 세 번째 작품을 내는 것은 그나마 양호한 편으로, 상황이 더 심각할 경우엔 데뷔작만 내고 사라진다.

실제로 지금 단상에서 수상 소감을 말하는 미쓰루기 데쓰야도 그런 부류가 아닌가?

기리하라는 다섯 명의 심사위원 중 한 사람이었는데 미쓰루기의 수상에 끝까지 반대했다. 일곱 편의 후보작 중에서는 과연 미쓰루기의 작품이 제일 나았지만 그래도 예년과 비교하자면 고개를 돌리고 싶어지는 수준이었다. 다른 심사위원들의 반응도 대체로 좋지 않았다. 단지 젊은 심사위원 한 명이 그의 작품을 강력하게 추천했는데 어느 정도는 기리하라에게 심술을 부린 결과였다. 그것이 '해당 작 없음'을 기피하는 편집부의 입장과 일치했음이 수상작 결정의 전말이었다.

수상작이 없으면 당연히 출판사의 수익에도 막대한 영향을 미친다. 눈 감고서도 5만 부가 팔리는 수상작 출판을 어찌 마다하겠는가. 그렇게라도 수익을 올리지 못하면 상의 존속마저 위험해진다.

기리하라도 오랜 작가 생활 탓에 그 주변의 사정에 손바닥 보듯 훤하다. 하지만 그런 졸속주의가 신인상의 디플레이션 현상을 초래한 것이 아니었던가.

기리하라는 지난 수상작과 어깨를 나란히 할 후보작이 없을 경우엔 '해당 작 없음'이라도 불사해야 한다고 생각한다. 그런 엄정한 태도를 잃어버린다면 신인상의 위상은 계속 낮아질 뿐이고 머지않아 쇠퇴할 것이 뻔하다. 자신을 작가로 탄생시켜준 신인상이 유명무실해지는 모습을 안쪽에서 차마 바라보지 못할 이가 기리하라만은 아니리라.

계속 이런 식이라면 차라리 심사위원을 사임하는 게 나을까? 그런 생각이 떠오를 무렵 옆에 있던 동료 작가 야나기다 교스케가 옆구리를 찔렀다.

"기리하라 씨, 사회자가 불러. 당신 나갈 차례야."

단상에서 사회자가 자신을 향해 손짓하고 있다. 맞다. 자신이 건배 선창을 맡기로 했었다.

"그러면 심사위원이셨던 기리하라 무겐 선생님께서 건배 선창을 하시겠습니다. 기리하라 선생님, 부탁드립니다."

사회자의 말에 기리하라가 단상 위에 선다. 구석에 얌전히 자리한 미쓰루기는 행복감에 젖었는지 기리하라 쪽은 제대로 쳐다보지도 않는다. 완전히 들떠 있는 그의 태도가 기리하라 안의 심술꾸러기를 잠에서 두들겨 깨웠다.

저 정도로 멍한 얼굴을 하고 있다면 찬물을 좀 끼얹어도 나쁘지 않겠군. 애드리브에 능숙한 기리하라는 얼른 연설 전문을 머리에 떠올렸다. 워낙에 말을 잘하는 편은 아니었지만 이런 자리에 불릴 때마다 연설을 요청받아온 탓에 어느새 별 어려움을 느끼지 않게 되었다.

"에, 심사위원이었던 기리하라입니다. 미쓰루기 군, 수상 축하해요. 어느덧 소류샤 신인상도 올해로 50회를 맞이하게 되었습니다. 정말 기쁘게 생각합니다. 그런데 이렇게 존속하는 상이 있는 한편, 상이 사라지는 일 역시 끊이지 않습니다. 어떻습니까, 제가 보기에는 1년에 하나씩 없어지는 것 같은데요. 그러면 존속하는 상과 사라지는 상의 차이는 무엇입니까? 그것은 스타를 계속 배출하느냐에 달렸습니다. 예를 들어 이 소류샤 신인상에서 옛날에는 야마나미 가와타로 선생님, 전후 문단을 견인한 가노 데이조 선생님, 우리 일본에 미스터리 열풍을 일으킨 구로카와 시로 선생님 등 일일이 열거할 수 없을 정도로 수많은 작가들이 나왔습니다. 그런데 지난 수년은 어떻습니까? 선배들의 위업에 비해 아무리 봐도 부족해 보입니다. 문단을 견인하기는커녕, 데뷔 뒤에 별다른 활약도 없고 그대로 조용히 퇴장해버리는 신인들이 너무 많습니다. 단언컨대 신인상에 주어지는 상금은 단지 그 수상작에 수여하는 것이 아니라 앞으로의 활약을 위해 빌려주는 장학금과 같은 겁니다. 수상자에게는 문단의 별이 되어야 할 의무가 있으니 그를 위한 투자금이라고 할 수 있습니다. 그걸 가지고 상금을 받았다, 출판됐다, 이제

난 모른다, 이러면 먹튀 같은 것이죠. 말하자면 도둑에 가까워요."

단상에서는 참석자 개개인의 얼굴색까지 한눈에 보인다. 기리하라의 연설에 대가들은 유쾌한 웃음을 터뜨리고, 소류샤 관계자들은 쓴웃음을 짓는다. 그리고 지탄된 과거의 수상자들은 창피한 듯 슬금슬금 숨기 시작했다.

이제 나를 야유가나 독설가라고 악평하겠지. 취기에 몽롱해지려 하는 두뇌가 한숨 섞어 이렇게 판단하지만, 건배 선창을 위해 자신을 지명하면서 이런 상황이 되리라는 것을 주최 측도 예측했을 터다. 그리고 엉터리 소리나 단순한 기우를 토로한 것도 아니다. 뭔 상관인가? 기껏 데뷔시켜줬더니 게으름과 교만함만 더해진 미숙한 인간이 출판사 경비를 공짜로 먹어치우고 있지 않은가.

"솔직히 이번 수상작만 봐서는 미쓰루기 군도 그런 도둑으로 전락하지 않을까 염려됩니다. 반드시 이 늙은이의 예상을 뒤엎는 활약을 기대하며 인사를 마칠까 합니다. 건배."

쨍.

쨍.

쨍.

수상 파티가 끝나면 심사위원들과 지난 수상자들이 별실로 모인다. '설교방'이라는 이름으로도 불리는 2차 모임의 시작이었다. 1차 모임 격인 수상 파티에서 실컷 연회를 만끽하게 한 뒤 그 들뜬 기분을 선배의 설교로써 현실로 끌어내리는 작업으로 이미 수십 년 전부터 이어진 행사였다. 선배 수상자들 중에는 이 2차에서 후배 수상자에게 한차례 싫은 소리를 하는 것이야말로 가장 즐거운 시간이라고 하는 괴팍한 사람조차 있다.

그런데 이번에는 사정이 달랐다.

이미 수상작은 출판되었지만 심사위원들 사이에 활기가 전혀 없었다는 사실이 일반에게 널리 알려져 있었다. '심사위원 만장일치!', '10년에 한 번 나올까 말까 한 대형 신인' 같은 거짓 문구를 띠지에서 강조할 수도 없어 수상작의 초기 판매 속도는 예전에 없던 최저치였다.

미쓰루기는 이제 막 그 사실을 알게 된 데다 기리하라의 연설의 영향도 있어 차마 얼굴도 못 들 정도로 풀이 죽어 있었다. 모두들 그를 딱하게 여겨 늘 해오던 2차 모임도 올해는 건너뛸까 했지만 기리하라의 지나친 서비스 정신과 고약한 심보가 고개를 쳐들었다.

"지난 수상자들이 이만큼 모이기가 어디 쉬운가. 이번에는 분위기를 좀 바꿔, 데뷔했는데도 아직 주목받지 못하고 헤매는 수상자들을 위한 설교방을 꾸려보는 건 어떨까?"

"오오, 그거 괜찮은데. 사실 막 데뷔한 신인보다 2, 3년차 신인이 더 문제가 심각해. 좋아, 기리하라 씨가 이끌어봐. 우리가 거들 테니."

기리하라의 제안에 야나기다를 비롯한 선배 몇 명이 적극 찬성한다. 찬성한 이들은 오로지 문단에 공을 쌓고 이름을 알린 대가와 중견들이다. 설교 대상이 될 데뷔 2, 3년차 신인들은 얼굴빛이 싹 바뀌었다.

그들이 당황하는 모습에 기리하라는 더 심술을 부리고 싶어진다. 별 성과도 없으면서 그들이 뻔뻔스럽게 파티에 얼굴을 내미는 이유는 세 가지. 우선 파티에 초대된 다른 출판 관계자들에게 명함을 돌리며 얼굴 도장을 찍는 것, 두 번째는 공짜 밥을 먹는 것, 세 번째는 후배 수상자를 희롱하여 선배 티를 내기 위해서다. 어차피 명함도 다 돌리고 밥도 배불리 먹었을 테니 이제 미쓰루기 대신 바늘방석에 앉는다고 불평하진 못하겠지.

"맨 먼저 3년 전 수상자, 스즈메 다이요 군부터 시작해볼까?"

이름이 불린 스즈메는 흠칫 어깨를 떨지만 사람들에게 둘러싸인 상황에서 차마 도망칠 수도 없으니 그저 못마땅한 얼굴로 기리하라 앞으로 다가온다.

"먼저 자네 주장을 들어볼까? 데뷔작 『흑점 전쟁』 이후에는 별로 눈에 띄는 활동이 없는 것 같던데 열심히 쓰고 있는 건가?"

스즈메의 『흑점 전쟁』은 SF 구성의 정치 군상극이었다. 현실세계에서 세속적으로 다루어질 수밖에 없는 화제인 정치사상을 별세계의 이야기로 끌어올려 우화성을 획득한 점이 높이 평가된 작품이었다.

"네, 쓰고 있습니다. 『흑점 전쟁』 속편을 열심히 쓰고 있는데 다른 출판사의 청탁에 착수하는 건 그다음이 되겠죠."

"그런데 『흑점 전쟁』이 출간된 지 3년이나 지났어. 교정과 편집 기간까지 계산에 넣어보면 그 이상의 기간이 흘렀다는 건데, 아직까지 초고도 완성하지 못했다는 건 지나치게 늦은 것 아닌가?"

"그 속편을 어떻게 3년 만에 완성하죠?"

스즈메는 상대가 기리하라임에도 불구하고 자신만만한 태도로 일관했다.

"『흑점 전쟁』은 현대 정치를 겨냥한 전 12부작 시리즈로 구상하고 있다고요. 데뷔작이면서 제 인생이 걸린 작품이죠. 평생의 역작이 어떻게 하루아침에 완성됩니까?"

"12부작이라, 엄청나게 기대되는 이야기긴 한데 편집부에서는 오케이 받은 구상인가?"

"그 사람들은 전혀 이해하지 못해요."

스즈메는 울분을 풀 길이 없다는 듯 가슴을 편다.

"대개 SF라는 것은 사상의 일종으로 문학 장르에 들어갈 수 있는 게 아니에요. 그런데 편집부나 영업부는 그걸 이해하지 못하고 수상작이라는 왕관이 붙어 있는데도 3만 부밖에 찍지 않았어요. 이제 SF는 어지간한 대가나 엄청난 걸작이 아니면 판매가 어렵다는 소리나 지껄이고 있다고요. 저기요, 출판은 문화사업이잖아요. 그런 시시한 시류나 매출에 급급해서 어쩌겠다는 거죠? 더 장기적인 안목으로 신인을 키우지 않으면 문단은 더욱더 쇠퇴할 뿐이라고요."

스즈메의 이야기를 들으면서 기리하라는 점차 짜증이 밀려온다.

데뷔한 지 고작 3년째로 더구나 별 볼 일 없는 신인 작가가 뭐가 잘났다고 출판사를 비난하고 있는가.

"스즈메 군, 미안하지만 자네 저작물은 소류샤에 별로 이익을 안 겨주지 않았어. 실제 판매가 2만 부도 안 되었다는 건 상금은커녕 파티 비용조차 회수하지 못했다는 거야. 나는 『흑점 전쟁』을 추천했던 사람이지만 매출 결과를 본 뒤에 책임을 통감했을 정도라네. 물론 출판은 문화사업이지만 동시에 영리사업이기도 해. 팔리지도 않는 책을 계속 출판한다면 새로운 신인 발굴은 물론 직원들도 못 먹여 살려. 무엇보다 상 받은 지 3년이 지나지 않았는가. 상금도 슬슬 바닥을 드러낼 것 같은데."

"그러니까 팔리는 책을 쓰라고요?"

"고매한 목표는 훌륭하지만 책이라는 상품을 만들어내는 이상, 이익 창출은 필수조건이라고 보네. 아무리 작가가 걸작이라고 자부해도 팔리지 않으면 어쩔 수 없어."

"절대 그런 일은 없어요."

스즈메는 탁자를 내리치며 반론한다.

"제 소설은 비유하자면 다이아몬드예요. 다이아몬드는 사람들 모르게 땅속에 묻혀 있어도 다이아몬드인 것에는 변함이 없죠. 그 가치도 변하지 않아요. 설령 세상 모든 사람들한테 이해받지 못해도 제 작품은 앞으로 영원히 문단의 역사에 빛날 거예요."

그 한마디에 기리하라의 짜증에 불이 붙었다.

"자네는 어디가 모자란가?"

"엣?"

"다이아몬드 좋아하네. 적절한 비유라고 생각하는 모양인데 애당초 다이아몬드가 진짜 다이아몬드가 되려면 그것을 감정하는 사람이 필요해. 단지 땅속에 묻혀서 사람들 눈에 띄지 않는다면 그저 탄소의 일종에 지나지 않는다고. 다이아몬드로 인식되려면 발굴되어 감정사의 평가를 받고 시장에 유통되어 손님을 만족시켜야 하는 거야. 팔리면 무조건 장땡이라는 건 아니지만 자네 논리는 책이 안 팔리는 것에 대한 변명에 불과해. 게다가 독자들은 자네의 고매한 사상을 이해하려고 책을 사는 게 아니야. 고작 신인상 하나 받은 걸로 뭘 그리 우쭐해 있는가. 그토록 혼자 하고 싶은 말이 있으면 블로그에서나 하고 괜히 출판사까지 끌어들이지 말도록."

기리하라는 상대방의 얼굴에 침이라도 튈 것처럼 꾸짖는다.

그 말에 스즈메는 잠시 멍하니 있더니 곧 상처받은 얼굴로 맥없이 자리를 떴다.

"다음은 2년 전 수상자로 가볼까? 아쿠타가와 군, 있지? 아까 봤어. 이리로 오게."

그동안 기리하라가 멀리서 바라보고 있었던 모양이다. 이름이 호명되자, 사람들 속에서 "으아" 하는 아쿠타가와의 얼빠진 목소리가 들려왔다.

"설마 수상한 뒤에도 기리하라 선생님의 설교를 듣게 될 줄은 몰랐네."

아쿠타가와는 기죽지 않고 기리하라 앞으로 다가와 앉는다.

사실 심사 당시 기리하라는 아쿠타가와의 수상에 반대하는 입장이었다. 수상작 『금빛 무지개를 건너서』는 청춘소설이나 엔터테인먼트 소설이라 하기에 어중간한 인상이긴 했지만, 스물넷이라는 나이에 비하면 인물조형도 잘되었고 스토리에도 무리가 없었다. 그럼에도 기리하라를 만족시킬 만한 완성도는 아니었고, 그것은 차치하고라도 이목을 더 집중시킨 것은 작가의 필명이었다.

아쿠타가와 나오키.

본인에게 이름의 정체에 대해 질문하자 아쿠타가와 상과 나오키 상을 모두 타겠다는 심산을 드러냈다. 아무래도 빈축을 살 테니 개명하라고 심사위원과 편집부가 설득에 나섰지만 본인의 의사가 완고하여 현재에 이르렀다.

데뷔작이 폭발적으로 판매되었다면 기이한 필명에도 덩달아 인기가 따라붙었겠지만 예상보다 판매가 부진하였다. 영업부에선 제목이 너무 가벼운 느낌이고 연작 단편이라는 형식이 하드커버 장정에 맞지 않았다고 투덜댔다는데, 사실 기리하라 입장에선 판매 부진 요인보다 팔릴 만한 요인을 대기가 더 어려웠다.

"자네도 데뷔작 이후로 별로 안 쓰고 있는 것 같은데."

"에엣, 아니에요. 지난 2년간 단편 네 편과 에세이 세 편. 아아, 그리고 칼럼 두 개 정도."

"책이 안 나오면 일을 한 게 아니야. 첫째, 그 정도의 원고료만으로는 생활이 안 될 텐데. 수상하면서 다니던 회사도 그만뒀다고 들은 것 같은데?"

지적을 받은 아쿠타가와가 히죽히죽 웃기 시작했다. 조심성 없는 태도의 발로인 동시에 불리한 상황에 처했을 때의 자기방어 본능의 표현인 모양이었다.

"데뷔하면 작가로 여유롭게 먹고살 수 있을 줄 알았고, 다니던 직장이 별 볼 일 없는 패스트푸드점이라 남자답게 전업 작가가 되려 했죠."

이제 막 데뷔한 신인 작가가 인세와 원고료만으로 제대로 생활할 수 있을 리 없으므로 신인상 담당자가 수상자에게 '부디 지금 하는 일을 그만두지 말라'고 단단히 조언하는 것이 통례였다. 그럼에도 곧바로 다니던 직장을 그만두고 급기야 그동안 거주하던 집에서 나와 도내의 맨션에 임대계약을 맺는 경솔한 사람도 있다.

"남자다운 것과 계획이 없는 것은 전혀 의미가 달라. 신간은 아직 나오지 않았고 연재도 없어서 생활하기 어려운 건 사실이잖아."

"그건 말이죠, 기리하라 선생님. 내 탓이 아니라고요. 단적으로 말해 소류샤가 전부 나빠요."

"뭐?"

"신문에 전면광고를 더 내든지, 인터넷에서 한 달 배너광고를 넣든지 해야죠. 요즘 시대에 책을 팔려면 광고가 필수잖아요. 하지만 '금 무지개'는 그런 화려한 진행도 없이 단지 '올해의 소류샤 신인상 수상'이라고만 내놓고 이렇다 할 프로모션은 하나도 안 해줬어요. 그래서 안 팔린 거라고요."

이 말에도 기리하라는 짜증이 났다.

"호오, 화려한 홍보를 안 해주면 자기 책은 안 팔린다는 자각은 있나보군."

"그, 그것과는 얘기가 다르죠. 아무리 뛰어난 재능도 세상에 제대로 알리지 않으면 소용없다는 겁니다."

"정말 재능이 뛰어났다면 소류샤 말고 다른 출판사에서라도 가만 안 뒀겠지. 수상자는 작품 세 편을 해당 출판사에서 내야 한다는 규정이 있긴 하지만, 후각이 예리한 편집자가 아니라도 기본적인 자질을 갖춘 작가로 평가했더라면 수상 직후부터 접촉이 있었을 거야. 소류샤와의 계약이 있으니 신간은 무리여도 문예지 연재는 가능하지 않나. 자네가 조금 전에 말한 작은 일은 전부 소류샤와 관계된 것이라 치고. 다른 출판사의 오퍼는 대체 몇 건이나 있었지?"

"그, 그게 무슨 상관이라고요. 일단요, 아쿠타가와 나오키라는 창작자는 그 활동 거점을 문단에만 한정할 생각이 없어요. 아쿠타가와 나오키는 필명이 아니라 뭐랄까, 유닛 이름이거든요."

"……도통 뭔 소리를 하는 건지."

"다시 말해 내 목표는 내 원작을 내 연출로 영상작품으로 만드는 거라고요. 물론 음악도 내 오리지널로 하고요. 창작자는 문장과 영상 표현과 음악이 삼위일체가 되어야 비로소 생각한 바를 나타낼 수 있지 않나요?"

아아, 이 녀석도 자신을 창작자로 칭하고 싶어 하는 착각에 빠진 한 명이란 말인가? 기리하라는 눈앞에서 열변을 토하는 아쿠타가와를 보고 한숨이 나오려 한다.

배우나 음악가가 자신을 창작자라고 하는 데는 위화감이 없다. 무대에서 자신을 드러내는 사람이라면 창작자라 자칭해도 수긍이 간다. 그러나 그 단어를 책상 앞에만 앉아 있는 글쟁이가 입에 담는 순간 미심쩍어진다. 문사, 작가, 소설가, 라이터. 바로 떠오르는 호칭만 해도 이 정도인데 굳이 창작자라고 불리고 싶어 하는 것은 어딘가에 열등감을 품고 있기 때문일까? 소설가라고 나서는 것이 그토록 부끄러운가?

게다가 아쿠타가와는 소설에 대한 애정이 별로 없어 보인다. 독특한 필명과 그의 사고방식을 맞춰보니 단순히 유명해지고 싶고 특별한 인간이 되고 싶어 하는 것만 같다.

"그런 소리는 자기 작품이 밀리언셀러가 된 다음에나 지껄이든지, 이 멍청한 자식아."

기리하라가 불쑥 중얼거린 말에 아쿠타가와가 얼어붙는다.

"머릿속에서 이미 시대의 총아가 되어 있는지 모르겠지만, 현실의 자네는 데뷔는 했지만 다른 출판사의 오퍼도 없고 몇 푼 안 되는 원고료로 생활보호대상자 수준의 생활을 영위하는 망상벽 기질의 저소득자에 다름 아니네."

"마, 망상벽의 저소득자라니."

"그렇게 불리기 싫으면 이런 데서 시간 낭비하지 말고 한 장이라도 더 원고를 쓰게. 자네가 선택한 일은 그런 거야. 알았으면 당장 가."

"……빌어먹을."

아쿠타가와는 침이라도 뱉을 기세로 자리에서 일어난다. 워낙에 욱하는 성격으로 알려졌지만 기리하라에게 주먹을 휘두르지 않은 것은 주변에 선배 작가들이 무리를 이루고 있기 때문일 것이다.

"자, 다음, 작년 수상자 구와노 마루미 씨."

"네, 네에……."

꺼져 들어가는 대답과 함께 구와노 마루미가 다가왔다. 기리하라의 맞은편에 앉으면서도 상대방의 눈을 쳐다보지 않는 버릇은 여전했다. 예전에는 20대 여성이니 순진하게 낯을 가리는 모양이다 하고 여겼지만 출판 관계자라면 누구에게나 똑같은 태도를 보인다는 소문을 들은 뒤로는 불쾌감만 느껴졌다.

"구와노 씨, 당신은 지난 일 년간 단편 하나 쓴 게 전부던데, 대체 뭘 하는 거지?"

이 말에 몸을 움츠리고 있는 이 사람은 정작 상대방이 하는 말은 절반도 듣고 있지 않다. 단지 머리를 낮춰 폭풍우가 지나가기를 기다릴 뿐. 그런다고 누가 봐줄 줄 알고.

"듣자 하니 연재 제의도 거절하고, 이것도 아니고 저것도 아니라며 플롯을 몇 개씩 보내면서 담당 편집자가 막상 추진하자 하면 물러나고. 그 반복이라던데."

"저기, 제가 납득할 수 있는 것이어야 할 것 같아서……."

"작품에 성심을 기울이는 것은 좋지만 그래도 일 년이나 그게 계속되는 건 좀. 투고 시절엔 아무렇지 않게 일 년에 두 작품, 세 작품 쓰지 않았는가."

"아마추어와 프로는 전혀 달라서요."

그걸 안다니 그나마 낫네. 그렇게 감탄할 뻔했던 기리하라에게 마루미의 대답이 또다시 짜증을 유발했다.

"구와노 마루미의 수상 후 첫 작품은 데뷔작을 훨씬 능가해서 나오키 상이나 서점 대상을 노리는 작품이 아니면 안 돼요."

이 여자, 태연하게 뭔 소리를 하는 거야?

"물론 뜻을 높게 갖는 것은 중요하고 상을 노리는 것도 나쁘다고는 안 하지만 지난 일 년간 플롯에만 시간을 썼다는 건 좀."

이제 막 데뷔한 신인이 두 번째 작품에 신경이 예민해지는 것은 기리하라도 너무나 잘 이해했다. 기리하라 자신도 겪었던 것이기에 그 고민은 절대 남의 일이 아니다.

데뷔작은 신인상 수상이라는 왕관이 붙어 있기 때문에 내버려둬도 어느 정도 팔린다. 문제는 두 번째 작품으로, 그에 대한 평가와 판매실적이 그 작가의 장래를 결정한다 해도 절대 과언이 아니다. 두 번째와 세 번째 작품도 순조롭게 판매를 올리는 작가는 고정 독자층을 형성해 안정된 자리를 갖게 되지만, 두 번째 작품에서 삐끗할 경우엔 세 번째 작품에서는 반드시 만회해야 한다고 스스로 장애물의 높이를 올리게 된다. 결과적으로 의욕만 앞서고 실적은 따르지 않기에 집필 의욕 자체가 떨어지게 된다.

"담당자가 두 번째 작품이 가장 중요하다고 했어요."

"그 말이 틀리지는 않은데."

"구와노 마루미의 작품에 실망이 있어서는 안 돼요. 어떤 서평가, 어떤 독자도 딴소리 못 할 걸작이 아니면 세상에 내놓을 수 없어요. 작가인 제가 납득할 때까지 2년, 3년이 걸리더라도 그건 작품이 탄생하는 데 반드시 필요한 시간이고……."

고개를 숙인 채 말을 이어가는 마루미를 보고 기리하라는 이내 자신이 오해하고 있었음을 깨달았다.

아차, 이 애도 착각에 빠진 인종이야.

그녀는 거장병에 걸려 있다.

온 세상이 자신의 신작을 기다리고 있고 섣부른 작품을 쓰는 즉시 온갖 비난이 쏟아지리라고 멋대로 믿고 있다.

"저기, 그 마음은 이해하지만 신인한테는 신인 나름의 유리한 점이 있어서……."

"아니에요. 무슨 말씀 하시는 거예요? 저는 기리하라 선생님 상을 받아서 데뷔했기 때문에 문단의 주목을 받고 있어요. 두 번째 작품이 제 일생을 결정한다고요. 데뷔작으로 제 팬이 된 수만 명의 독자들과 문단이 제 일거수일투족에 관심을 갖고 있어요. 그래서 저는 3년이 아니라 5년, 10년이 걸려도……."

"시끄러워! 자신이 대체 뭐라고 생각하는 건가? 적당히 좀 하게!"

성난 소리 한 방에 마루미는 앗 하고 고개를 들었다.

"분명히 말하는데 자네의 다음 작품을 기다리는 사람은 담당 편집자와 서적부 부장 정도야. 다른 사람, 특히 일반 독자들 대부분은 자네 이름 따위는 잊은 지 오래야. 수상식에 참석하면서 단상을 안 봤나? 오늘 새로 미쓰루기 군이라는 수상작가가 탄생했어. 바꿔 말하면 자네 수상작의 유효기간은 오늘로 끝났네. 아무도 자네의 두 번째 작품이나, 하물며 행동거지 같은 것은 쳐다도 안 봐."

"그럴 리가……."

"자기애에 빠져 허우적거릴 시간이 있으면 한 장이라도 더 쓰게. 안 그러면 나중에 나타나는 사람한테 계속 뒤처지게 돼."

기리하라 입장에선 격려하는 말이었음에도 마루미는 어깨를 떨구고 비참해 보일 정도로 오열하기 시작했다.

"흑…… 흑."

주위의 작가들 중에 마루미를 위로하려는 사람은 아무도 없었고, 기리하라도 흐느껴 우는 그녀를 그냥 내버려둘 수밖에 없었다.

2

수사1과는 과연 말로만 듣던 것 이상의 직장이었다. 배속된 지 반년밖에 안 지났는데도 아스카의 두 눈으로 본 시체들은 하나같이 기괴한 압도감이 느껴졌다. 인간이 정물로 변모해버린 모습이 어찌나 불길함을 전하는지 한 구 한 구마다 몸서리치는 공포를 느꼈다.

어쩌면 그 모습이 해괴하다는 점에서는 이번 시신이 가장 압도적일 것이다. 잔혹하고 무정한 데다 가련한 분위기마저 감돌았다.

업무용 문서 세단기에 시체가 넥타이째 말려들어가 있었다.

넥타이가 문서 세단기에 거의 다 파쇄되었기에 시체의 목이 투입구에 수평으로 밀착되어 있고 목 뒤에서 넥타이가 살을 파고들어가 있다. 살아 있는 사람이라면 불가능한 각도로 목이 뒤로 꺾여, 몸은 문서 세단기에 엎어져 있는데도 얼굴이 천장을 향하고 있다.

"오른손이 뻗어진 것을 보면 필사적으로 전원을 찾아 더듬고 있었던 것 같네."

검시를 담당한 미쿠리야가 바로 옆에서 시체의 모습을 관찰하더니 한 차례 고개를 끄덕이고는 주변 경찰관에게 말을 건넸다.

"됐어. 이제 문서 세단기에서 떼어내도 되겠어. 고인도 이 자세로는 괴로울 거야."

미쿠리야의 지시로 시신을 조심스럽게 문서 세단기에서 떼어낸다. 투입구에 남은 혈흔은 넥타이가 목 피부를 찢었을 때 출혈한 흔적일 것이다.

옷이 벗겨진 시신이 시트 위에 눕혀졌다. 본격적인 검시는 지금부터지만 아스카도 이미 사인을 짐작할 수 있다. 질식 아니면 골절이다.

"사고일까요?"

"피해자 말고 누군가가 있었어. 평범한 사고가 아니야."

이누카이는 즉각 부정했다.

"문서 세단기의 쓰레기 봉투를 통째로 들고 갔어. 넥타이가 말려 들어가고 있는데 어떻게 그럴 수 있겠어. 사건이든 사고든 간에 피해자가 문서 세단기에 끌려들어가는 것을 옆에서 구경만 하던 인간이 있었다는 얘기야. 도움을 요청하지도 않고 경찰에 연락도 하지 않고 그냥 현장을 떠난 거야."

사무실에 사람이 죽어 있다는 신고로 이누카이를 비롯한 경찰들이 출동한 시간은 6월 2일 오전 10시 15분이었다.

현장은 지요다 구 간다수다초, 야스쿠니 길 안쪽에 사무실 건물과 음식점이 섞여 있는 지역이다. 3층짜리 건물의 한 공간에서 사망한 이는 미스터리 소설의 대가로 알려진 기리하라 무겐, 72세. 시신을 발견한 사람은 그를 살펴보러 온 편집자였다.

"고겐샤의 가토라고 합니다."

가토는 여전히 부들부들 떨면서 소파에 앉아 있었다. 이누카이는 가토를 진정시킨 뒤에 질문을 던졌다.

"원고 마감이 월말이었습니다. 여느 때라면 아무리 빠듯하더라도 마감을 맞춰주시더니 이번엔 기리하라 선생님에게도 무리였나 보다 하고 어제 하루 종일 연락을 시도했습니다. 휴대전화도 이메일도 응답이 없어 할 수 없이 작업실까지 직접 와봤더니 이 모양으로……."

"어떻게 안으로 들어가셨습니까?"

"문이 잠겨 있지 않았습니다. 들어가자마자 선생님을 발견하고서 경찰에 신고했습니다."

의문이 든 아스카가 대화에 끼어들었다.

"고겐샤에서는 마감이 하루만 지나도 작가한테 직접 독촉하러 가나요? 보통 4, 5일쯤 여유를 둔다고 들었는데요."

"신인이라면 여유를 두기도 합니다만 기리하라 선생님은 중진 작가라서 처음부터 최종마감일을 알려드리고 글을 청탁해왔습니다. 선생님은 최종마감일을 넘기는 법이 없었거든요."

가토의 증언을 믿는다면 기리하라가 살해된 것은 5월 31일에서 6월 1일 사이이다.

"사망이 31일이라는 점에는 수긍이 가."

옆에서 검시하고 있던 미쿠리야가 입을 열었다.

"직장 체온에 따르면 사망 추정 시각은 31일 심야에서 이튿날 오전 2시 사이야. 부검해서 위장 내용물을 보면 시간대가 더 좁혀지겠지만 크게 다르지는 않을 거야."

"사인은 뭘까요?"

"여자라도 형사라면 이런 건 알아둘 필요가 있지. 잠깐 이쪽으로 와보게."

내키지 않는다고 신입이 거부권을 행사할 순 없다. 미쿠리야의 손짓에 아스카는 시체 쪽으로 다가갔다.

"봐. 얼굴에 울혈이 안 보이지? 이건 동맥과 정맥이 거의 동시에 폐쇄되었기 때문이야. 일반적으로 끈 같은 것으로 목을 조르면 동맥 폐쇄까지는 안 되지만 이번 상대는 기계야. 넥타이를 잡아 찢을 정도로 잡아당긴다면 동맥까지 조이게 되지. 겉에서 만져봐도 목뿔뼈(혀뿌리 아래에 있는 말굽 모양의 뼈/옮긴이)의 골절을 확인할 수 있지만 골절보다 질식이 먼저였을 거야."

설명을 들으면서 안구가 괴상하게 노출된 모습을 보고 있자니 위가 뒤집힐 것 같았다.

이누카이가 바닥을 기어 다니는 감식반원에게 말을 건넸다.

"문서 세단기 쓰레기는 발견됐습니까?"

"아뇨, 방 안에는 안 보이네요."

"범인이 가지고 갔을 가능성이 높다는 거군."

"이누카이 선배, 만일 그렇다면 문서 세단기의 쓰레기 봉투를 가지고 간 이유가 뭐였을까요?"

"피해자의 넥타이에 범인의 지문이나 체액이 묻었다면 그랬을 수 있지."

과학수사연구소나 감식반의 해석 능력은 굉장하다. 잘게 파쇄된 넥타이의 조각을 원상으로 재현하는 정도는 식은 죽 먹기일 것이다.

"이 문서 세단기에 안전장치 같은 것은 없어요?"

"문서 세단기에도 안전 기준이 있는데 요는 투입구에 들어가는 두께의 물건만 파쇄할 수 있다는 거야. 즉 두께가 기준 이상인 물건이 들어가려 하면 자동으로 투입구가 열려. 그러나 기준 이하의 두께라면 전원을 끊지 않는 이상 계속 파쇄해. 넥타이 하나 정도 두께라면 간단했겠지. 더구나 이 세단기는 업무용이라서 파쇄력도 보통이 아니야."

이누카이는 다시 가토를 향한다.

"이곳이 피해자의 작업실 맞습니까?"

"네, 거주하시는 곳은 따로 있지만 글을 쓸 때는 이곳을 사용하셨습니다. 가족과 함께 있으면 글이 잘 안 써지신다고."

"가토 씨 같은 출판 관계자 사람들의 출입이 많았을까요?"

가토의 대답은 아스카의 추측과 들어맞았다.

"별로 없었을 겁니다. 기리하라 선생님은 컴퓨터로 글을 쓰셨으니 당연히 메일로 원고를 주고받으셨어요. 우편으로도 주고받을 수 있기 때문에 굳이 작업실을 방문할 일은 없었습니다. 무엇보다 편집자가 작업실까지 쳐들어오는 것을 좋아할 작가분도 별로 없고요."

다시 말해 사무실을 출입하던 사람은 피살자를 제외하면 대단히 제한되어 있었을 것이다. 만일 사무실에서 낯선 지문이나 모발이 채취된다면 범인의 것일 확률이 높다.

"기리하라 씨에게 원한을 품을 만한 사람이 있었습니까?"

가토는 잠시 생각에 잠기더니 입을 열었다.

"문단의 중진이라는 이유로 불편하게 여기는 사람도 있었을지 모르지만, 연재를 빠뜨렸다는 이야기는 들은 적이 없으니 적어도 편집자들 중에 선생님에게 원한을 품은 사람은 없었을 겁니다."

"마감만 지키면 원한을 품을 이유가 없다는 겁니까?"

"네, 그렇습니다만……?"

이누카이가 자신의 질문에 도리어 의아해하는 가토를 보고는 자기도 난처한 표정을 지었다. 여전히 출판계의 특수한 사정을 충분히 이해하지 못한 모양이다.

"그러면 편집자들 말고 원한을 가질 만한 사람은 없었습니까?"

"방금 말씀드린 대로 대가로 불리는 분이라서 젊은 작가의 육성이나 신인 발굴에도 힘쓰고 계셨습니다. 소류샤 신인상 심사위원도 오랫동안 해오셨고요. 심사에서 낙방하는 사람들도 있을뿐더러 특히 들려오는 말에 의하면 선생님은 이미 데뷔한 신인들에게도 엄격하셨다고 합니다. 스스로 인격자를 자칭하시는 분이지만 그들 중에 원한을 품은 사람이 있었는지도 모르죠. 그런 이야기는 아마 편집자보다 친분 있는 동료 작가분들이 잘 알 겁니다."

"친분 있는 동료 작가라."

이누카이는 짜증스러움을 조금도 감추지 않았다.

목격 정보의 탐문수사는 관할서인 만세이바시 경찰서에 맡기고 이누카이와 아스카는 가토의 조언대로 기리하라의 동료 작가들에게 사정을 듣기로 했다. 이미 이누카이는 내키지 않는다는 기색이 역력했다. 아스카는 그의 얼굴을 마주칠 때마다 자신에게 이 사건을 통째로 넘길까봐 조마조마해졌다.

그들이 처음에 방문한 곳은 기리하라와 같은 해에 데뷔한 야나기다 교스케의 작업실이었다.

기리하라의 죽음이 아직 보도되기 전이었기에 야나기다는 소식을 전해 듣는 순간 얼굴이 새파랗게 질렸다.

"아니…… 정말인가? 가만…… 자네들 수사1과라고 했지. 그렇다면 살해되었을 가능성이 있다는 건가?"

"신속히 헤아려주셔서 감사합니다만, 현재 사건과 사고의 두 가지 가능성을 모두 열어놓고 수사하고 있습니다. 선생님께 여쭙고 싶은 것은 기리하라 씨의 대인관계입니다. 기리하라 씨 같은 문단의 대가 자리에선 원한을 사는 일도 더러 있지 않았습니까?"

"그 대가라는 말을 가장 싫어했던 사람이 기리하라 본인이었어."

야나기다는 지친 얼굴로 작업실 소파에 몸을 깊숙이 묻었다.

"대가는 자칭하는 게 아닐세. 데뷔해서 연재를 꿰차고 계속 책을 출간하고 출판사와 독자의 신뢰를 얻고 문학상을 몇 번이고 수상하고도 불안정한 장사라서 긴장을 늦추는 법 없이 매일매일 쓰는 거지. 그러다 보면 원로들이 세상을 뜨고 어느새 자신이 젊은 작가들에게 조언하는 자리에 가 있는 거야. 약삭빠른 흉내 전혀 안 내고 멀리 내다보는 계획도 안 세우면서 자연히 그런 자리로 이동하는 거라네. 기리하라도 다른 대가들과 마찬가지로 그런 작가였지."

"오랫동안 신인상 심사위원을 맡으셨다고 들었습니다만."

"그것도 자기가 먼저 손들고 나선 게 아니네. 출판사의 의뢰로 수락했지만 절대 편하자고 한 일은 아니야. 기리하라는 뭐랄까, 문단에 대한 충성심이라고 해야 하나, 자신이 선택한 수상자에게 책임감을 갖고 있었지. 그런 일은 신경 쓰지 않아도 되는데…… 잠깐만."

야나기다는 옆에서 화장지를 꺼내더니 잠시 눈을 지그시 누르고 있었다.

"젊은 작가들이 성장하지 않고 새로운 수혈이 없으면 어떤 업계도 결국 쇠퇴한다, 문단 이야기가 나오면 기리하라는 항상 그렇게 지적했지. 옆에서 보기에 독설가처럼 보였지만 입이 험한 것은 천성이고 생각은 따로 있었네. 오해를 받는 사람은 흔히 그렇지."

"최근에 그런 오해를 받을 일이 있었습니까?"

"최근이라면 지난달 28일인가?"

이누카이와 아스카는 서로 쳐다본다. 28일이라면 기리하라의 사망추정일로부터 사흘 전이 아닌가.

"아까 언급한 소류샤 신인상 수상식 일이네. 2차 모임에서는 항상 심사위원들이 수상자에게 설교방이라는 것을 열었어."

"설교방이라고요?"

"말 그대로야. 1차 파티에서 우쭐해진 신인에게 2차 모임에서 찬물을 끼얹어주자는 취지지. 내가 들은 바로는 소류샤 신인상뿐 아니라 어느 정도 역사가 있는 시상식에서는 이런 행사가 늘 열리는 모양이더라고."

그렇다면 심사위원을 맡은 기리하라가 수상자에게 잔소리를 퍼부은 건가 했지만 야나기다는 그것이 아니라며 설명을 계속했다.

"이번에 신인상을 수상한 미쓰루기라는 작가가 완전히 의기소침해 있었거든. 설교방으로 따로 들어가기 전 연설에서 기리하라가 그에게 잔뜩 부담을 준 데다, 파티가 끝난 직후에는 이번 수상작의 판매가 부진하다는 말까지 들었다는군. 그대로 설교방에 데리고 들어가는 건 물에 빠진 개에게 다시 돌을 던지는 것과 같지 않겠나. 그래서 기리하라의 제안으로 수상자 대신 지난 3년간 데뷔한 수상자들을 위한 설교방 시간을 갖자고 취지를 바꿨다네."

"대상을 바꿔서라도 찬물을 끼얹는 건 그만두지 않는군요."

이누카이는 한껏 비아냥거리지만 아무래도 야나기다에게는 통하지 않는 것 같다.

"늘 해오던 행사는 약간 취지가 바뀌더라도 계속해야지. 기리하라의 제안에 우리가 두말없이 찬성한 것은 안 그래도 그 젊은 친구들이 너무 한심했기 때문이라네."

야나기다의 작업실에서 나오는 즉시 이누카이는 크게 한숨을 내쉬었다.

"……예상한 대로였어."

"뭐가요?"

"처음에는 제대로 된 노인이라고 봤는데 역시나 평범하지 않았어. 도대체 어떤 세상이라고 신인들에 대한 구박을 공공연하게 허용할 수 있다는 말인가. 어엿한 블랙 기업이잖아."

이누카이의 말은 지당했지만 아스카는 동시에 야나기다의 이야기에도 납득되는 부분이 있었다.

최근 부스지마와 점차 빈번하게 동행하는 가운데 문단이라는 전근대적 세계를 더 잘 이해하게 되었다. 부스지마나 겐토샤의 신보로부터 얘기를 들어보면 오늘날 문단은 전자출판 등의 새로운 조류의 등장에도 여전히 오래된 관습과 구태의연한 체제가 그 중심을 차지하고 있었다.

사실 문단 내의 많은 이들은 오래된 체제만이 지켜낼 수 있는 가치를 어느 정도 인정하기에 그것을 거의 필요악처럼 인식하는 분위기가 있었다. 이러한 분위기를 두고 외부에서는 일그러져 있다, 시대착오적이다, 라고 비판한다. 물론 비판은 자유라지만 그 비판을 하는 사람은 어떤 비전을 갖고 있고 어떤 책임감을 갖고 있을까? 아스카는 이렇게 생각하다 순간 당황했다. 이럴 수가, 어느 틈엔가 자신도 이 업계의 악영향을 받고 있는 것인가?

허둥지둥 고개를 내젓자 이누카이가 흠칫 놀란 얼굴로 아스카를 들여다보았다.

"야, 괜찮아?"

"잘 모르겠어요."

첫 번째 용의자는 스즈메 다이요라는 신인 작가였다. 오타 구의 한 아파트에 사는 스즈메는 두 사람이 방문했을 때 한창 원고를 쓰는 중이었다.

"엇, 기리하라 선생님이 돌아가셨다고요? 삼가 조의를 표합니다."

스즈메의 표정은 순간 놀란 듯했지만 그다지 슬퍼하는 기색 없이 다시 컴퓨터 책상으로 돌아갔다.

"꽤 담담하네요."

"그야 가족도 아니고. 그 사람은 나이 든 영감탱이였고."

"사고였는지 아닌지, 신경 안 쓰이고?"

"어차피 그 영감탱이, 남의 원한을 사서 살해된 거겠죠. 평소 먹는 칼로리 높은 성찬이 화근이었을 가능성도 있지만, 수상식 때는 뭘 휘둘러도 죽지 않을 것처럼 팔팔했으니까."

"2차 모임에서 설교를 엄청 들었다던데?"

"그래요, 그건 설교라기보다는 질투였죠. 나처럼 카리스마 있는 재능에 대한 질투. 노인들은 전성기에 수십만 부 되는 베스트셀러를 냈다거나 한 달 동안 연재가 몇 편이었다면서 옛날 일밖에 자랑 못 하니까 이토 게이카쿠 씨 이후의 SF나 세계 문학의 동향은 아무것도 모르고 발언도 못 해요. 그러면서 대가라니 어이가 없어서, 원."

"하지만 화가 나지 않았습니까?"

"전혀! 팔리냐 아니냐, 그런 식으로 수준 낮게 내 소설을 분류하지 말아야죠. 그들은 설교라고 생각할지 모르지만 완전 빗나갔다고 볼 수밖에요. 화가 난다기보다 이야기가 평행선으로 끝난 느낌이라고 할까."

"……형식적인 질문인데, 31일 심야부터 다음 날 1일 오전 2시까지 어디에 있었죠?"

"아아, 그 시간이라면 내내 이 방에서 글 쓰고 있었는데요."

"증언해줄 사람은?"

"당연히 없죠. 혼자 사는 데다 글 쓰면서 쓸데없이 다른 사람과 수다 떨지는 않아요."

두 번째의 아쿠타가와 나오키의 집은 아자부에 있는 좀 세련되어 보이는 맨션이었다. 겉으로만 봐도 임대료가 비싸 보이는데 데뷔 2년차 신인도 이런 집을 빌릴 능력이 된단 말인가, 하고 아스카는 의아스러움 반 감탄 반으로 입을 벌렸다.

하지만 집 안에 들어가자마자 감탄은 쏙 들어갔다. 집의 등급과 상관없이 방의 인테리어는 싸구려 아파트에 놓는 편이 훨씬 어울릴 것들뿐이었고 아쿠타가와 본인은 위아래 추리닝 차림이었다. 복장에 무관심한 작가들이 많다는 말을 듣긴 했지만 사는 장소와 너무도 큰 괴리가 느껴지는 경우였다.

기리하라의 사망 소식을 알리자, 아쿠타가와의 얼굴에서 순간 빛이 났다.

"어, 정말? 기리하라 씨, 죽었구나. 잘됐네."

과연 이누카이가 눈살을 찌푸린다.

"잘되다니, 이봐요, 사람이 죽었습니다. 더구나 같은 상으로 데뷔한 대선배잖아요."

"같은 상을 받았다고 해서 꼭 동료의식이 있으란 법은 없죠. 그리고 기리하라 씨는 내 수상에 반대했던 사람이고."

"그렇다고 노골적으로 기뻐할 필요는 없잖아요."

"문단에서 기뻐할 일 아닌가요? 그 사람이 빠진 자리에 이제 새로운 사람이 들어갈 테니까. 아, 기리하라 씨, 연재를 몇 편 하고 있었으니 나한테 차례가 올지도 모르겠네."

어처구니없게도 아쿠타가와는 흥에 겨워 덩실거릴 기세였다.

"미리 말해두는데, 기리하라 씨의 사망에 대해서는 사건과 사고의 두 가지 가능성을 모두 고려하고 있습니다. 지나치게 어리석은 행동은 조심하는 게 좋을 거요."

"어리석은 행동? 아아, 내가 기리하라 씨에게 원한을 품고 살해했다고? 그럼 나도 미리 말해두는데 기리하라 씨에게 원한을 가진 사람은 나 혼자가 아니에요. 지금 신인이라고 불리는 작가들은 전부 한 번쯤은 그 사람 설교를 들었을 텐데? 뭐랄까, 지난 시대 유물 같은 양반이면서 우리 신인들에게도 그와 똑같은 방법, 똑같은 집필 활동을 강요했어요. 웃기지 말라고요. 그런 짓을 하니 문단이 점점 시대에 뒤처지지. 지금 낡은 배를 움직일 사람은 오래된 선원이 아니잖아요."

아쿠타가와는 스스로 지각 있는 소리를 했다고 여기는지 콧구멍이 팽팽할 정도로 긴장되어 있다.

"사고냐, 자살이냐, 타살이냐. 아니, 그 사람에게 자살은 있을 수 없지. 여하튼 이걸로 문단의 활성화를 꾀해볼 수 있겠어요. 아아, 마침내 우리의 시대가 왔구나."

이누카이는 한숨을 내쉬며 알리바이를 확인하는 질문을 던졌다.

"어어, 그 시간엔 책상 앞에 있었어요. 단편 마감이 코앞이라. 31일 자정 넘어서야 겨우 완성했죠."

"그걸 출판사에 보낸 기록은 남아 있습니까?"

"무슨 그런 말씀을. 완성한 다음에는 퇴고라는 작업이 있거든요. 그걸 끝내고 초고를 전송한 건 2일 오전 중이었어요."

세 번째 용의자, 구와노 마루미는 시나가와 구의 단독주택에 부모님과 살고 있었다. 기리하라의 사망 소식을 전해 듣는 순간 놀란 표정이었지만 금방 흥미를 잃은 듯 눈을 내리깔았다.

"그래서 수사하고 계시군요. 수고가 많으세요."

이 여자는 자신이 수사 대상이 되었다는 사실을 자각하고 있는 걸까? 이누카이도 같은 생각인지 짜증내듯 눈썹을 꿈틀거렸다.

"듣자 하니 당신 작품을 추천한 심사위원 중 한 사람이었다던데요?"

"그렇긴 한데, 그건 선생님들 일이고 일단 제 작품이면 소류샤 신인상이 아니더라도 어디에 투고했든 간에 대상을 받았을 거예요. 그래서 특별히 감사하다는 생각은 없어요."

"수상식 2차 모임 이야기를 들었습니다. 솔직히 기리하라 씨가 싫어지지 않았습니까?"

"제 집필 활동을 막으려는 사람은 기리하라 선생님이든, 누구든 적이에요."

"기리하라 씨가 당신의 집필을 방해하려 했습니까?"

"빨리 두 번째 작품을 써라, 당장 써내라, 하고 편집자와 마찬가지로 저를 몰아댔어요. 저를 좀 자유롭게 놔두면 문단에 획기적인 작품을 써낼 수 있을 텐데, 졸속으로 쓰게 만들어 시시껄렁한 수준의 엔터테인먼트로 추락시키려 했죠."

무슨 농담을 저런 식으로 할까 의아스러웠지만 말을 이어가는 마루미의 눈은 진지함 그 자체였다.

"제가 한 짓은 아니지만 그런 사람이 죽어 다행이에요. 기리하라 선생님 같은 사람은 문학 부흥에 저해 요인일 뿐이에요."

"……확인차 묻습니다만, 31일 심야부터 오전 2시까지 어디에 있었습니까?"

"그 시간대라면 대개 외출 중이에요."

"어디로?"

"특별히 정해진 장소가 있는 게 아니라, 여기저기 내키는 대로 가는 거죠. 저는 그렇게 산책하고 있으면 갑자기 소설의 신이 내려오는 일이 있어요."

"그 외출을 증명해줄 사람이 있습니까?"

"글쎄……. 저도 어디에 들렀는지 일일이 기억하지 못해서요."

마루미의 집에서 나오자, 이누카이는 단순히 불쾌해졌다기보다 격앙되기 직전인 것처럼 보였다.

"무슨 인간들이 저 모양인지. 자신을 작가로 만들어준 은인이야. 조금이라도 경의를 표하는 게 보통일 텐데."

아스카는 특별히 끼어들 생각은 없다. 부스지마를 알게 된 뒤로 저런 인간들이 결코 드물지 않다는 사실을 절실히 깨달았기 때문이다.

"아스카, 나는 지금부터 유족들을 만나러 갈게."

"네?"

"유족들에게 가족의 일원이 세상을 떴다는 소식을 알릴 거야. 형사가 가장 하기 싫어하는 일이지."

"네……."

"그런 일을 나 혼자서 할게. 그러니 너는 그 작가 형사한테서 조언 좀 듣고 와. 그 사람이라면 분명 독자적인 방법으로 용의자를 추려줄 거야."

3

이누카이로부터 일을 통째로 넘겨받은 아스카는 하는 수 없이 부스지마의 작업실로 발길을 옮겼다. 그와 엮이면 다시 울적한 분위기로 빠지겠으나 그래도 사건이 해결된다면야 조언을 듣지 않을 수 없다.

간다진보초, 지난 향수를 느끼게 하는 튀김 가게 2층. 문을 두드리자 자연스럽게 부스지마의 목소리가 돌아왔다. 아스카는 조심조심 문을 열었다.

"아아, 아스카 씨, 어서 와, 어서 와, 어서 와."

작업실에는 부스지마 혼자였다.

"오늘은 신보 씨 안 오셨나봐요?"

"저기, 나도 매번 마감일마다 원고를 기다리게 하는 짓을 해선 안 되지. 그리고 신보 씨, 오늘은 아마 기리하라 선생님 장례식에 갔을 거야. 어차피 아스카 씨가 온 것도 그 일 때문이잖아."

이미 알고 있다니 소문이 빠르다. 아스카는 사건에 대해 이제까지 밝혀진 내용을 설명했다.

"다시 말해 기리하라 씨를 살해할 동기를 가진 사람은 그 셋 정도가 떠오른다, 더구나 세 사람 모두 당일 알리바이가 없다, 그런 거지?"

"네, 주변 사람들을 탐문해보니 기리하라 씨한테 신랄한 소리를 들은 작가들은 더 있다지만 모두 작년 이전 일이라서요."

"아아, 설교방 말이구나. 기리하라 씨가 심사위원으로 원한을 샀다면 그때쯤이겠네. 평소에는 자상한 사람이었으니."

뜻밖의 이야기였다. 세 용의자의 말에 의하면 항상 독설만 내뱉는 대가라는 인상이었기 때문이다.

"아무리 문단의 중진이라고 해도 시어머니도 아닌데 항상 미움받을 소리만 할 리는 없잖아. 나도 몇 번 뵈어서 아는데 기리하라 씨는 아주 신사야. 글도 그랬고. 에세이나 칼럼에서도 남의 험담으로 매수를 채우는 사람이 아니었어."

어라, 하는 감탄사가 아스카의 머리에서 울려왔다.

"기리하라 씨를 굉장히 옹호하시네요. 과연 죽은 자에게까지 채찍질하는 취미는 없으신가봐요."

아스카는 자기가 말해놓고도 깜짝 놀랐다. 어느새 내가 이런 독설을 내뱉게 되었단 말인가. 만일 이것이 부스지마의 영향이라면 그냥 웃고 넘길 일이 아니다.

"뭔 소리야. 죽은 사람이든, 뭐든 비웃어주고 싶은 사람은 철저하게 비웃는 것이 내 취미인데. 기리하라 씨는 말이지, 아주 성실한 작가라서 그저 평범하게 존경하는 것뿐이야."

그러나 같은 말도 부스지마의 입에서 나오면 아주 뜻밖의 것으로 들린다.

"저기, 저기, 저기 말이야, 비둘기가 장난감 총을 맞았다(뜻밖의 일에 놀라 눈이 휘둥그레지는 모양/옮긴이)는 케케묵은 표현은 쓰고 싶지 않지만 그런 표정 안 지어도 되잖아. 그 사람은 성실하게 소설을 쓰고 성실하게 평가를 받고 성실하게 출판사와 관계를 유지했고 성실하게 중진으로서 역할을 다했어. 그런 사람을 왜 비웃겠어. 반대로, 용의자 세 명은 당연히 기리하라 씨한테 피와 살이 되는 쓴소리를 들을 만해. 기리하라 씨는 그런 쓴소리를 아끼지 않을 정도로 신인 육성에 열심이었지. 내가 기리하라 씨라면 절대 그런 일 안 할 거야."

"엣, 그런 쓴소리 태연히 하실 것 같은데."

"그랬다가 숨이 끊어지던 신인이 소생하면 경쟁자가 늘어나는 거잖아. 해달라고 해도 안 해."

역시 이런 식으로 결론을 맺는구나.

"하긴, 세 사람을 방문해 심문하던 이누카이 선배도 노골적으로 싫은 표정을 지었어요."

"으음, 이누 짱도 게으름뱅이나 착각하는 인간한테는 가차 없거든. 하지만 얼굴에 드러낸다는 건 아직 내공이 부족하다는 건데.

그럴 때엔 빙긋 웃고 있든지 무표정으로 있어야지."

"세 사람 이야기를 옆에서 듣고 있자니 역시 문학하는 사람은 다들 이런가 하는 생각이 들더라고요."

"매출을 도외시하면서까지 자신의 작풍에 신경 쓰고, 실력도 없는 주제에 허영심만 남보다 갑절이고 일부러 예술가연하는 것 말이야? 있잖아, 아스카 씨, 당신 소설가한테 너무 환상이 큰 것 같아."

"네?"

"다른 직업에 적용해보자고. 예를 들어 일반 기업에서 아무 실적도 없는 신입사원이 내 방식은 이렇다면서 자기 식만 밀어붙이고 업무 외의 퍼포먼스로 눈에 띄려 하고, 자신은 엄청나게 유능하니까 좀 일이 늦더라도 이래라저래라 하지 말라고 할 경우, 만일 아스카 씨가 그 사람 상사라면 어떻게 하겠어? 분명 패주고 싶지 않겠어?"

"하지만 작가는 예술가니까 일반 기업의 사원들과 비교하면 안 되지 않아요? 예술은 할당량이나 시장의 수요만으로 성립하는 게 아니잖아요."

"응, 응, 응, 글 쓰는 본인만 그렇게 생각하지. 출판사로서는 상업 활동의 일환에 지나지 않고 독자에게는 오락에 불과해. 주제도 모르고 날뛴다고 해야 하나, 과대망상에 가까워."

"그런……가요?"

"맡은 일을 완수하고 그에 맞는 대가를 얻는다는 점에서 다른 직업과 완전히 똑같아. 누구나 해낼 수 있는 직업이 아니니 쉽게 착각하는 것일 따름이지. 자, 그럼 가볼까."

어디로요? 하고 묻기 전에 "기리하라 씨 작업실로"라는 답이 돌아왔다.

"좌우간 현장부터. 기리하라 씨 작업실이 궁금하거든."

기리하라의 작업실에는 아직 '접근 금지' 테이프가 둘러져 있었다. 부스지마는 테이프 밑을 가볍게 통과해 방으로 들어간다.

기리하라를 존경한다고 치켜세웠으니 발을 들여놓기 전에 가볍게 절이라도 할 줄 알았건만 특별히 경의를 표하지도 않고 총총걸음으로 중앙으로 걸어간다.

흉기가 된 문서 세단기는 물론 책상 위에 있던 컴퓨터나 책들도 대부분 감식반에서 압수해 간 탓에 실내는 휑뎅그렁했다.

부스지마는 그 안을 흥미롭게 걸어 다닌다.

"저기, 선배님, 여기에 있던 것들은 감식반에서 보관하고 있어서……."

"아니, 컴퓨터나 책에는 관심 없어. 어떤 식으로 방을 사용했나 싶어서 말이지. 동선이나 손님이 앉을 공간은 어떤 식이었나 하는 것 말이야."

문서 세단기가 놓여 있던 장소는 늘 가려져 있던 곳이라 바닥을 한눈에 알아볼 수 있었다.

"문서 세단기는 업무용이었어요. 그게 소형이었다면 피해자도 그런 일을 당하지 않았을 텐데."

"이 일을 하다보면 소형 세단기는 별 도움이 안 되니까."

"엣, 하지만 부스지마 선배님도 그렇고, 살해된 기리하라 씨도 원고를 손으로 쓰지 않고 컴퓨터로 썼잖아요. 데이터를 출판사에 전송만 하면 되는 거니까 애당초 문서 세단기에 넣을 쓰레기는 안 나오지 않나요?"

"물론 육필 원고는 없지만 교정쇄가 나오거든."

교정쇄라는 것은 집필이 끝난 원고를 시험 삼아 인쇄한 것이다. 형태는 잡지나 간행물처럼 되어 있고, 그 교정쇄에 수정을 더한 것이 인쇄물로 발행된다.

"교정쇄에는 저자가 적어놓은 메모도 있으니까 신작과 연재물이 줄을 이은 기리하라 씨였다면 처분할 교정쇄도 상당했을 거야. 나만 해도 45리터 쓰레기 봉투가 일주일이면 가득 차니까. 그건 그렇고, 문제의 문서 세단기 쓰레기는 봉투째 사라진 거지?"

"네, 단지 현관이나 밖에도 쓰레기가 하나도 안 남아서."

일반적으로 문서 세단기 쓰레기는 정전기로 봉투에 잘 달라붙기 때문에 운반 중에 떨어지는 일이 많다.

"그걸 더듬어 가면 범인의 도주 경로도 밝혀질 텐데."

"문서 세단기를 많이 써본 사람은 다 아는 건데, 쓰레기가 들어간 봉투를 다른 봉투에 다시 집어넣으면 쓰레기가 전혀 안 떨어져. 커터 부분에 뭔가 실마리는 안 남아 있었어?"

"넥타이 쪼가리와 혈흔 그리고 종이요. 종이는 시판 중인 인쇄용지로 대량생산되는 아주 흔한 것이었어요. 이누카이 선배는 쓰레기가 봉투째 회수된 것이 분쇄된 넥타이에 범인의 지문이나 체액이 묻었기 때문이라고……."

"이누 짱다운 착안점이야. 성실한 형사라면 그렇게 생각해야지. 하지만 이누 짱은 보통 사람의 심리는 알아도 작가들의 생리까지는 몰라."

부스지마는 의미를 담아 소리 없는 웃음을 짓는다.

"분명 범인은 넥타이 쪼가리보다 더 남겨놓고 싶지 않은 게 있었던 거야."

"그게 뭔데요?"

"흔하디흔한 문서 세단기 쓰레기라…… 생각해봐. 쓰레기 봉투를 타박타박 밖으로 갖고 나가는 것보다는 쓰레기 안에서 넥타이 조각만 골라 꺼내는 편이 더 간단하잖아."

문서 세단기의 쓰레기는 파쇄될 때마다 한데 모여 통에 떨어진다. 넥타이는 색상과 재질이 일반적인 쓰레기와 확연히 다르기에 골라내는 데 별 어려움이 없을 것이다.

"그리고 흉기가 문서 세단기라는 점도 범인의 조건을 제한하는 데 연결돼. 사람을 죽이려고 계획했다면 나름대로 흉기를 정해서 소지했겠지. 보통 문서 세단기를 사용해야겠다는 발상은 안 나와. 따라서 이건 계획 살인이 아니야. 그 자리에서 발끈한 범인이 문서 세단기로 뭔가를 파쇄하고 있던 기리하라 씨 넥타이를 투입구에 집어넣은 거야. 당황한 기리하라 씨가 전원을 끄려고 버둥거렸지만 그걸 못 하게 범인이 전원을 꽉 잡았겠지. 발버둥치는 사이에 넥타이는 점점 빨려 들어가고 마침내 기리하라 씨는 질식."

마치 옆에서 보기라도 한 듯한 설명이었지만 아스카가 들어도 특별히 걸릴 대목이 없었다.

"발끈한 건 범인이 기리하라 씨와 말다툼을 해서였을까요?"

"그건 범인한테 물어봐야지. 하지만 기리하라 씨가 문서 세단기 위에서 웅크린 자세였다면 문서 세단기에 들어간 물건이 아마도 범인이 발끈한 원인일 거야. 안 그러면 쓰레기를 봉투째 가지고 간 이유가 설명이 안 돼. 그리고 한 가지 더. 이건 업계 사람들만 아는 이야기인데 기리하라 씨는 소류샤 신인상 심사위원인지라 그 상으로 데뷔한 신인의 두 번째 작품에 대해서도 늘 조언을 아끼지 않았어. 그래서 신인의 두 번째 작품 교정쇄가 보통 담당 편집자와 함께 기리하라 씨한테도 보내지지."

부스지마가 무슨 생각을 하는지 아스카도 마침내 이해되었다.

"문서 세단기에 집어넣은 것은 범인이 쓴 소설 교정쇄였다는 거예요?"

"소설을 써본 적이 없는 사람은 정말 이해가 안 될 테지만."

부스지마는 뭐가 우스운지 키득키득 웃기 시작했다.

"신인 작가의 입장에서 심혈을 기울여 쓴 원고는 자신의 인격 그 자체라고 볼 수도 있는데 그것이 눈앞에서 문서 세단기에 들어가는 상황을 상상해봐. 살의는 착화제보다 간단하게 불이 붙지."

그동안 소설 쓰기에 종사하는 사람들을 봐온 아스카에게는 도저히 웃을 수 있는 이야기가 아니었다. 도대체 이 남자는 어떻게 웃을 수 있을까?

"자, 그럼 다음 장소에 가기 전에 잠깐 실례. 우후, 우후후후."

부스지마는 주머니에서 휴대전화를 꺼내 누군가에게 전화를 건다.

"아이구, 이거이거이거, 잘 지내셨습니까? 부스지마입니다. 지금 괜찮으세요, 히가시우라 씨? 아마 히가시우라 씨는 소류샤 신인상 담당이시죠? 한 가지 제안이랄까, 부탁이 있어서요. 얼마 전에 소류샤에서 데뷔한 신인이 진전이 없다고 하셨잖습니까? 그래서 제가 생각했는데……."

이틀 뒤, 아스카는 부스지마와 함께 소류샤의 어느 방을 방문했다.

눈앞에는 세 명의 용의자들이 나란히 앉아 있었다. 아무래도 부스지마가 소류샤의 담당 편집자에게 얘기해서 한데 모이게 한 모양이다. 담당 편집자인 히가시우라라는 남자는 중매인처럼 얼굴

한가득 미소를 지은 채 부스지마와 용의자들 사이에 서 있었다.

"에, 그런 이유로 오늘은 부스지마 신리 선생님의 배려로 여러분들 소류샤 신인상 수상자들에게 3년차까지의 신인들의 마음가짐이랄까, 조언을 들을 기회가 생겼습니다. 다른 출판사에서 데뷔한 선생님에게서 이야기를 듣는 일은 흔치 않기 때문에 거리낌 없이 질문해주세요."

"잠깐만요, 히가시우라 씨."

바로 입을 연 사람은 스즈메였다.

"부스지마 선생님을 만난 건 진짜 좋은데, 옆에 앉은 사람이 형사잖아요. 나, 전에도 봤어요."

"나도 봤어. 히가시우라 씨, 지금 무슨 상황이에요?"

그들은 아스카를 문제 삼으면서 부스지마가 동석하는 일에는 아무 이견도 제기하지 않는다. 부스지마의 본업이 형사라는 사실은 업계 내에서도 공개되지 않았기 때문이다.

예상한 전개였기에 이번에는 아스카가 입을 연다. 부스지마와 먼저 말을 맞춰두었던 것이다.

"수사본부 입장에서 사건 관계자들이 한자리에 모이는 것은 수사 정보의 누설로 이어질 우려가 있기 때문에 부스지마 선생님에게 부탁을 드려 동석했습니다."

거짓말을 할 때엔 자신도 그 거짓말을 진실로 간주하고 말해야 하는 거야. 부스지마가 미리 알려준 대로 실행한다. 그 덕인지 눈앞의 신인 작가들도 마지못해 납득한 듯 보였다.

아니, 한 사람만 예외였다.

"저기요…… 그럼 저는 어떤 입장인가요?"

세 사람의 용의자 옆에 불편한 기색으로 앉아 있는 미쓰루기 데쓰야다. 아무래도 히가시우라가 부스지마의 이야기를 확대해석해서 올해의 수상자인 미쓰루기까지 포함시킨 것으로 보인다. 이제 막 수상하고 좌우도 분간 못 하는 신인에게는 부스지마의 조언이 독이나 마찬가지리라 걱정이 앞서지만 히가시우라는 여전히 영업용 미소를 유지하고 있다.

"그럼 저는 이만 실례하겠습니다. 모두들 좋은 시간 되십시오."

그 말을 남기고 히가시우라는 서둘러 방에서 나갔다. 성가신 일을 다른 이에게 떠맡겨 개운해하는 태도였다.

"그렇게 된 거고, 처음 뵙겠습니다. 부스지마 신리입니다."

부스지마가 말을 꺼내자 눈앞의 네 사람이 허둥지둥 머리를 숙였다. 둘째가라면 서러워할 이런 사디스트 독설가가 어떻게 이 세상에서 존경받고 귀하게 대접받는 걸까, 아스카는 항상 의아했다. 부스지마의 외모에 속고 있다 치더라도 관계자들 모두 이토록 사람 보는 눈이 없다니.

"원래 이런 일은 여러분의 대선배인 기리하라 씨 일인데 그런 슬픈 사고가 생겨서 말이죠. 예전에 내가 그분께 신세 진 것을 생각해서 외람되지만 이렇게 맘먹고 나선 겁니다. 나도 그다지 자랑할 정도의 경력은 아니지만 꾸준히 책을 내고 있으니, 작가로서 살아남는 노하우를 여러분에게 조금은 조언할 수 있을 거예요."

어쩌면 이렇게 본성을 숨길 수 있을까? 아스카는 어이가 없어 차마 입이 다물어지지 않는다. 과연 모르는 것이 약인지라, 처음 대면한 네 사람은 부스지마의 등 뒤에 후광이라도 비친 듯 응시하고 있다.

먼저 입을 뗀 사람은 스즈메였다.

"제가 먼저 해도 될까요? 저는 『흑점 전쟁』이라는 SF로 데뷔했는데요.”

“아아, 읽었지.”

“앗, 정말 기분 좋은데요. 그게요, 그 히가시우라 씨 문제인지, 소류샤는 속편을 쓰는 것에 오케이 사인을 안 해줘요. 나, 수상자예요! 수상작 속편을 쓰겠다고요! 그런데 판매가 불안하다나? 물론 요새 SF는 특정 계층만 읽고 문단의 주요 장르는 아니죠. 하지만 문학은 문화잖아요. 그렇다면 문화를 이끌어야 할 출판사는 적자를 각오하더라도 목숨 바쳐 문화를 포교해야 한다고요. 근데 기리하라 씨는 출판사도 영리사업이니까 팔리는 책을 쓰라는 거예요. 꼭 쓰고 싶으면 블로그에 쓰라나? 블로그로는 포교를 못 하잖아요. 지금은 신흥종교도 책으로 포교해서 그 매출을 자금으로 쓰고 있는 상황인데, 마찬가지죠. 거장씩이나 되어가지고 대체 누구 편인지 모르겠어요.”

“흐흠, 안 팔려도 된다…….”

“부스지마 선생님도 아시겠지만 책이 팔릴지는 영업에 달렸고, 제작 부수는 편집부와 절충해서 결정된다고요. 그래서 편집부가 영업부 눈치를 보는 것도 알아요. 어차피 SF는 안 팔린다고 영업부가 밀어내면 설령 편집부가 내 재능을 인정하더라도 강하게 못 나가겠죠. 근데요, 자신들이야말로 이 나라의 문화를 선도해간다는 자각이 있다면 더 당당하게 나와 내 작품을 밀어줘야죠. 부수를 얼마로 하느냐, 이걸 오케이 하느냐 마느냐의 단계가 되면 당연히 편집부가 작가 편에서 의견을 주장해야 하는 것 아닌가요?”

“흠, 흠, 흐흐흠.”

부스지마는 콧노래를 부르듯 스즈메의 불만에 맞장구친다. 이제 부스지마의 성격을 조금 이해하는 아스카는 독설이 넘쳐흐르기 직전의 으스스한 공기를 감지한다.

“하긴 출판 불황이면 아무래도 영업부의 발언권이 강해지는 경향이 있으니까.”

“그쵸, 그쵸?”

“그 얘기는 나중에 다시 검토하기로 하고, 다음은 아쿠타가와 씨.”

이름을 불린 아쿠타가와가 봇물 터지듯 이야기를 시작한다.

“저기, 부스지마 선생님께 질문이 있는데요, 선생님은 그동안 하드커버로 나온 책이 얼마나 되세요? 신작을 문고로 낸 것 빼고요.”

“열 권 정도 되려나?”

“열 권? 와, 대박! 그 정도로 하드커버를 내는 데 요령이 있나요? 예를 들면 수상식 파티에서 관계자들한테 명함을 뿌렸다거나 편집자나 서점 관계자들한테 밥을 샀다거나.”

옆에서 들으면서 가슴이 조마조마했다. 대체 아쿠타가와의 정신연령은 몇 살일까? 저런 질문에 기분 안 나빠질 사람이 없을 거라는 사실을 모르고 말하는 거겠지?

그럼에도 부스지마는 얼굴색 하나 변하지 않고 상냥하게 응대하고 있다. 아스카는 저 상냥함의 등 뒤에서 대기 중인 나이프가 언뜻언뜻 보이는 것 같아 겁난다.

“음, 특별히 영업활동을 한 기억은 없는데. 굳이 얘기하자면 항상 책이 매대에 눕혀 놓이게 마음은 쓰지. 서가에 꽂혀 세워지지 않게 말이야.”

“엣, 에…… 부스지마 선생님께서 하실 말씀이 아닌 것 같은데요. 우리의 사명은 자신을 표현하는 것이고 책을 파는 것은 출판사와 서점의 일이니까요. 도대체가 말이죠, 지금은 서점도 근성이 없다고 할까, 너무 영리주의로 치닫고 있어요.”

"흠흠, 어서 계속해봐."

"아무리 우리 같은 신인 작가들이 책을 내더라도 안 팔리면 금방 반품이잖아요. 그래서는 안 되죠. 서점도 문단의 스타를 키운다는 자각을 가지고 제 작품인 『금빛 무지개를 건너서』 같은 책은 설사 서가에 꽂아둘지라도 보유는 하고 있어야죠. 근데 그 인간들은 팔기만 하면 된다는 생각으로 내용도 분량도 얄팍한 책만 늘어놓고 있어요. 그런 천박한 의식을 가지고 있어 잇따라 망하는 건데, 제가 보기에는 자업자득이죠."

"옛날에 비해 배본 로테이션이 빨라진 건 부정할 수 없지. 그럼 이것도 나중에 현장검증을 해보기로 하고."

부스지마는 이렇게 수수께끼 같은 말을 남긴 채 다음 발언자를 재촉한다. 구와노 마루미가 머뭇거리며 입을 연다.

"역시 문학이라는 건 후세에 남는 것이라고 생각해요. 그래서 저도 일시적인 유행이나 상업성을 좇지 않고 신념을 바탕으로 납득되는 차기작을 세상에 내놓고 싶어요. 제 데뷔작 『여기보다 영원히』는 초판 부수는 적었지만 제 모든 것을 담고 있어요. 네, 다자이처럼 10년, 20년, 오래도록 읽혀질 작품이에요. 그래서 차기작이 10년 뒤에 나오더라도 제 독자들은 기다려줄 거예요. 근데 기리하라 선생님은 신인 작가의 유통기한은 1년밖에 안 된다고, 작가를 곧 시들어버릴 식품처럼 비유해서 매도하고…… 엄청난 환멸을 느꼈어요. 기리하라 선생님 정도의 전업 작가가 되면 문화 공헌이나 예술성 같은 건 나중에 고려할 문제가 되나봐요."

"흐흠. 문화 공헌에 예술성이라. 흐흠, 하긴 중요하지, 문화 공헌. 멋있어, 예술성."

부스지마는 노래하듯 마루미의 말을 복창한다.

부스지마의 행동에 슬슬 불안을 느꼈는지 용의자 세 사람이 서로 얼굴을 흘끔흘끔 쳐다보기 시작했다.

부스지마가 그 낌새를 알아챘는지 짐짓 쾌활한 목소리로 마무리했다.

"세 분이 뭘 말하고자 하는지, 무엇이 불만인지 잘 알았습니다. 그럼 그 불만과 의문을 풀기 위해 지금부터 작은 투어를 떠나봅시다."

4

용의자들과 미쓰루기가 어안이 벙벙해진 가운데 부스지마가 갖고 온 가방에서 소형 수신기와 스피커를 꺼냈다. 스즈메는 수신기와 부스지마를 번갈아 쳐다본다.

"……수신기 같은데 이게 투어라고요?"

"처음에는 바로 근방을 탐색하는 스케줄이라서…… 아아, 슬슬 시작했을 시간인데."

부스지마가 전원을 켜자 스피커에서 소리가 흘러나오기 시작한다. '시작합니다'라는 목소리로 시작한 대화가 잡음 없이 또렷하게 들린다.

'7월 분기엔 아시다시피 소류샤 여름 페어가 개최됩니다. 판매가 순조롭다고 선정된 책들은 재판을 찍지만 다른 책들은 재고를 조정해야 합니다. 그건 편집부의 의견을 참고하죠.'

어느새 부스지마와 대면하고 있는 네 명의 얼굴빛이 달라졌다.

"부, 부스지마 선생님, 이건 혹시."

"스즈메 씨가 알아챘군. 맞아. 이건 지금 4층 회의실에서 열리고 있는 부수 회의 상황이야. 회의실에 도청기를 숨겨놨거든."

"……이래도 되는 거예요?"

"바로 옆에 형사가 같이 있잖아. 완전 오케이지."

완전 오케이는 무슨 얼어 죽을.

아스카는 얼굴에서 벌겋게 열불이 올랐다. 도청은 불법행위이니 경찰관으로서 그냥 넘길 수 없는 일이다.

"보통 편집자라는 사람들은 작가들 듣기 좋은 소리만 하지. 신입사원 때 그렇게 하라고 철저히 주입받으니까. 그래도 가끔은 편집자의 속내를 들어보고 싶을 것 같은데?"

그 질문에 용의자 세 사람이 주춤거리면서 고개를 끄덕인다.

'에에, 먼저 문고판(A6판, 105mm×148mm 규격/옮긴이)으로 새로 찍을 것부터 보면 고마쓰 에이나의 『추리광 시대』, 고가 레이조의 『망상 탐정2—어둠 속에 홀로』, 미도스지 렌마의 『천공의 감옥』. 이것들은 초판 2만 부로 시작하는 게 어떨까요?'

'초판 2만 부라…… 더 어떻게 안 될까요? 세 사람 다 요새 판매가 안정되고 있는 작가들인데.'

'안정은 안정이지만 낮은 수준의 안정이잖아요. 저번이랑 같은 소리를 하는데, 초판 2만 부로 실판매가 1만 2천 부. 재판도 안 되었으니 이번 문고판 2만 부도 출판부로선 큰맘 먹고 지른 숫자라고요.'

'……요즘 큰맘은 그 정도 크기밖에 안 되는 모양이군.'

아스카는 문고판으로 초판 2만 부라는 숫자가 어떤 수준을 가리키는지 판단이 서지 않는다. 한편 용의자 세 사람은 흥미롭다는 표정으로 수신기에서 흘러나오는 소리에 귀를 기울이고 있다.

'그 세 권은 초판 2만 부로 승인하죠.'

'감사합니다. 그러면 다음은 스즈메 다이요의 『흑점 전쟁』입니다만.'

순간 스즈메의 얼굴이 굳어졌다.

'3년 전 소류샤 신인상 수상작인데 사륙판(130mm×190mm 규격/옮긴이)으로 초판 2만 부, 실판매는 4천 부에도 못 미쳤습니다. 호불호가 나뉘는 내용이라는 점도 작용해서 소류샤 신인상 사상 최저 판매라는 달갑지 않은 칭호까지 얻었습니다.'

윽, 하고 억누르는 소리가 스즈메의 입에서 흘러나온다. 정면에 앉은 아스카는 마치 시한폭탄이 작동되고 있는 것 같은 공기를 감지한다.

'4천 부라…… 수상작으로는 있을 수 없는 숫자인데.'

'과거의 데이터를 참고해도 이대로 문고화하면 7천 부가 상한입니다.'

'7천 부? 그건 사륙판 부수잖아.'

'수도권 서점에 두루 배본하려면 1만 부가 필요하지만 문고판 7천 부면 대형 서점에서도 매대에 쌓아놓기는 어려울 겁니다. 그렇게 되면 솔직히 7천 부의 50퍼센트나 소화될지도 불안합니다. 그래서 출판부 입장에선 이 도서의 문고화를 보류하는 선택지도 있지 않을까 합니다.'

"자, 잠깐!"

스즈메는 자리에서 벌떡 일어나며 수신기에 대고 소리친다. 당연히 회의는 스즈메의 생각과 상관없이 진행된다.

'으음, 수상작인데도 문고화를 하지 않는 건 소류샤에서 한 번도 없던 일이잖아.'

'이런저런 칭호가 붙는 책이 되겠네요.'

'문고화 보류는 어쩔 수 없다 쳐도 스즈메의 반응이 좀 성가셔야지. 걘 완전 자기 프라이드 자체인데, 문고화하지 않는다고 통보하면 또 소류샤를 엄청 욕하고 다닐 거야. 눈앞에서 그 꼴을 봐봐. 얼마나 넌더리가 나는데.'

'그럴 땐 언제나처럼, 저희는 스즈메 선생님의 소중한 작품을 함부로 팔 수 없다는 상투적인 응대를 할 수밖에 없겠네요.'

스즈메는 힘이 빠진 듯 자리로 돌아와 원망스러운 눈초리로 수신기를 노려본다.

"빌어먹을, 빌어먹을, 빌어먹을, 빌어먹을……."

'에에, 다음은 아쿠타가와 나오키의 『금빛 무지개를 건너서』 문고화 건입니다.'

이번에는 아쿠타가와가 눈을 부라릴 순서였다.

"엣, 나? 왜? 하드커버로 발간된 지 아직 3년이 안 되었잖아."

'역시 2년 전 소류샤 신인상 수상작인데 사륙판 판매가 저조하여 그 추세가 끝까지 이어졌습니다. 초판 2만 부였는데 최종 실판매는 8천 부에 그쳤습니다.'

'8천이라는 건…… 소화율이 40퍼센트라. 스즈메보다는 낫지만 애당초 비교할 수준이 아니고, 재고를 조정할 수 있는 부수도 아니고.'

'그렇습니다. 그래서 출판부에선 한 해 앞당겨 문고화를 제안합니다.'

'그러면 초판 부수는 얼마까지 할 수 있나?'

'처음에는 영상화 제의도 몇 곳 있었습니다만 책 팔리는 추세와 함께 잠잠해졌습니다. 부수는 1만 5천 부로 시작했으면 합니다.'

'흠, 당시는 청춘 미스터리가 유행해서 잘될 줄 알았는데.'

'아무리 트렌드에 맞아도 작품 자체에 다른 유사 작품들을 능가할 힘이 없었으니까요.'

'역시 기리하라 선생님의 안목을 의심하는 게 아니었어. 심사위원 모임에서 이건 아니라고 몇 번이나 경고하셨거든.'

'아쿠타가와는 이름밖에 임팩트가 없어요. 그 녀석, 칼럼인가 어디선가 자신을 시대의 총아라고 쓰지 않았나요? 그거 읽고서 저요, 의자에서 굴러떨어졌어요. 걔는 총아가 아니라 미숙아예요.'

일제히 웃음이 터지자 아쿠타가와는 싸울 기세로 자리에서 일어선다.

"기리하라는 선생님이면서 나는 이름만 불러?"

다른 게 아닌 호칭 때문에 화를 내는 모습에 아스카는 어이가 없다.

'편집부에서 1만 5천 부로 승낙하죠. 그런데 그 착각에 빠진 인간한테 어떻게 설명하나?'

'언제나처럼 출판 불황을 이유로 들면 본인도 납득하지 않을까요?'

'그게 말이지, 그 착각에 빠진 녀석은 자기가 특별한 작가라고 믿는 경향이 있어서. 출판 불황도 자기와는 관계없다고 말할 게 뻔하거든.'

'작가라……. 한두 작품밖에 안 냈으니, 사실 작가도 뭣도 아니고 그냥 신인상을 받은 보통 사람에 불과한데 본인은 다르게 생각하고 싶은가보죠.'

'저, 히가시우라, 신인 교육은 자네 일이잖아. 마치 남 일처럼 말하네.'

'그러면 '금 무지개'는 초판 1만 5천 부로 결정. 자, 다음은…….'

'앗, 잠깐. 이번엔 오히려 편집부에서 제안하는 건데 구와노 마루미의 『여기보다 영원히』는 올해 안에 문고화했으면 싶은데.'

엣, 하고 마루미가 낮게 소리친다.

'하지만 그건 작년 수상작이잖아요. 아무리 그래도 일 년 만에 문고판으로 내는 건.'

'본인이 거장병에 걸려 있어. 수상한 지 일 년이 지났는데 아직 두 번째 플롯도 완성 못 했어.'

회의실은 '오오', '아아' 하는 신음 소리로 가득 찼다.

'거의 전례 없는 일이지만 출판사에서 이런 경우에 어떻게 대처하는지 구체적으로 보여주지 않으면 본인이 계속 여유를 부릴 거야. 데뷔작이 문고로 나오고 작품도 유효기간이 다 되었다는 사실을 알려줘야지, 자칫하다 병이 악화되게 생겼네. 그리고 일 년밖에 안 지났는데도 문고판으로 나오면 시장에 약간 임팩트를 가져올지도 모르지.'

'사륙판을 샀던 독자들이 화를 낼지도 모르겠는데요.'

'뭐, 그건 좀 미안하지만 선행투자로 생각해줘야지. 어차피 사륙판 판매는 이미 멈췄잖아.'

'항상 하는 푸념이지만 요즘은 돌파력 있는 신인이 안 나오네요. 데뷔작부터 폭발력이 없으면 정말 나중에 힘들어지는데.'

'차라리 사고든 뭐든 안 좋은 일이라도 일어나주면…….'

'아아, 안 돼, 안 돼. 수년 전에 조류 신인상 받은 신인이 데뷔한 지 일 년도 안 돼서 자살한 적 있잖아. 그때도 판매에 전혀 영향이 없었어.'

'부장님, 그건 어쩔 수 없다니까요. 옛날의 가와바타 야스나리,

다자이 오사무, 미시마 유키오라면 몰라도 지금은 작가가 죽었다고 해서 베스트셀러 되기는 어렵죠.'

'일단 이 세 사람은 신인상을 받은 보통 사람이니까요. 보통 사람이 죽었다고 주목하는 경우는 없어요.'

'이 사람들은 죽어도 잡초도 안 자라겠구나. 정말 불경기야.'

'불경기네요.'

'그럼, 다음 불경기 이야기.'

회의가 다른 의제로 옮겨 가자 부스지마가 서서히 수신기의 전원을 껐다.

세 용의자는 똑같이 고개를 숙이고 뭔가를 억누르는 표정이었다. 가장 끝자리에 앉은 미쓰루기도 주눅이 들었는지 움츠리고 있다.

방 안에 흐릿하고 묵직한 공기가 자욱하게 깔린 가운데 부스지마가 홀로 콧노래를 흥얼거리면서 수신기를 정리한다.

"자, 이제 좁은 방에서 나가 시장조사를 해볼까? 우후, 우후후후."

소류샤의 사옥을 나와 부스지마를 따라 방문한 곳은 신주쿠의 대형 서점 기노쿠니야 서점이었다.

"지금부터 문학 담당 직원을 만날 텐데 절대 본인들이 작가라고 나서지 말도록. 서점 직원이 작가 앞이라고 말을 아끼면 우리가 실상을 제대로 파악하지 못하게 되니까."

모두에게 다짐을 받은 뒤 부스지마는 서점 문을 연다. 가엾게도 미쓰루기 역시 계속 동행하고 있다. 아무리 휘말렸다고는 하지만 본인에게는 너무도 가혹한 일이다.

드넓은 내부에 책들이 빼곡했다. 부스지마는 익숙한 정원에 산

책이라도 나온 것처럼 성큼성큼 걸어간다. 이윽고 서점 여직원 한 명을 발견하자 빠르게 다가간다.

"아이구구, 도키토 씨, 오랜만이에요. 부스지마입니다."

"어머나, 부스지마 선생님, 또 시장조사 나오셨어요? 정말 열심이시네요. 근데 저분들은?"

"그냥 뭐, 아는 사람들이에요. 서점 직원으로 취직하고 싶다고 해서 실태를 보여주려고요."

"실태라면 부스지마 선생님이 훨씬 잘 아시잖아요. 뭐하러 일부러 데리고 나오셨어요?"

"백문이 불여일견이잖아요. 요컨대 화려한 부분보다 그늘진 부분을 보여주려고요."

아아, 하고 도키토는 수긍이 간다는 듯 고개를 끄덕인다.

"이를테면 베스트셀러가 안 된 책은 어떻게 되나, 그런 것 말씀이시죠?"

"맞아요, 맞아. 바로 그거, 그거."

"구체적으로 원하시는 장르나 출판사가 있으세요?"

"글쎄요. 지난 소류샤 신인상 수상작 같은 거라면 이해하기 쉬울 텐데. 3년 전부터 보면 어떨까요?"

"3년 전, 3년 전……."

도키토는 잠시 생각에 잠긴 모습이었으나 이내 힘없이 고개를 저었다.

"죄송합니다. 3년 전 수상작이 뭐였죠?"

스즈메가 한 걸음 나서자 부스지마가 한 손으로 제지한다.

"스즈메 다이요의 『흑점 전쟁』."

"흑점…… 아아, 그러고 보면 있었어요, 그런 책."

"재고 있어요?"

"아마 SF였죠? 있나…… 재고 좀 찾아볼게요."

도키토는 카운터 옆에 설치된 검색기 앞에 선다. 익숙한 동작으로 잠시 화면을 조작한 뒤 미안하다는 표정으로 이쪽을 돌아보았다.

"죄송합니다. 저희 신주쿠 매장뿐 아니라 기노쿠니야 서점 전체에 재고가 한 권도 없네요. 입고되고 3개월 뒤에 반품된 것 같아요."

"한 권도 안 남기고?"

"네, 보통은 한 권 정도 남겨두지만 다음 수상작이 출간되고서 전부 반품됐네요. 부스지마 선생님도 아시다시피, 잡지를 포함해서 하루에 들어오는 신간이 200종이니까 더 안 팔리는 책은 매장에 놔둘 수가 없어요."

스즈메의 얼굴에서 순식간에 생기가 사라진다. 아스카는 그 모습을 가까이에서 지켜보면서 이건 또 무슨 벌칙 게임인가, 하고 참으로 딱한 마음이 들었다.

"그렇다면 다음 수상작은 아직 남았으려나?"

"아, 그건 확실히 남아 있어요."

그 말에 아쿠타가와의 얼굴에 웃음꽃이 핀다.

"제목이 아마 금빛…… 금빛……."

"『금빛 무지개를 건너서』!"

아쿠타가와가 뭔가에 홀린 듯 입 밖으로 발설한다.

"앗, 그거, 그거, 기억력이 좋으시네요. 이런 분, 서점 직원으로 대환영인데."

종종걸음으로 나아가는 도키토와 부스지마를 아쿠타가와가 복잡한 심경으로 뒤쫓는다.

도키토가 대체 어디까지 가는가 했더니만 일반 문학서가 놓인 책장이 아닌, 그 옆에 설치된 왜건 앞에서 멈춘다.

"여기 이렇게 남아 있어요."

그녀가 가리킨 책은 '자유가격 코너'라는 푯말 바로 밑에 꽂혀 있었다. 책등에는 분명히 『금빛 무지개를 건너서』라는 제목이 적혀 있다.

무심결에 의심에 찬 목소리가 흘러나왔다.

"자유가격 코너……?"

"자유가격 코너라는 건요, 출판사가 망하거나 출판사 뜻에 따라 판매가를 설정하지 않은 책들이에요. 솔직히 말하면 팔고서 남은 거죠. 이전 가격의 최대 40퍼센트까지 내려가기 때문에 수요는 있어요."

아스카는 아쿠타가와를 신경 쓰면서 『금빛 무지개를 건너서』를 집어 든다. 과연 뒤표지의 정가 위에 '700엔'이라는 가격표가 붙어 있다.

"사륙판 새 책이 문고본 정도의 가격이니 구입하는 입장에서 유리하죠. 그런데 이렇게 싸게 파는데도 안 나가네."

옆에 선 아쿠타가와는 초목이 시들듯 축 처졌다.

"그럼 마지막으로 작년 수상작은 어떠려나?"

"제목 기억해요. 『여기보다 영원히』. 확실히 꽂혀 있어요."

도키토는 조금 자리를 옮겨 일반 문학서가 진열된 한 곳을 가리킨다.

"이거예요, 이거."

그곳에 마루미의 책 세 권이 책등을 보인 채 꽂혀 있었다. 그러나 이상하게도 띠지 때문에 저자 이름이 전부 가려져 있었다. 대개 띠지에도 저자 이름이 인쇄될 터인데.

"이거, 사인본이에요."

도키토가 한 권을 뽑아 들자 본래의 띠지 위에 '기노쿠니야 서점 사인본'이라고 적힌 다른 띠지가 겹쳐 둘러진 것이 보였다.

"입고 전에 소류샤에 부탁해서 사인본을 여섯 권 만들었어요. 그런데도 세 권밖에 안 팔렸네요."

"출판은 작년에 한 거 아니에요?"

왜 반품을 안 하느냐는 말은 아스카도 굳이 입 밖으로 내지 않았다.

"사인은 말하자면 낙서예요. 서점 측에서 의뢰해서 낙서가 된 책은 반품하지 못하기 때문에 서점이 책임지고 팔아야 하거든요. 설령 1년이 되든, 2년이 되든 '사인본' 띠지를 두른 채 진열해둘 수밖에 없어요. 이렇게 말해 뭣하지만 서점 입장에서는 벌칙 게임 같은 것으로……."

"버, 버, 벌칙 게임? 누가 할 소린데!"

갑자기 마루미가 무시무시한 얼굴로 도키토에게 달려들었다.

"어어…… 어째서 이런 대접을 받아야 하는 건데. 다다…… 당신들 같은 서점 취향으로는 이 작품의 가치는 죽어도 이해 못 해."

"잠깐, 어라, 왜…… 뭐하는 거야?"

아스카의 다리가 움직이려는 순간 그보다 먼저 부스지마가 두 사람 사이로 끼어들었다.

"자, 그만그만…… 자자, 진정들 하고. 미안해요, 도키토 씨. 얘가 좀 강렬하게 반응하는 버릇이 있어서. 이제 그만 갈 테니까 기분 풀고. 알았죠, 알았죠?"

부스지마는 마루미를 아스카에게 떠넘기면서 직원 앞에서 애교를 남발한다.
"성질이 저런 사람은 저희 직장에서는……."
"아아, 미안미안. 다음에 도키토 씨가 가장 좋아하는 케이크 가지고 사과하러 올 테니까 봐줘요."
서점을 나와서도 여전히 부스지마는 홀로 유쾌한 얼굴이었다.
"자자자, 투어도 이제 막바지가 되었어."
아직 남았어요? 하고 아스카가 묻자, 부스지마가 즐거워 견딜 수 없다는 듯 두 팔을 활짝 펼친다.
"다음은 마침내 투어의 최종 목적지. 응응응, 여러 의미에서 최종 목적지."

마지막으로 부스지마 일행이 도착한 곳은 간다에 있는 한 건물이었다. 부스지마는 휘파람을 불면서 건물 뒤편으로 걸어간다.
마침내 아스카 일행의 눈앞에 거대한 책 무더기의 집적소가 그 위용을 드러냈다.
"선배님, 여긴……."
"아스카 씨, 몰라? 여긴 책 폐기장. 팔고 남은 책들은 여기서 파쇄되어 처분돼. 책의 화장터지. 앗, 있네, 있어."
부스지마는 거대한 파쇄기 앞에 우두커니 서 있는 남자에게 뛰어갔다.
"이 사람은 소류샤의 와타누키 씨."
아스카는 침울해 보이는 남자와 허둥지둥 인사를 나누고 부스지마에게 묻는다.
"선배님, 팔고 남은 책들은 출판사에 반품되는 것 아니에요?"
"응응응, 그건 맞는데 팔리지 않아도 재고로 갖고 있으면 그건 자산으로 계산돼. 자산이 되면 당연히 세금이 붙잖아. 팔리지도 않는데 쓸데없이 세금을 낸다는 건 말도 안 되니까 분기 말 전에 폐기 처분하지. 폐기라고 해도 시장에 다시 유통시킬 수는 없으니까 파쇄한 다음에 폐지 업자한테 가져가게 하는 거야."

"파쇄할 때는 담당자인 제가 전표와 반품 수를 확인하고 지켜보는 겁니다."

와타누키는 장례식에 참석한 듯한 목소리로 설명한다. 침울한 남자로 보이긴 하지만 부스지마의 지적대로 이곳이 책의 화장터라는 점을 감안한다면 그런 침울한 분위기가 어울리는 것 같았다.

"출판사가 책을 낼 때, 가령 1만 부로 가정한다면 그 1만 부가 한 권도 안 팔리는 경우엔 출판사에 돈이 안 들어와. 반품되면 재고로 남을 뿐 아니라 파쇄까지 해야 해. 책이 나온 것만으로는 이익이 안 나온다고."

"게다가 이렇게 파쇄 비용도 출판사 부담이죠."

와타누키는 조의문을 읽듯 목소리를 짜낸다.

"다시 말해 팔리지 않고 반품되는 책은 출판사 입장에서 부실채권 그 자체야. 아니, 회수 불능이기 때문에 대손이 되는 셈이지."

"안 팔리는 책이 쌓이면 채무가 누적되는 거죠. 궁핍함의 연쇄사슬이에요. 출판 사업에 종사하는 사람들을 불행의 나락으로 떨어뜨리는 모든 악의 근원입니다."

아스카가 힐끔 뒤쪽을 돌아보자, 용의자 세 사람이 도저히 못 견디겠다는 모양으로 부스지마와 와타누키에게서 고개를 돌리고 있다.

그때 작업복 차림의 남자가 다가왔다.

"소류샤에서 오신 분, 준비 다 됐습니다."

"저희도 전표 조회 다 마쳤습니다. 그럼 시작해주세요."

바로 파쇄기가 붕 하고 낮은 소리를 내며 가동했다.

파쇄기 안에서 칼날이 고속으로 회전하면서 벨트 컨베이어가 부드럽게 움직이기 시작한다.

"자, 모두 주목해주세요. 저것들이 지금부터 파쇄될 부실채권들입니다."

부스지마가 호들갑스럽게 가리킨 지점은 벨트 컨베이어의 끝 쪽이다. 그곳에서 사륙판 크기의 책들이 산처럼 쌓인 채 고속 칼날이 기다리는 파쇄기를 향해 이동한다.

스즈메를 비롯한 다른 수상자들이 그 광경을 보고 일제히 비명을 질렀다.

"아앗, 『흑점 전쟁』!"

"내, 내 '금 무지개'도!"

"내, 내 책이……."

부스지마가 세 사람이 당황하는 모습을 만끽하듯 여유롭게 이야기를 꺼낸다.

"마침 오늘 아침, 소류샤 창고에서 반출된 거야. 작가가 작품의 탄생을 목격하는 것은 당연하지만 그 마지막을 지켜보는 것도 귀중한 체험이지."

거짓말.

보나마나 어젯밤에 소류샤에 미리 손을 써서 세 사람 눈앞에서 파쇄 쇼를 개최하게끔 짠 것이 틀림없다. 부스지마는 그런 남자다.

파쇄기가 책들을 잘게 썰기 시작했다.

썩둑.

썩둑.

썩둑.

생명체가 아닌데도 난폭한 소리가 끊이지 않고 책들이 잘려나간다. 파쇄기 끝에서 내뱉는 잔해는 문서 세단기 쓰레기보다 더 잔부스러기고 예전의 형체는 조금도 찾아볼 수 없다.

썩둑.

썩둑.

썩둑.

"으아아, 으아아."

"내, 내 책."

"너, 너무해……."

이 책들과 아무 관계가 없는 아스카의 눈에도 무지막지하게 잔혹한 광경으로 비쳤다. 한 사람이 심혈을 기울여 쓴 소설, 숱한 손을 거쳐 책으로 묶인 이야기가 차가운 칼날에 분쇄된다.

세 사람은 손으로 얼굴을 감싸며 자신들의 저서와 함께 단말마의 비명을 지른다.

그때 한 그림자가 벨트 컨베이어 앞에 나타났다.

"그만! 제발 그만 해에엣!"

남자는 머리칼을 흩뜨리고 울부짖으면서 벨트 컨베이어의 책을 끌어안는다.

"기계, 멈춰요."

부스지마의 요청과 동시에 파쇄음이 멈춘다. 갑자기 찾아온 정적 속에서 남자는 쓰러지듯 주저앉았다.

"제발 그만해……."

"왜 그래, 응? 기리하라 씨를 문서 세단기로 말려들게 한 것이 트라우마라도 남겼는가?"

"그, 그런 짓을 당하면, 작가라면 누구나, 누구나……."

미쓰루기 데쓰야는 목소리를 쥐어짜더니 그대로 온몸을 움츠렸다.

"그날 미쓰루기 데쓰야는 두 번째 작품 원고를 기리하라 씨한테 보여주러 갔었대요."

최조를 마친 아스카가 보고하러 갔을 때 부스지마는 여전히 컴퓨터를 마주하고 앉아 돌아보지도 않고 있었다.

"기리하라 씨가 원고를 다 읽더니 출판할 수준이 아니라면서 갑자기 문서 세단기에 집어넣었나봐요. 그것에 발끈해서 충동적으로 넥타이를 투입구에 집어넣었대요. 기리하라 씨의 숨이 끊어진 뒤에, 문서 세단기 쓰레기를 복원시키면 자신의 원고라는 게 들통 날 게 뻔했기에 봉투째 들고 갔다는군요. 원고 데이터 자체는 미쓰루기의 컴퓨터에도, 소류샤에도 저장되어 있었으니 원고가 완전히 소멸되는 상황은 아니었어요."

"눈앞에서 그런 일을 당하면 어떻게 상황을 제대로 판단하겠어. 특히 두 번째 작품에 심혈을 기울였다고 생각하는 신인들이라면 더 그렇지. 말했잖아. 살의는 착화제보다 쉽게 불이 붙는다고."

"부스지마 선배님은 처음부터 미쓰루기 씨를 수상하게 봤던 거예요?"

"아니, 그건 아니지만 그 세 사람이 2차 모임에서 기리하라 씨한테 한창 설교를 듣고 있을 때 미쓰루기 씨 자신도 데뷔작 판매가 부진하다는 소리를 막 듣고 난 참이라 했으니 옆에 앉아 있는 것만으로도 가시방석이었겠구나 하는 건 짐작했지. 글 쓰는 사람이 아니라면 잘 이해되지 않을 수도 있을 거야. 그래서 나는 처음부터 용의자를 네 사람이라고 생각했어. 그중에서 누가 제일 발작적인 행동을 보일지 판별할 필요가 있었지."

"그럼 다 실험이었던 거예요?"

"나도 그렇게 완전히 성공할 줄은 몰랐어."

"미쓰루기가 자백해서 사건은 해결됐어요. 하지만 이번 파쇄공장 건으로 스즈메 씨는 작가 폐업을 결정했고, 아쿠타가와 씨도 군마의 본가로 돌아갔어요."

"앗, 다 내 탓이라고 말하고 싶은 거야? 그건 너무한데. 그 정도 일로 붓을 꺾는 인간이라면 어차피 언젠가는 다른 이유로 그만두게 돼 있어. 우선 소류샤에서는 고맙다는 말을 들었지만 원망은 한마디도 없었고. 그리고 구와노 씨는 아직 열심히 하고 있잖아. 자연도태야, 자연도태."

"……설마 경쟁 상대 줄었다고 기뻐하시는 것은 아니죠?"

"농담이야. 처음부터 그 사람들을 경쟁 상대로 생각하지도 않았어. 아니, 끈덕지게 남은 구와노 씨만은 앞으로 그렇게 될지도. 후훗."

부스지마는 콧노래를 섞어가며 키보드 두드리기를 계속했다.

4

애독자(愛讀者)

1

『레전드의 상속』 서평, 가라쿠치 오토메

도서관 책. 화제의 책이라 빌렸는데 도저히 평가할 수 있는 소설이 아니다. 우선 문장이 구제불능이다. 어려운 한자와 사자성어를 너무 많이 사용해서 지겹다. 스토리도 파탄 나 있다. 오래된 집에서 연쇄살인이 일어나고 결국 범인은 화자인 '나'로 다중인격을 지녔다는 사실이 탐정을 맡은 의사에 의해 폭로되는데, 여기에 이르기까지 독자들에게 만족스러운 단서가 제공되지 않는다. 메인 트릭이 되는 찻잔 바꿔치기도 비겁한 나머지 불쾌하다. 다카모리 교헤이라는 이 작가는 지나치게 의외성을 노린 나머지, 미스터리의 기본적인 성립 조건을 무시하고 있다. 다카모리를 좋아하는 팬들에게는 먹히겠지만 문학적으로는 헐값의 가치도 없는 작품이다. 이런 작품이 베스트셀러가 된다는 것은 세상에 멍청한 독자들이 얼마나 많아졌는지를 보여준다. 한탄스럽기 그지없다. 0/5점.

『목 없는 호이치』 서평, 가라쿠치 오토메
도서관 책. 띠지에 엽기 미스터리의 걸작이라고 씌어 있지만 이런 것은 걸작도 뭣도 아니고 그저 읽고 나서 벽에 내동댕이치고 싶어지는 책이다. 어차피 도서관 책이라서 나도 읽고 나서 벽에 내던졌다. 역시 다카모리 교헤이의 작품으로 졸작임을 알면서도 빌리는 것은 이 작가가 얼마나 형편없는지를 확실하게 검증함으로써 내 문학관을 확인하기 위함이다. 이 『목 없는 호이치』도 물론 예외가 아니었다. 작가는 잔혹한 묘사에 힘을 쏟고 있지만 읽는 사람 기분만 나빠질 뿐 무시무시함과는 전혀 연결되지 않는다. 묘사가 치명적으로 서툴다. 트릭도 빤하다. 목이 없다는 시점에서 금방 요코미조 세이시의 『이누가미 가의 일족』의 메인 트릭이 떠오른다. 범인이 장녀이고 그 장녀를 사랑하는 소이치가 뒤처리를 하는 것이 명백하다. 이번에도 어려운 한자가 나열되어 있다. 이 작가는 어려운 한자를 안 쓰면 소설이 안 된다고 생각하는 걸까? 바보인가? 한자를 안 쓰면 죽기라도 하나? 유행하는 라이트노벨을 좀 본받았으면. 0/5점.

구와에 도모미는 서평 사이트에 리뷰를 올린 뒤 만족스럽게 고개를 끄덕였다. 매번 상업 출판된 작품, 그중에서도 베스트셀러가 된 작품을 비방하는 일은 아주 기분이 좋다. 오늘 하루 있었던 불쾌한 일도 모두 잊을 수 있다.

인터넷 서평은 정말 근사한 표현 공간이다. 자격도, 지식도, 경험도 필요 없다. 생각나는 대로 쓰고 올리기만 하면 서평가 끄트머리는 될 수 있다. 물론 출판사에서 원고료를 받는 것은 아니지만, 문학잡지를 정기 구독하는 사람보다 서평 사이트를 들여다보는 사람이 훨씬 많으니 자신이 웬만한 서평가들보다 지명도가 높을 터다. 그렇다. 인터넷 세계에서는 유명인이든 자기 같은 무명인이든 모두 같은 씨름판에 올라가 있다. 같은 씨름판이기 때문에 당당히 유명 작가를 공격할 수 있다. 이것이야말로 평등이다.

작품을 공격하는 요령은 일찌감치 습득하였다. 그 작품에 없는 것을 지적하거나, 많은 독자들이 장점으로 드는 요인을 거꾸로 단점이라고 주장하면 비평처럼 보인다. 뭔가를 부정하는 논리 따위는 그때그때 생각나는 대로 얼마든지 짜낼 수 있다. 설령 그 말이 논리에서 빗나갔더라도 익명으로 투고하는 한, 자신에게는 아무런 리스크도 없다. 그야말로 노 리스크, 하이 리턴이다.

도모미는 수년 전부터 서평을 쓰기 시작하면서, 이 일이 지극히 간단하고 밑천이 전혀 필요 없을 뿐 아니라 자기과시 욕구도 만족시킨다는 사실을 발견했다. 현실 세계에서 도모미는 일개 파견사원에 지나지 않고 그 의견이나 주장에 귀를 기울여주는 사람은 아무도 없다. 그런데 인터넷 서평에서 베스트셀러를 비방할 때엔 마치 세상의 여왕이라도 된 듯 우월감을 맛볼 수 있다. 점수를 제시할 때엔 재판관이 된 듯 도취감에 빠진다. 더구나 책은 도서관에서 빌리기만 하면 되기 때문에 투자도 필요 없다.

도서관! 얼마나 근사한 시설인가. 공짜로 얼마든지 책을 빌릴 수 있다. 아무리 시시해 보이는 책이라도, 어떤 베스트셀러라도 요청만 하면 다 구입해준다. 예약 대기 순서일 때는 몹시 답답하지만, 일반적으로 예약이 많을 것으로 예상되는 책은 도서관에서 여러 권을 구비해놓기 때문에 그다지 큰 불편함이 없다. 책 따위를 구입하는 데 자신의 소중한 돈을 사용할 수는 없다. 그런 것들은 전부 도서관이 사게 하면 된다. 원래 서적 구입비는 세금으로 처리된다. 도모미의 월급에서도 세금이 공제되고 있으니 실제 납세액에 관계없이 수십 권, 수백 권을 도서관에서 빌려도 될 터이다. 아아, 자신이 이용하는 도서관이 아무도 안 읽는 향토자료나 대출 불가인 학술서 같은 건 그만 구입하고 그 비용을 전부 베스트셀러 구입에만 사용하면 정말 좋을 텐데. 그것이 진정한 시민 서비스 아닐까?

문득 그동안 자신이 올린 서평 수를 확인해보았다.

놀랍게도 백 권을 넘어 있었다.

엄청나지 않은가. 특별한 훈련도 받지 않고, 어디에서 비평 문법을 배우지도 않은 자신이 어느새 백 권이나 되는 책을 도마 위에 올리고 있다니.

슬렁슬렁 읽어보니 모든 서평에 자극적인 말들이 춤추고 있다. 이제 어엿한 문학 작품이라고 불러도 손색이 없을 것만 같다.

최근에 인기 블로그가 출판사 눈에 띄어 종이책으로 만들어지는 일이 많아졌다고 한다. 아마추어다운 문장과 착안으로 오히려 신선하다는 호평을 받는 모양인데 그렇다면 자신의 서평이야말로 최적의 원고가 아닐까? 생각하는 것을 솔직하게 말하는 비평, 알기 쉽고 명료하고 읽기 수월한 문장, 대중의 인기를 얻은 책들만 골라 언급한 점, 모든 요소들이 베스트셀러가 될 조건을 충족하고 있다. '가라쿠치 오토메'는 계정을 만들 때 떠오른 이름이지만 점차 친숙해지면서 자신의 서평 논조와 잘 들어맞고 안정감도 있다고 느껴졌다. 책으로 나와도 이 필명이라면 인지도가 있을 것이다.

만일 그렇게 평론가로 데뷔할 수 있다면……. 금세 망상이 펼쳐진다.

'제가 문학평론가로 데뷔한 관계로 아쉽지만 퇴직하겠습니다.' 비위에 거슬리는 그 주임 앞에서 이렇게 말한다면 그 인간은 대체 어떤 얼굴을 할까? 날카로운 신진 평론가로 문학잡지나 신문에 얼굴 사진이 게재된다. 그렇게 되면 더는 일반인이 아니라 버젓한 공인이다. 작가만큼은 아니더라도 원고료나 인세로 생활하는 것도 더 이상 머나먼 꿈이 아니다. 이제 매달 전기요금, 가스요금, 통신요금에 얼굴을 찌푸리지 않아도 된다. 문단의 파티에 참석하면 틀림없이 출판사 임원이나 인기 작가로부터 융숭한 대접을 받을 것이다.

아아, 그렇게만 된다면 얼마나 좋을까!

끝없는 망상에 빠져들면서 인터넷에서 다카모리 교헤이의 정보를 검색했더니 흥미로운 기사가 눈에 띄었다.

※한세이도 이케부쿠로 본점 특설 사이트 공지사항

7월 1일 오후 7시 『그 등에 굿바이』의 간행을 기념하여 저자인 다카모리 교헤이 씨를 모시고 토크쇼를 개최합니다!

장소: 서적관 4층 이벤트 공간 (개장: 오후 6시 30분)

참가 방법: 1층 서비스센터에서 참석 티켓을 매당 천 엔에 판매합니다. 한 분당 한 종류씩 다음 메뉴에서 좋아하는 것을 선택하실 수 있습니다. 참석 티켓은 전화로도 예약을 받습니다.

토크쇼 후에 사인회가 있습니다.

세 분을 추첨해서 다카모리 선생님과 뒤풀이에 참석할 수 있게 해드립니다!

다음에 적힌 메뉴를 보니 모두 간단한 식사와 음료 세트다. 아마 같은 건물에 있는 찻집과 제휴하여 마련한 행사인 모양인데 이만한 내용으로 천 엔이라면 가격도 적당하다. 이 금액으로 유명 작가의 토크쇼를 듣고 운 좋으면 뒤풀이에도 참석할 수 있다.

이거 괜찮은데.

다카모리 교헤이 본인 앞에서 자신의 비평을 말할 수 있는 절호의 기회다. 혹시라도 다카모리가 도모미의 날카로운 비평에 납작 엎드려 도모미의 책을 책임져줄 출판사를 소개해줄지도 모른다…….

도모미는 당장 스마트폰을 꺼내서 서점 전화번호를 누르기 시작했다.

*

『그 등에 굿바이』 서평, 교헤이 추천녀

다카모리 씨의 최신작은 최고 걸작이었다! 데뷔작부터 좇고 있는 나로서는 완전 흥분에 대만족. 다음은 스포일러. 범인이 주인공의 연인인데 마지막으로 그 연인에게 하는 말이 제목에 겹쳐지며 한 줄의 엔딩으로 남은 기막힌 연출! 다카모리 교헤이 팬이 아니라도 데뷔작의 그 근사한 엔딩을 연상하지 않을 수 없다. 이것은 지난 수일간 현실에서 완전 피폐해진 나에게 주어진 에너지 드링크. 무조건 읽어야 한다.

마키시마 히나코는 서평 사이트에 리뷰를 올린 뒤 만족스럽게 고개를 끄덕였다.

서평 형식이지만 이것은 히나코가 다카모리에게 보내는 팬레터다.

분명히 다카모리도 히나코의 리뷰를 내심 기다리고 있을 것이다. 다카모리의 작품이 히나코에게 에너지 드링크인 것과 마찬가지로 히나코의 리뷰는 그의 영양제가 되고 있을 터다.

다카모리의 데뷔작 『사이렌의 마녀』는 자신의 인생이 일변할 정도로 충격적인 작품이었다. 작품의 주인공이 자신과 성도 이름도 같았다는 점은 결코 우연이 아니다. 더구나 다카모리가 주인공의 입을 빌려 그녀에게 사랑의 말을 속삭이는 대목도 심상치 않다.

다카모리와 자신은 운명의 끈으로 연결되어 있다.

다카모리의 작품은 소설 형태를 취하고 있지만 실은 히나코에게 보내는 개인적인 편지다. 그래서 히나코도 서평 형태로 그에게 답신하고 있다.

어째서 다카모리가 이렇게 번거로운 방법으로 히나코와 교신을 하는가 하면 다카모리에게 아내가 있기 때문이다. 신문기사에서 읽은 바에 의하면 다카모리는 데뷔하기 전부터 가정을 이루었다고 한다.

불쌍한 교헤이. 분명히 양가 부모의 뜻이었거나 이상한 여자한테 걸려 그대로 마음에도 없는 부부관계를 이어가고 있는 것이다.

아아, 정말 화가 난다.

그 여자만 없으면 자신과 다카모리는 누구의 눈치도 안 보고 공개적으로 사귈 수 있을 텐데.

다카모리는 집과 작업실 정보를 모두 공개하지 않는다. 팬레터는 항상 출판사 편집부로 보내게 되어 있다. 아마도 편집부 쪽에서 직접 소통하는 것을 막는 듯하다. 히나코가 아무리 편지를 보내도 답장이 온 적은 한 번도 없다.

집이든 작업실이든 주소를 알고 싶었다. 그래서 인터뷰나 에세이를 모조리 읽고 주소를 나타내는 힌트가 어디 없는지 눈을 크게 뜨고 찾아봤지만 유익한 정보는 얻지 못했다. 이미지 검색으로 다카모리의 최근 사진의 주변을 확대해봤지만 아직까지 장소를 알아내지 못하고 있다.

주소만 알면, 하고 절실히 바란다.

집 주소를 알면 지금 당장 찾아가서 아내라는 여자와 직접 담판을 지어 이혼시킨다. 작업실 주소를 알면 역시 지금 당장 찾아가서 다카모리와 서로 사랑을 확인한다. 모두 자신에게 주어진 정당한 권리다.

차라리 탐정이라도 고용할까? 히나코는 그런 생각을 하면서 냉장고로 가서 블러디 메리를 꺼냈다.

칵테일 잔에 따른 뒤 샐러리를 한 줄기 잘라 집어넣는다. 그것이 교헤이의 방법이라고 에세이에서 읽었기에 당연히 히나코도 따라 한다.

눈앞에 다카모리를 떠올리며 블러디 메리를 마신다. 토마토 맛과 보드카의 강한 알코올이 하나가 되어 코에서 빠져나간다. 처음에는 익숙하지 않아서 자꾸 기침이 났지만 요즘은 맛을 좀 알게 된 느낌이다.

찔끔찔끔 맛보면서 인터넷으로 다카모리의 정보를 수집하려는데 메일 수신을 알리는 표시등이 깜빡이는 것이 보였다.

누구지?

혹시 다카모리?

가능성이 없지는 않다. 출판사에 보낸 팬레터에 자신의 컴퓨터와 스마트폰의 이메일주소를 기재해두었다. 그 주소를 보고서 다카모리가 마침내 연락을 한 것일 수도 있다.

설레는 마음을 억누르며 새로 온 메일을 연 순간, 기대는 실망으로 바뀌었다.

'엄마야. 요즘은 네가 전화를 통 안 받아 이메일 보낸다. 한번 집에 오려무나. 너도 올해 서른다섯이잖니. 아무리 일이 바쁘기로서니 결혼과 출산에는 적령기라는 게 있는데. 지금 상대를 찾지 않으면 후회하는 것은 너…….'

짜증 나!

이런 거 보내지 말라고, 할망구야!

히나코는 다 읽기도 전에 삭제해버린다. 읽지 않아도 나머지 문장이 뭔지 짐작할 수 있다.

싫어, 싫어, 싫어, 싫어, 싫어, 싫어…….

다시 마음을 가다듬고 다카모리의 정보를 뒤지기 시작한다. 그러자 아주 흥미로운 기사 하나가 눈에 들어왔다.

※한세이도 이케부쿠로 본점 특설 사이트 공지사항

7월 1일 오후 7시 『그 등에 굿바이』의 간행을 기념하여 저자인 다카모리 교헤이 씨를 모시고 토크쇼를 개최합니다!

토크쇼, 더구나 세 명을 추첨해서 뒤풀이에 참석할 수 있게 해준다고?

신이시여, 감사합니다.

히나코는 생각지도 못한 행운에 감사했다. 틀림없이 자신과 다카모리를 이어주려는 신의 뜻이다.

히나코는 당장 스마트폰을 꺼내서 서점 전화번호를 누르기 시작했다.

*

가노 이쿠는 다카모리 교헤이의 최신작 『그 등에 굿바이』의 마지막 페이지를 덮고 만족스럽게 고개를 끄떡였다.

이야기의 끝은 이쿠가 예상한 곳에 착지했다. 미스터리 장치에도 의외인 점은 없다. 하지만 그것은 다카모리의 치졸함을 나타내는 것이 아니라 이쿠의 창작 작법과 공통점이 많다는 사실을 의미했다.

틀림없다. 자신은 다카모리와 같은 자질을 갖추고 있다. 그렇기 때문에 그의 수법이나 작품에 담긴 주장을 손바닥 보듯 알 수 있다.

바꿔 말하면 나, 가노 이쿠의 작품을 진정으로 이해하고 평가할 수 있는 사람은 다카모리 교헤이 이외에 존재하지 않는다.

이쿠는 컴퓨터 옆에 놓인 원고 다발을 꺼낸다. 552매의 장편소설. 몇 번이나 퇴고하고서야 출력했지만 막상 종이로 인쇄된 것을 읽어보니 수정할 부분들이 또 발견되어 모든 페이지들이 피를 토한 듯 붉은 펜으로 범벅되어 있다.

이쿠는 도내의 문방구 업체에서 사무직으로 일하고 있다. 나름대로 보람도 있고 이제 후배들에게 조언을 주는 위치가 되었다. 동년배 직장 여성 중에서는 비교적 좋은 대우를 받는 편일 것이다.

그런데 책상 앞에 앉으면 막연한 불안감을 느낀다. 이렇게 평생 사무직으로 내 인생이 끝나는 것일까? 뭔가 다른 삶이 있지 않을까?

그렇게 생각이 복잡했던 기간에 회사 근처의 문화센터에서 '작가가 되어보자 강좌' 홍보 포스터를 보게 되었다. 강사는 이쿠도 아는 작가인 다카모리 교헤이였다. 개최일이 휴일이었기에 이쿠는 깊이 고민하지 않고 참석하기로 결정했다.

그 강좌에서 다카모리로부터 작가의 일상에 대한 이야기를 들었을 때 눈이 번쩍 뜨였다.

매일 매시간을 창작에 매진하는 것, 무에서 유를 창출하는 과정, 창작자의 생활 모습, 이야기를 엮었을 때의 감동과 독자들의 반향.

그래, 이거야, 라고 생각했다.

지금의 사무직은 자신이 아니라도 누구든 할 수 있는 일이다. 회사 사정에 따라 언제든 담당자를 바꿀 수 있다. 이쿠가 있는 자리는 그런 곳이었고, 이쿠 역시 그런 인재로 인식되고 있을 따름이다. 요는 톱니바퀴의 하나에 지나지 않는다는 것이다.

그런데 창작의 세계는 전혀 다르다. 그 사람이 만든 것은 유일무이하며 창작자도 역시 대체할 수 없다.

창작이야말로 가노 이쿠가 본래 해야 할 일이다.

하늘의 계시를 받은 이쿠는 집에 돌아가자마자 20자×20행으로 페이지를 설정하여 원고지 포맷을 만들고 소설을 쓰기 시작했다. 소설을 읽은 적은 있어도 쓰는 것은 처음이었기 때문에 몇 번이나 도중에 막히고 또 신음하기를 되풀이하였다.

마침내 224매의 작품이 완성된 것은 반년이 흐른 뒤였다. 완성된 기세를 그대로 밀고 나가 분량과 마감일 조건이 들어맞는 신인상 공모전에 원고를 보냈다. 일단 첫 출전이다. 자신의 실력이 어느 수준인지 확인하고 싶다. 작가로서 소질이 있는지 전문가의 눈과 마음으로 평가받아보고 싶다.

결과는 기대 이상이었다.

기다리고 기다리던 신인상 주최 잡지 발매일. 서점으로 뛰어가서 그 잡지를 펼치자 심사위원들의 중간 심사 결과가 발표되어 있었다. 1차 심사를 통과한 작품명과 필자명은 가는 글자로, 2차 심사를 통과한 작품명과 필자명은 굵은 글자로 나열되어 있다.

놀랍게도 가노 이쿠의 이름이 굵은 글자로 찍혀 있었다.

설마, 하는 생각으로 가슴이 터질 듯했다.

2차 심사를 통과한 작품들은 총 25편. 이중 7편이 최종심사에 남는다.

초심자의 행운인가?

아니, 아니다.

자신에게 글재주가 있었던 것이다. 글재주가 타인도 자신도 모른 채 일상에 숨어 있었던 것이다.

어차피 꿈이라고 치부해왔던 가능성이 갑자기 고개를 쳐들었다.

신진 여성작가 탄생.

베스트셀러 연타.

인세 생활.

이쿠는 부풀어 오르는 망상을 멈출 수 없었다.

잡지에 발표되고 일주일 뒤 스마트폰에 도쿄 지역번호 03으로 시작하는 미등록 번호로 전화가 걸려왔다. 어리둥절해하며 통화 버튼을 누르자 성실한 분위기의 남자 목소리가 이런 내용을 전했다.

가노 이쿠 씨 되십니까? 저는 신초 신인상을 담당하는 소에다라고 합니다. 가노 씨의 작품이 최종심사에 올라 알려드립니다.

스스로 느끼기에도 흥분된 목소리로 응답했다.

최종심사 발표는 2주 뒤인 오후 7시. 단 자신이 최종심사에 올랐다는 사실을 SNS나 블로그에 절대로 언급하지 말아달라고 소에다는 못을 박았다. 이쿠 쪽에서 협조하지 못할 이유가 없다. 잘 부탁드립니다, 하고 눈에 보이지 않는 상대에게 몇 번이나 머리를 조아렸다. 그 뒤로 오로지 최종심사 발표 날만을 기다렸다.

일을 해도 집중이 안 된다.

동료를 봐도 상사가 옆에 있어도, 자신의 재능이 발견되었다는 우월감을 버릴 수 없었다. 최종심사 발표 다음날부터 그들과 다른 세상 사람이 되리라는 상상이 이쿠를 오만하게 했다. 업무상 실수로 상사의 질타를 받아도 속으로는 비웃을 수 있었다.

그리고 운명의 최종심사 발표 날, 이쿠의 작품이 입선하지 못했다는 소식을 접했다.

지붕 위로 올려졌다 갑자기 사다리에서 떨어진 기분이었다.

그래도 첫 투고에서 최종심사까지 올라갔다는 사실이 상당한 자신감이 되었다. 다음에는 반드시 수상할 것이라 믿고 이쿠는 다음 작품 집필에 착수했다.

그때부터가 난관이었다.

두 번째 작품은 간신히 1차 심사 통과.

세 번째 작품은 2차 심사에서 정지.

네 번째 작품은 1차 심사조차 통과하지 못했다.

역시 처음에 최종심사까지 간 것은 단순히 초심자의 행운이었을까? 자신은 역시 작가로 데뷔할 만한 재능이 없는 걸까?

번민이 계속되던 어느 날, 이쿠는 문득 엄청난 생각에 이르렀다.

음모다.

신인상 1차 심사는 별 이름 없는 신인 작가가 담당한다고 들었다. 재기 넘치는 자신의 작품이 틀림없이 그 무명인들의 질투를 사서 떨어진 것이다. 이쿠는 그렇게 단정했다.

1차 심사를 담당한 사람들은 신인상을 여러 개 심사한다는 말도 들었다. 그렇다면 공모전이라 이름 붙은 곳들은 모두 희망을 걸 만한 기회가 아니다.

어떻게 하면 내 작품을 정당하게 평가받을 수 있을까? 그런 생각을 하자마자 바로 떠오른 사람이 다카모리 교헤이였다.

처음에 내 작가의식을 각성시켜준 인물, 그라면 내 재능을 정당하게 평가해줄 것이다. 그럴 것이다. 아니, 그래야 한다.

이후, 다카모리의 작품을 읽을 때마다 자신의 작풍과 어떤 유사점이 있는지 확인하게 되었다. 평가가 아니다. 이 사람은 내 문학적 동지가 아닌가. 이쿠의 원고를 읽고서 악수를 요청해 올지도 모른다.

하지만 정작 다카모리의 연락처를 알 수 없었다. 다카모리가 세미나 강사를 맡았던 것은 그때 딱 한 번이었다. 그 뒤로는 어느 강좌에도 이름이 없다. 편집부를 통해 전달해보려 했지만 원고는 봉투를 열어본 흔적도 없이 모조리 반송되었다.

어떻게든 다카모리 본인과 접촉할 기회는 없을까? 곰곰이 궁리하면서 인터넷에서 정보를 찾다가 이내 그 기사를 발견했다.

※한세이도 이케부쿠로 본점 특설 사이트 공지사항

7월 1일 오후 7시 『그 등에 굿바이』의 간행을 기념하여 저자인 다카모리 교헤이 씨를 모시고 토크쇼를 개최합니다!

자신도 모르게 컴퓨터 화면에 얼굴을 가까이 들이댔다. 공지사항을 몇 번이나 다시 읽으면서 미소를 지었다.

이런 기회가 올 줄이야.

역시 문학의 신은 나를 버리지 않았던 것이다.

이쿠는 당장 스마트폰을 꺼내서 서점 전화번호를 누르기 시작했다.

2

이케부쿠로 서쪽 출구 공원에서 한 남자의 시신이 발견된 것은 7월 2일 새벽이었다.

신고를 받고 아스카가 급히 출동하자 현장으로 보이는 곳에는 이미 파란 시트 천막이 쳐져 있고 외부로부터 차단되어 있었다.

천막 안에는 불빛 밑에서 미쿠리야가 한창 검시 중이었다.

“어라, 이번에는 여형사 혼자네. 파트너는 늦나?”

“이누카이 선배는 다른 사건에 동원되어서…….”

아스카는 인사도 하는 둥 마는 둥 하고 급히 합장한 뒤에 벌거벗겨진 시체를 내려다본다.

“직접적인 사인은 뇌타박상이네. 돌계단에서 떨어졌을 때 머리를 몇 번이나 강타당했어. 돌계단 모서리에서 혈흔과 모발도 채취

되었고. 지면에 도달했을 시점에서 의식은 거의 없었을 거야."

과연 시체의 머리에는 도려낸 듯한 상처가 몇 군데 있다. 상처의 형태로 돌계단을 쉽게 연상할 수 있었다.

"사고일까요?"

"그렇지 않다고 보이는 상황 증거가 남아 있네."

뭔가 여운을 두는 말투는 미쿠리야의 평소 습관이기 때문에 신경 쓰이지 않는다.

"사망 추정 시각은요?"

"오전 0시부터 1시까지."

아스카는 천막에서 나와 감식반원 쓰치야를 붙잡는다.

"돌계단에서 추락, 맞죠?"

"네, 저깁니다."

쓰치야는 돌계단 위를 가리켰다. 약 15미터의 높이로 과연 그곳에서 떨어지면 목숨을 잃어도 이상할 것이 없다.

"다툰 흔적이라도 있었어요?"

"족적으로 그것까지는 알 수 없습니다. 어두웠을 테고 뒤에서 가볍게 떠밀면 간단히 추락하니까요. 주목할 만한 것은 유류품입니다."

쓰치야가 증거물 봉투를 꺼냈다. 안에 지갑과 스마트폰이 들어 있다.

"신분증으로 신원이 확인됐습니다. 다카모리 교헤이. 인기 작가예요."

작가라고 들은 순간 안 좋은 예감이 들었다. 이누카이는 다른 사건을 맡고 있는데 자신은 어째서 계속해서 작가와 관련된 범죄와 연이 맞닿는 걸까?

"이런 게 있었습니다."

다른 봉투에 들어 있는 것은 흔히 단행본으로 불리는 사륙판 크기의 책이었다. 표지에는 '그 등에 굿바이, 다카모리 교헤이 지음'이라고 찍혀 있다. 모서리가 찌그러지고 띠지도 찢겨 있다.

"이렇게 펼쳐진 상태로 엎드린 시체 밑에 깔려 있었습니다. 책을 안고 놓지 않겠다는 것처럼요."

책표지의 다음 장인 속표지 한 페이지가 완전히 뜯겨 있었다. 그 밖에 또 다른 유류품은 발견되지 않았다.

속표지는 저자가 사인을 하는 지면이다.

"판권 페이지를 보니 아주 최근에 출판된 책이더라고요. 한 페이지가 뜯긴 자기 책을 껴안은 것처럼 죽어 있는 게 정말 이상하죠."

"쓰치야 씨는 어떻게 판단하세요?"

"띠지가 찢긴 것은 아마도 양쪽 방향에서 동시에 잡아당겼기 때문인 것 같고요. 모서리가 망가진 것은 피살자와 함께 돌계단에서 떨어졌기 때문인 것 같아요. 책을 필사적으로 껴안고 있던 것은 누군가에게 뺏기지 않으려 해서가 아닐까요?"

쓰치야의 설명을 들으면서 이 책의 구체적인 조건이 점점 눈에 들어왔다. 작가가 자기 책을 가지고 다니는 일은 별로 없을 터다. 더구나 이 책은 속표지가 뜯겨 있다.

"이 책 아무래도 사인본인 것 같아요."

아스카는 지난 수개월간 익힌 출판계 지식에 진저리가 났지만 그것을 활용하여 설명했다.

"대개 사인본에는 그 책을 구입한 독자의 이름을 넣거든요. 피살자가 책을 안고 있던 이유는 이 사인본이 범인의 이름을 알릴 수 있다고 봤기 때문이 아니었을까요?"

"그래서 자신의 이름이 적힌 페이지를 찢어버렸다는 겁니까?"

어쩔 수 없이 다시 그 작가 형사가 관여해야 한다고 생각하니 아스카는 기운이 빠져버렸다.

인터넷 검색만으로 피살자의 전날 밤 스케줄이 싱거울 정도로 간단히 밝혀졌다.

7월 1일 오후 7시부터 약 2시간, 다카모리 교헤이는 이케부쿠로의 대형 서점에서 토크쇼를 했다.

"뒤풀이가 끝난 것은 밤 11시 반 정도였을 거예요."

그 증언을 한 사람은 이벤트를 담당한 아라이라는 여성 스태프였다.

"토크쇼 자체는 9시에 끝났고 추첨으로 뽑힌 참석자 세 분과 같이 근처 중국음식점에서 회식을 했어요. 그리고 가게 밖에서 다들 헤어졌고요."

중국음식점의 위치를 듣고 아스카는 납득이 간다. 그곳에서 바로 서쪽 출구 공원까지 걸어가 화를 당했다면 사망 추정 시각이 자정부터 1시 사이라는 미쿠리야의 판단과 들어맞는다.

뒤풀이에 참석한 멤버들을 의심해야 할 것이다. 중국음식점 앞에서 헤어진 뒤 다카모리를 미행했다면 살해할 기회를 노릴 수 있었을 것이다.

"다카모리 씨는 혼자 가셨어요."

아라이에 따르면 뒤풀이에 참석한 사람은 다카모리와 출판사 직원 세 명, 아라이, 토크쇼 참석자 세 명을 포함한 여덟 명이었다. 그중 출판사 직원 세 명과 아라이는 목적지가 같은 방향에 있었기 때문에 넷이서 택시 한 대에 동승했다.

첫 번째 직원이 내린 곳은 이케부쿠로 역에서 꽤 멀리 떨어진 장소였다. 설령 이 직원이 승차 장소까지 되돌아갔다 해도 이미 다카모리는 이동 중이었기에 따라잡기 어려웠을 것이다. 증언대로라면 택시를 탄 사람들은 용의자 명단에서 제외해도 된다.

"토크쇼에 참석한 세 사람은 어떻게 헤어졌어요?"

"손님들이 어떻게 가셨는지는 모르는데……."

분명치 않은 대답에 아스카의 안테나가 반응한다.

"참석자들한테 무슨 문제라도 있었나요?"

"문제 정도가 아니라."

아라이는 질문을 기다렸다는 듯 자세를 고쳐 앉아 말문을 열었다.

"애당초 이 토크쇼는 40명 정원의 조촐한 행사로 화제의 신간에 대해 저자분과 심도 있는 대화를 나누자는 취지로 마련되었어요. 주로 열렬한 애독자로 저자분을 가까이하고 싶어 하는 사람들이 참석하는데 어제의 그 세 분은 뭐랄까, 완전히 잘못 뽑았어요. 추첨으로 세 명을 뽑았는데 정말이지, 운명의 실수였어요. 다카모리 선생님께 어찌나 죄송한지."

사태를 통감하고 자책한다는 말투에 아스카는 적잖이 동정하지 않을 수 없다.

"한 사람은 작정하고서 다카모리 선생님을 비난하러 온 것 같았고, 또 한 사람은 스토커 같았고, 나머지 한 사람은 팬이라기보다 스스로 작가로 데뷔할 계기를 만들러 온 것 같았어요."

세 사람 모두 건실한 애독자가 아니었군.

"애당초 토크쇼를 진행하는 중에도 분위기가 심상치 않았어요. 세 사람 모두 다카모리 선생님을 바라보는 눈이 평범하지 않았으니까요. 추첨할 때도 가능한 한 그 세 사람은 뽑히지 않기를 바랐는데 공교롭게 딱 그 세 사람이 뽑혀서 얼마나 놀랐는지 몰라요. 그렇다고 추첨을 다시 할 수는 없었죠."

"뒤풀이에서 분위기가 험악해졌어요?"

"완전 폭풍우 같았어요. 비난하는 사람은 신간뿐 아니라 다카모리 선생님의 모든 작품들을 가지고 계속해서 꼬투리를 잡고 늘어졌고, 스토커 같은 사람은 어떻게든 다카모리 선생님과 이메일 주소를 교환하고 싶어 했고, 작가 지망생은 출판사 직원 앞에서 지금의 공모제도가 얼마나 잘못됐는지를 일장 연설 하더군요."

그 광경을 상상만 해도 아라이가 딱하게 여겨졌다.

"처음에는 대범하게 계시던 다카모리 선생님도 점점 얼굴빛이 바뀌더니 결국 입을 다물어버리셨어요. 그러더니 이번에는 세 사람이 서로 욕설을 퍼붓기 시작하지를 않나. 아무리 알코올이 들어갔다지만 나중엔 드잡이 싸움이 되고 말았으니…… 딱 아수라장이라고 할 상황이었어요."

헤어지기 직전의 다툼. 세 사람에 대한 혐의가 더더욱 짙어진다. 사인본의 속표지가 뜯겨 있던 이유도 짐작이 간다.

"그 세 사람은 사인을 받았어요?"

"비난하던 사람 빼고는 다 사인 받았어요."

"작가가 사인할 때 사인본을 받는 독자의 이름도 적었나요?"

"네, 이런 행사에서 사인할 때엔 일반적으로 독자 이름을 적죠. 독자들 중에는 자기 이름은 필요 없다고 하는 분도 계시지만 웬만하면 저희가 부탁해서라도 이름을 남기도록 하고 있어요."

"왜 그렇게까지 해요?"

"전매 방지예요. 손님들 중에는 재빨리 사인본을 구해서 인터넷에서 되파는 사람이 있거든요. 사인본이라는 점을 걸고 정가 1천

500엔짜리 책에 3천 엔이라는 프리미엄 가격을 붙여서요. 도쿄와 달라서 지방 사는 분들은 사인본을 만날 기회가 적기 때문에 수요가 좀 있어요. 악랄한 장사죠."

요컨대 암거래 같은 거구나.

아스카는 범행 상황을 그려본다.

세 사람 중 누군가가 다카모리를 쫓아 공원까지 간다. 두 사람은 돌계단 위에서 몸싸움을 벌이게 되고 다카모리는 상대방이 갖고 있던 사인본을 움켜쥔 동시에 돌계단에서 떠밀려 추락한다.

범인은 책에 자신의 이름이 적힌 것을 생각해내고 사인된 페이지를 찢어 도망친다…….

"그 세 사람의 이름과 연락처를 알 수 있을까요?"

"전화로 예약한 분이라면 고객센터에 기록이 남아 있을 거예요. 잠시만 기다려주세요."

아라이는 자리에서 일어나 고객센터로 뛰어갔다.

다행히 세 사람의 정보가 참가권 번호와 함께 기록에 남았기에 바로 조회할 수 있었다. 세 사람의 이름은 구와에 도모미, 마키시마 히나코, 그리고 가노 이쿠. 이제 이 세 사람을 찾아가서 조사하면 된다.

그러나 그에 앞서 아스카에게는 하기 싫은 일이 남아 있다.

부검을 마친 다카모리의 시신을 인수받기 위해 배우자 미즈나가 경찰서를 찾아왔다. 이누카이는 아직도 다른 사건으로 정신이 없어 미즈나를 상대하는 것은 아스카의 일이 된다.

"얼굴이 어쩌면 이렇게 심하게……."

남편의 주검을 마주한 미즈나가 처음 내뱉은 말이었다. 집도를 담당한 부검의가 뒤처리에 꼼꼼하지 않아, 메스를 댄 부분은 둘째 치고 얼굴에 남은 상처도 복구되어 있지 않았다.

"사고였어요? 아니면 살해된 거예요?"

"아직 초동수사 단계라 뭐라 말씀드리기 어렵지만 현장에 다른 사람의 흔적이 있었어요."

미즈나는 젖혔던 시트를 다시 다카모리의 얼굴 위에 덮는다. 절제된 몸짓과 말투로도 남편을 잃은 슬픔을 감추진 못하는 듯했다.

"어젯밤엔 토크쇼가 있어서 늦겠지만 꼭 돌아온다고 했어요. 그런데 아침이 되어도 안 돌아오고, 경찰에서 연락이 와서……."

"얼마나 놀라셨겠어요. 자제분은 있으세요?"

"아뇨, 결혼한 지 10년이 되지만 아이는 없어요. 남편과 사이가 좋았기 때문에 아이가 없어도 별로 쓸쓸하지는 않았어요."

"최근 남편분 주변에서 무슨 문제는 없었나요? 예를 들면 남편을 욕하고 헐뜯는 전화가 걸려왔다거나 스토커 같은 사람한테 뭔가 침해를 당했다거나."

그 세 여자가 전에도 다카모리 주변을 맴돌지 않았을까? 만일 그랬다면 혐의는 더 분명해지고 다른 건으로도 사정청취를 고려할 수 있다.

하지만 미즈나의 대답은 기대에서 벗어나는 것이었다.

"글쎄요, 특별히 그런 일은 없었던 것 같은데요. 인기로 먹고사는 직업이지만 집이나 작업실 주소는 공개하지 않았고, 독자들의 편지나 선물도 일단 출판사를 통했기 때문에."

"그랬군요."

"단지 열성팬이 있었다는 것은 출판사에서 들어 알고 있었어요. 인기가 없으면 쓸쓸하지만 너무 많아도 곤란하다고 남편도 자주 말했어요. 예전에 남편이 트위터를 개설했던 적이 있는데 팬들의 격려도 많았지만 반감을 가진 악성 댓글들도 끊이지 않아서 일찌감치 폐쇄했어요."

저명인이 SNS를 개설하면 흔히 있는 일이다. 그 작가 형사의 진단에 따르면, 무료 콘텐츠가 넘쳐흐르는 인터넷에 오늘날 많은 소외계층이 매달리고 있다. 그런 사람들이 내뱉는 메시지는 당연히 무엇에든 부정적인 경향을 띠는데 성공한 자에게 욕설을 퍼붓고 실패한 자를 비웃는 목소리가 많은 것도 그 때문이라는 것이다. 그러나 아스카는 부스지마의 진단이므로 비아냥거림이 다분하다는 사실을 감안해야 한다고 생각한다.

미즈나의 증언대로라면 문제가 된 세 여성은 사건 이전에 다카모리와 접촉이 없었다. 그렇다면 역시 토크쇼 후의 뒤풀이가 계기가 된 것인가?

마침내 이누카이가 수사에 합류하자 아스카는 대략적으로 중간보고를 했다. 토크쇼부터 뒤풀이까지 세 사람의 이야기를 들으면서 이누카이의 얼굴이 점점 어두워진다.

"뭐야, 하필이면 이상한 팬들만 추첨에 당첨됐다는 거군."

"네, 서점 직원이 한탄할 만하죠."

"서점 직원이 아니라도 한탄하고 싶어지겠어."

벌써부터 이누카이는 못마땅하다는 듯 눈살을 잔뜩 찌푸리고 있다.

"안티팬에 망상녀에 작가 지망생. 완전 삼파전이네. 어떻게 이토록 골고루 잘도 모였는지."

배배 꼬인 말투에서 이누카이의 심한 피로감이 느껴진다.

"이누카이 선배, 괜찮으신 거예요?"

"무기력해질 생각은 없어. 그래도 그렇지, 문단만 엮이면 왜 이렇게 넌더리나는 인간들만 무대에 등장하는지."

그 질문과 분개에는 아스카도 동감이었다.

"유류품은 본인이 소중하게 안고 있던 책뿐이고?"

"네, 책에는 다카모리 씨 지문만 검출되어서 아마 범인이 장갑을 끼고 있지 않았을까 싶어요. 주변에 정체불명의 모발은 많이 떨어져 있었지만 모근까지 있는 경우는 없어서 특정하기 어렵대요."

아무튼 두 사람은 첫 용의자인 구와에 도모미의 자택을 방문하여 심문을 시작한다.

도모미의 집은 오타 구의 오래된 아파트였다. 토요일이라 파견 근무를 쉬는 날이었다.

방 안에 들어가자마자 깜짝 놀랐다. 싸구려 인테리어와 자질구레한 물건들로 넘쳐나는 선반 어디에도 책이 보이지 않는다. 탁자 위에 여섯 권의 단행본이 쌓여 있지만 책등에는 모두 도서관의 분류 스티커가 붙어 있다.

"책은 자리를 차지하니까요."

도모미가 당당한 목소리로 말했다.

"하긴 지금은 전자책으로도 신간이 많이 나오죠?"

아스카가 부드러운 목소리로 대꾸하자 도모미가 동정하는 눈빛을 보내왔다.

"책 사는 데 돈을 들이는 것은 쓸데없는 짓이에요. 도서관에 가면 책이 넘쳐나는걸요. 요청만 하면 얼마든지 신간을 구입해줘요. 음악이나 영화도 인터넷에서는 다 공짜예요. 공짜로 보고 들을 수 있는 것에 일부러 돈을 지불하는 건 멍청한 짓이죠."

"에…… 하지만 다카모리 교헤이의 토크쇼에는 돈을 내고 참석하셨잖아요."

"딱히 팬이라고 할 순 없지만 다카모리 교헤이를 만나려고 한 이유는 그 사람 작품이 얼마나 치졸하고 얼마나 상업주의에 빠져 있는지 알게 해주고 싶었기 때문이에요."

뒤쪽을 힐끗 돌아보니 이누카이가 이미 무뚝뚝해진 얼굴로 두 사람의 대화를 지켜보고 있다. 아스카에게 질문을 계속하라고 암시하는 것임에 틀림없다.

"토크쇼에서는 그 퇴물 작가가 자기 좋을 대로 떠들기만 하더라고요. 천만다행으로 제가 뒤풀이에 참가할 수 있게 되어서 그 자리에서 당신 작품이 문학사의 긴 흐름 속에서는 단지 쓰레기에 불과하다고 차분히 지적해줬어요. 그 바람에 동석했던, 다카모리의 열성팬이라는 멍청한 여자와 좀 실랑이가 있었죠. 하긴 다카모리의 소설을 좋아한다는 것만으로도 이미 멍청하다는 건 두말할 나위 없지만. 아아, 유별나게 작가 편을 드는 여자도 하나 있었는데 역시 말이 많더군요."

"뒤풀이가 끝난 시간이 11시 반쯤이었죠? 그 뒤에 도모미 씨는 뭐 하셨어요?"

"좀 짜증이 나서 이케부쿠로 역 주변을 어슬렁거리다 자정 넘어서 전철 타고 집에 갔어요. 저기, 알리바이 확인하시는 거예요?"

"뭐, 관계자분들 모두에게 하는 형식적인 질문이에요."

"분명하게 말해두는데 저는 소설가 같은 수준 낮은 인종을 죽여서 체포되는 그런 허망한 짓 안 합니다."

과연 그냥 넘어갈 수 없는 부분이 있었다.

"소설가가 수준 낮은 사람이에요?"

"쓸데없는 것을 쓰고 있잖아요. 물론 노벨상을 받은 작품이라면 다르겠지만, 대부분의 소설들은 무료한 시간을 때우는 오락거리잖아요. 개그 프로처럼 말이에요."

그 말은 소설가와 개그맨 양쪽을 모욕하는 언사로 들렸지만 도모미는 여전히 태연한 채 거리낌이 없다.

"어차피 오락이니까 돈을 지불하는 사람이 바보라는 거죠."

두 번째로 찾아간 마키시마 히나코는 이케부쿠로 3가에 있는 아파트에 살았다. 이곳에서 서쪽 출구 공원까지는 걸어갈 수 있는 거리이기 때문에 범행 뒤에도 대중교통을 이용하지 않고 집에 돌아갈 수 있다.

오후 6시 반, 히나코가 집에 들어가려는 것을 보고 말을 건넨다. 히나코는 놀란 표정이었지만 아스카와 이누카이가 신분을 밝히자 납득한 모양이다.

"다카모리 선생님 사건을 조사 중이신 거죠? 수고가 많으세요."

마치 가족 같은 말투에 오히려 위화감이 느껴지지만 일단 히나코가 권하는 대로 집으로 들어간다.

이 집은 도모미와 대조적으로 인테리어는 최소한으로 제한된 데 반해 책장이 충실했다. 벽 두 면을 차지하는 책장은 책으로 꽉 채워져 있고 다카모리 교헤이의 책들이 특히 눈에 띄었다. 자세히 보니 사륙판 단행본과 동일한 제목의 문고본까지 갖춰져 있어, 선반 하나를 대부분 점거하고 있다.

최신간인 『그 등에 굿바이』를 찾아보니 선반의 우측 끝에 꽂혀 있었다. 책을 펼치자 히나코의 이름과 다카모리의 사인, 그리고 '7월 1일'이라는 날짜가 적혀 있다.

"다카모리 선생님의 작품은 물론 잡지에 실린 인터뷰나 칼럼도 전부 모으고 있어요."

히나코의 말대로 책장의 맨 아래 칸에 잡지와 소책자들이 꽂혀 있다. 귀감이 될 만한 팬이라고 해야 할까?

"토크쇼 뒤풀이에 참가하셨죠?"

"네, 동경하는 선생님과 한 테이블에 앉다니 꿈만 같았어요. 그런 방해꾼만 없었으면 인생에서 최고로 행복한 날이었을 텐데."

"다른 참가자 말인가요?"

"걸핏하면 다카모리 선생님을 악의적으로 왜곡해서 따지는 여자가 있었거든요. 말은 천박하고 단어는 빈약해가지고 어떻게 저런 여자가 다카모리 선생님의 토크쇼에 참석했는지. 서점 측에서 그런 참가자는 미리 걸러냈으면 좋았을 텐데. 나머지 한 사람도 영 변변찮은 여자였어요. 제가 잠깐만 시선을 떼면 바로 다카모리 선생님 옆으로 가려고 하더라고요. 출판사 사람이 열심히 막는데도 갑자기 '제 작품을 읽어주세요' 하면서 때 묻은 원고 다발을 테이블 위에 꺼내놓지를 않나, 다카모리 선생님을 자기 발판으로 착각하는 게 역력해서 정말 불쾌했어요."

차분한 말투 아래 예사롭지 않은 적의가 감돈다. 같은 여성으로서 아스카는 도모미보다 오히려 히나코에게서 위협을 느낀다.

"듣자 하니 세 사람 사이에서 작은 충돌이 있었다고 하던데요."

"충돌이라고 해야 할지, 저는 그냥 두 사람이 맞붙어 싸우는 걸 멈추게 하려던 것뿐인데…… 다카모리 선생님 앞에서 그런 추태를 보일 순 없으니까요."

마치 다카모리의 오랜 반려자에게서나 들을 법한 말투에 아스카는 다시 한 번 등줄기가 오싹해진다.

"뒤풀이가 끝난 뒤에 히나코 씨는 어떻게 하셨어요?"

"뒤풀이의 추태를 사과드리려고 다카모리 선생님 뒤를 쫓았는데 역 앞에 사람들이 워낙 붐벼서 그만 놓치고 말았어요, 아아."

히나코는 갑자기 얼굴을 두 손으로 감싼다.

"그때 제가 같이 동행했다면 선생님이 돌아가시는 일은 절대 없었을 텐데…… 너무너무 후회가 돼요."

"동행했더라면 어쩔 셈이었던 겁니까?"

갑자기 등 뒤에서 이누카이가 질문을 던졌다. 히나코는 순간 이누카이를 노려본 듯했지만 대답은 하지 않았다.

이 남자는 왜 여자의 마음을 헤아리지 못할까? 아스카는 헛기침으로 분위기를 얼버무리면서 청취를 계속한다.

"집에 도착한 건 몇 시쯤이죠?"

"다카모리 선생님을 찾아다니느라 시간이 걸려 결국 1시 넘어서 돌아왔어요."

"그 시간, 어디에 있었는지 증명해줄 수 있는 사람이 있나요?"

히나코는 힘없이 고개를 저을 뿐이었다.

마지막 용의자 가노 이쿠는 기타이케부쿠로의 산뜻한 맨션에 살고 있었다. 저녁 9시를 조금 넘어 찾아갔더니 마침 집에 있었다.

다카모리 씨 수사를 위해 방문했다고 밝히자 선선히 집으로 들여졌다. 작업 중이었는지, 거실에서 컴퓨터가 푸르스름한 빛을 발하고 있었다.

"마침 글을 쓰고 있었어요."

"글, 혹시 소설을요?"

"네, 다카모리 선생님이 그렇게 되신 것은 슬픈 일이지만, 그건 문단이 다카모리 선생님을 대신할 재능을 필요로 한다는 거잖아요. 그렇다면 제가 안 쓰고 누가 쓰겠어요?"

뒤를 흘깃 돌아보자, 이누카이가 이미 기가 막힌다는 듯 고개를 가로젓고 있었다.

"다카모리 교헤이 씨의 팬이시죠?"

"팬이라기보다 문학적 동지랄까요. 그래서 뒤풀이에서 문학에 대해 격론을 주고받을 수 있어 아주 의미 있는 시간이었어요."

다카모리가 성가셔했을 모습이 눈앞에 보이는 듯했다.

"그래도 최신간 사인본은 가지고 계시죠? 보여줄 수 있으세요?"

이쿠가 자리에서 일어나 바로 책을 가지고 돌아왔다. 속표지를 펼치자 역시 이름과 사인, 그리고 '7월 1일'이라는 날짜가 눈에 들어온다.

"뒤풀이 자리에서 뭔가 문제가 있었다는 것 같던데요?"

"아아, 그건 문제라고 할 만큼 큰일은 아니었어요. 단지 창작자들 간의 차이점이 드러나니 일반인들이 히스테리를 일으킨 셈이었죠."

"뭔가를 만든다는 것이 그렇게 위대한 일일까 싶네요."

또다시 등 뒤에서 이누카이가 비아냥거리는 소리가 날아온다. 순간 이쿠의 눈썹이 움찔했기에 아스카는 허둥지둥 다음 질문을 던진다.

"뒤풀이가 끝난 뒤 가노 씨는 어떻게 하셨어요?"

"다카모리 씨와 더 이야기 좀 하고 싶어서 뒤쫓았는데 놓쳐버렸어요."

"집에는 몇 시쯤?"

"역 앞에서 택시 잡아타고 집으로 돌아온 건 자정을 꽤 넘어서였어요."

"이용한 택시 회사나 운전사 이름을 기억하세요?"

그러자 이쿠는 태평스럽게 도리질했다.

이쿠의 집에서 나와 자동차에 올라타자 이누카이가 아스카를 쳐다보지도 않고 말했다.

"아스카, 나는 수상한 사람이 있나 찾아볼게."

"엣?"

"현장이 된 서쪽 출구 공원에 가끔 수상한 사람이 있다는 신고가 들어와. 다카모리 교헤이가 그런 수상한 사람에게 습격당했을 가능성도 없지는 않고, 사고 가능성도 버릴 수 없어. 내가 책임지고 이쪽을 조사할 테니 너는 그 작가 선생을 끌어내봐."

3

마감 직전에 방문해서 기다리며 방해자 취급을 받는 건 스스로도 불쾌한 일이기에 미리 전화로 확인하니, 지금은 가구라자카에 와 있다는 대답이 돌아왔다.

"취재하시는 거예요?"

"아니아니아니아니, 연재 종료 뒤풀이인데 아스카 씨가 와도 상관없어. 응응응, 전혀 상관없어."

부스지마가 평소처럼 경박한 말투로 권하자 아스카는 뒤풀이가 열리는 일식집에 가기로 했다.

와세다 길을 올라가 사람 한 명이 겨우 지나갈 정도의 좁은 골목으로 들어가자 목적지를 표시하는 간판이 보였다. 종업원에게 부스지마의 이름을 대자 바로 안쪽 방으로 안내되었다.

"그래요, 그래그래, 어서 와요, 어서 와."

혀가 꼬부라져 붉어진 얼굴로 말을 건넨 사람은 겐토샤의 신보였다. 부스지마로 말하자면 그 맞은편에 앉아 신보의 추태를 히죽거리며 바라보고 있다.

"미안, 신보 씨가 벌써 취해서."

"에헷, 제가요? 취했다고요? 무슨 그런 말도 안 되는 소리를. 저는 말이죠, 담당 작가 앞에서 취하는 일은 결단코 없어요."

이런 상황에서는 제대로 된 대화가 불가능하다고 판단한 아스카는 부스지마 쪽으로 돌아앉는다.

"실은 또 작가가 엮인 사건이 발생해서요."

"다카모리 씨? 알아. 인기 작가라서 다음 날 출판사들이 거의 다 난리였으니까. 용의자는 나왔고?"

"나오기는 나왔는데……."

아스카가 조심스럽게 신보의 눈치를 살피자, 정작 본인은 야단스럽게 손을 휘저으며 말한다.

"앗, 저는 신경 쓰지 말고 수사 이야기 하십시오. 으음, 이제 저희 일은 다 끝났으니까, 맘껏요."

"아스카 씨, 신보 씨 상태가 저러니까 고유명사만 발설하지 않으면 괜찮아."

부스지마는 괘념치 말라며 손을 내젓는다. 아스카는 한숨이 나오려 했으나 신보가 자리를 뜰 때까지 기다리기엔 시간이 너무 아깝다.

주저하는 아스카에게 부스지마가 먼저 입을 열었다.

"나도 대부분은 파악하고 있어. 이누 짱이 조사한 다카모리 씨의 담당 편집자가 내 담당 편집자이기도 했고. 다행히 여기가 개인실이라 목소리만 안 크면 옆에는 안 들려. 가라쿠치 오토메 씨와 스토커와 문학적 동지, 맞지?"

"아앗, 그 도서관 야쿠자라는 바보 말입니까?"

별안간 신보가 끼어들었다. 더구나 옆방에 들릴까 우려될 정도로 목소리가 크다.

"신보 씨, 아세요?"

"좀 유명한 사람이죠."

빈정대는 말투에서 바람직하지 않은 일로 유명하다는 것을 알 수 있겠다.

"닉네임은 가라쿠치 오토메라고 하는데, 저희 편집자 사이에서는 도서관 야쿠자로 통해요. 성격 더러운 여자인데요, 여기저기 서평 사이트에 투고하는 건 그렇다 치고 모든 책을 전부 도서관을 통해 조달해요. 공짜로 읽으면서 뭔 트집인지."

술이 들어간 탓인지 신보의 말투는 평소보다 더 흥분해 있다.

"예를 들면 말이죠, 백화점 지하 시식 코너에서 배부르게 먹어 놓고 휴대용 확성기에 대고 '이 가게는 맛없다'고 주변에 큰소리로 떠드는 것과 마찬가지라고요. 양아치가 음식점에서 시비 거는 것과 같은 거죠. 그런 인간이, 자기는 세금을 내고 있다, 도서관에서 책을 빌리는 게 뭐가 문제냐 하고 뻔뻔하게 나오는데, 그렇다면 대체 너는 세금을 얼마나 내느냐, 이용 횟수가 납세액에 부합되느냐 묻고 싶네요. 세금은 똑같이 내면서 다른 사람들은 도서관을 거의 이용하지 않는데 그런 불공정함에는 눈감아야 합니까? 아니, 아니, 도서관을 이용하는 게 꼭 나쁘다는 게 아니라, 공짜로 보고 들은 것들을 악평하고 인터넷으로 퍼뜨려 흐뭇해하고 자기과시 욕구를 만족시키는 게 비열하다는 겁니다."

"하지만 인터넷이라는 공간은 누구나 자유롭게 정보를 발신하는 곳이잖아요."

"어라? 아스카 씨는 도서관 야쿠자를 변호하는 겁니까?"

이 남자는 술 마시면 시비 거는 스타일인가?

"그런 뜻은……."

"배, 백 보 양보해서 도서관 책으로 악평을 퍼뜨리는 것도 좋다고 쳐요. 그런데, 그런데 말이죠, 이런 비열한 사람은 미스터리가 아닌 일반 문학에까지 스포를 써요. 트릭, 범인, 결말까지 거리낌 없이 써대요. 여기부터 스포일러이니 주의하라고 써놓는 경우도 있지만 소용없는 거죠, 아스카 씨. 미스터리의 스포일러 남발로 이혼한 부부도 있대요. 절대로 해서는 안 될 최소한의 규칙, 기본 매너라고요. 스포일러 없이는 감상문도 못 쓰다니, 너, 너…… 네가 초딩이냐? 그런 인간은 절대 투고하지 말란 말이야! 대, 대…… 대체 미스터리 한 권을 시장에 내놓는 작가와 출판사의 노고를 뭐로 보냐고?"

부스지마가 슬금슬금 얼굴을 들이댔다.

"격해졌지, 신보 씨?"

"네, 네에, 작가의 입장에서 부스지마 선배님도 같은 의견이세요?"

"나를 포함해서 작가들은 서평 사이트 같은 것 거의 안 봐. 하지만 출판에 종사하는 편집자 중에는 신보 씨처럼 신경 쓰는 사람들도 있어. 그야 미스터리의 트릭을 밝히는 건 완전 영업방해지."

"그거, 바로 그거예요, 부스지마 선생님. 영업방해. 그, 그, 그런 인간이 미스터리를 읽는다니, 까불지 말라고 그래! 그건, 읽지 않은 사람한테 자기가 이미 해답을 알고 있다고 퍼뜨리지 않으면 만족하지 못하는 정신적으로 뒤……."

마지막 말은 혀가 꼬여 잘 알아듣지 못했지만 분명히 심한 욕설이었을 것이다.

"하지만 감상을 올리는 사람들이 모두 그런 사람은 아니잖아요?"

"아니, 아니…… 그런 인터넷 서평가 비슷한 인간은 반드시라고 해도 될 정도로 '좋아요!'를 눌러주길 원하거나 '공감'해달라며 블로그 순위를 노린다고요. 자기과시욕의 화신처럼 남들보다 좀이라도 두드러지고 싶다, 각광을 받고 싶다, 하고 바라죠."

"하지만 인터넷 평판으로 책을 구입할지 말지 정하는 사람도 있으니까 한마디로 나쁘다고 보기에는……."

"아스카 씨, 아스카, 씨…… 책이든 영화든 음악이든 각자 취향이나 평가 기준은 다르잖아요. 생활필수품을 품평하는 차원이 아니라 취미, 기호 차원의 문제라고요. 그런데 남의 감상만 곧이곧대로 받아들여 자신의 행동을 결정하는 건 어리석죠, 안 그래요? 다른 사람의 평가가 뭔데 그러냐고, 너는 좋다 나쁘다도 혼자 못 정하냐?"

주정뱅이의 의견이라도 일리는 있었다.

"두 번째로 스토커라는 사람 말인데요."

"앗, 그 사람도 저 알아요, 알아. 이 바닥 사람들이라면 모두 알아요. 35세, 독신, 긴 머리에 눈을 치뜬 게 공포영화 주인공처럼 생긴 여자잖아요."

뭐야, 인상과 모습까지 알려져 있다니.

"다카모리 선생님의 신간이 나올 때마다 출판사를 찾아오기로 유명하죠. 뭐든 할 테니까 다카모리 씨의 연락처를 가르쳐달라고. 처음에는 과한 열성팬이라고 생각했는데 아무래도 언동이 수상하잖아요. 혹시나 싶어 팬레터를 열어봤더니 혼인신고서가 들어 있었다나."

"그건…… 가정이 있는 다카모리 씨한테 그야말로 민폐네요."

"민폐 정도가 아니라 완전 스토커죠. 다카모리 선생님뿐 아니라 저명하고 나름 괜찮은 남성 작가들한테는 그런 병적이라고 할지, 분명 병에 걸린 독자가 여럿 있는 법이거든요. 어디서 어떻게 정보를 얻는지 집을 찾아내서 인터폰을 울리는 건 그나마 나은 편이고 심한 경우 '여긴 내 집이야'라면서 마당으로 무단침입해요. 그래서요, 요즘은 작가들도 일과 관계되지 않은 사람한테는 명함을 쉽게 안 내놓게 됐어요. 집이나 작업실 주소를 공개하지 않는 것도 그래서고요. 그 스토커, 히나코라는 여자죠?"

역시 수사 정보와 관련되었기 때문에 아스카는 답하지 않는다. 하지만 게슴츠레하니 눈이 충혈된 신보는 그 침묵을 긍정의 표시로 받아들인 듯했다.

"저희한테도 왔었어요…… 그 히나코 씨."

겐토샤에도요? 무심결에 소리 지르고서 아스카는 자신의 입을 틀어막았다.

방금 일어난 대화 방식은 유도심문의 초보 기술이다.

그것에 보기 좋게 말려들었으니 자신은 초보에도 못 미친다는 말인가? 아스카의 자기비관을 확인해주듯, 옆에서 관찰하던 부스지마가 소리 죽여 웃고 있다.

한편 신보는 아스카의 동요는 알아채지 못한 표정으로 말을 계속한다.

"작년에요, 저희가 다카모리 선생님 신간을 냈거든요. 그때 말이죠, 저희 회사 건물 1층에 다카모리 선생님 안사람이라며 누가 찾아온 거예요. 담당자도 작가의 사모님을 볼 기회는 좀처럼 없으니 그냥 그 말만 믿고 들여보냈는데, 막상 만나봤더니 수상쩍은 냄새가 풀풀. 한두 마디 나누기만 했는데 아아, 이 여자는 위험하다고……."

"그렇게 많이 이상했어요?"

아스카는 심문 당시의 히나코를 떠올려본다. 자기 생각이 당당한 경향은 있었지만 스토커 행위를 할 정도로 비정상적으로 보이지는 않았다.

"그, 그, 그야 아스카 씨, 당신들이 형사로 대면하고 있으니까 그렇죠. 스토커는 완전한 미치광이가 아니라 자신이 하는 짓이 범죄 행위라는 사실을 어느 정도 인식하고 있다고요. 경찰들 앞에서 망상을 활짝 펴 보여줄 리가 없죠."

"신보 씨한테는 활짝 펴 보여줬어요?"

"정말이지, 망상 풀가동이에요. 다카모리가 이상한 여자한테 속아 그 집에 연금되어 있다, 그러다 5분 뒤에는 사실 애인이 아니라 전처다, 식으로 앞뒤가 전혀 안 맞아요. 오로지 전화번호 알려달라, 주소 알려달라며 말을 쏟아내는데, 결국 경비원을 불러야 했어요. 그랬더니 끌려 나가면서 목청이 찢어져라 도저히 못 들어줄 말들이나 내뱉고. 예를 들면."

신보가 몇 가지를 나열하자 정말 도저히 못 들어줄 말들이었다. 부스지마는 아까부터 우후후 우후후 하고 웃기만 할 뿐이다.

"그리고 세 번째 문학적 동지라는 사람은……."

"아아, 그 사람도 알아요. 몇 년 전인가 일반 문학계 신인상으로 최종심사까지 오른 가노라는 여자잖아요."

아스카는 또 다른 의미에서 다시 한숨이 나오려 한다. 용의자 리스트에 오를 정도이니 세 사람 모두 수상한 점이 있다는 건 알아챘지만, 설마 세 사람 모두 이미 한참 전부터 안 좋은 명성을 얻고 있었을 줄이야. 더구나 작가뿐 아니라 편집자들한테까지 알려져 있다니, 정말 지나치게 좁은 업계 아닌가.

"이것도 말이지, 있다면 있을 수 있는 이야기인데 그동안 소설을 한 편도 안 써본 사람이 첫 투고에서 최종심사까지 술술 올라가는 일이 있어요. 1차 심사부터 2차, 3차로 몇 차례의 관문을 정말 잘 빠져나가는 일이 아주 가……끔 있거든요. 다 운이죠, 운. 하지만 최종심사에서는 결점도 예리하게 지적되니 역시나 허무하게 낙선. 전형적인 초심자의 행운인 건데 초심자라서 그게 행운이란 걸 스스로 몰라. 다음에는, 다음에는, 하는 생각으로 쓰지만 막상 다음에는 최종은커녕 1차도 통과를 못 해. 원래 그 시점에서 자신에게 뭐가 부족한지 깨닫고 학습해야 하는데 그저 기세만 가지고 몰아대니까 그것도 몰라. 그러다 남이 쓴 것을 분석하고 소설 쓰기 강좌를 다니면서 프로 작가한테 직접 이야기 듣다 보면, 자신이 평범한 작가 지망생에 불과하다는 걸 잊은 채 출판계의 일익을 담당하는 사람이니 뭐니 하며 이상한 착각에 빠져버리고. 그래서 그 이상한 착각에 빠진 사람이 다음에 빠져드는 것이 흔히들 말하는 음모론이라는 거죠."

"그건 강박관념 같은 거예요?"

"그렇게 대단한 게 아니에요……. 현실과 망상을 구별 못 하는 것뿐이랍니다."

아니, 그건 대단한 것이다.

"자신에게 재능이 없다는 사실을 인정하고 싶지 않은 나머지, 망상 속에서 살아가는 거죠. 그 가노라는 여자가 어째서 유명하냐면, 강사 선생과 한잔하러 가서 일체감을 강하게 느끼는 것까진 괜찮은데, 강사 선생 연줄로 문학상 파티에 숨어들거나 신인 작가의 데뷔작을 심사위원의 시선에서 분석하며 흐뭇해하기도 하고."

아스카는 그 정도라면 깜찍하게 봐줄 수 있다고 생각한다. 진짜에 손이 닿지 않으니 흉내를 내면서 자신을 위로할 수 있다면 범죄 유사 행위를 저지르기보다 훨씬 낫지 않은가.

하지만 가노 이쿠에 대한 인상은 이어지는 신보의 말로 크게 흔들렸다.

"그러다가 약속도 없이 편집부를 찾아오고, 자기 원고를 읽어달라고 무조건 놓고 가고, 이틀이 멀다 하고 전화로 작품 감상을 물어보는 거예요. 자기가 프로에 한없이 가깝다고 믿는 건지, 믿고 싶어 하는 건지. 그래서 저희가 주최하는 신인상에 응모하라고 반송하면 출전권이 있냐면서 영문을 알 수 없는 소리를 하며 확인을 해오지 않나. 적당히 응대하며 내버려두면 결국 자신이 데뷔하지 못하는 것은 그 재능을 두려워하고 질투하는 누군가의 음모라면서 자기 작품의 진가를 이해할 사람은 다카모리 선생님밖에 없으니까 직접 원고를 전해주고 싶다고……."

들으면서 점점 기분이 안 좋아졌다. 그렇다면 가노 이쿠도 마키시마 히나코와 마찬가지로 분명히 정신에 문제가 있다는 것 아닌가.

"하긴 뭐, 솔직히 정신에 문제가 있다고 한다면 가라쿠치 오토메도 동류로 봐야죠. 아무리 인터넷이 콤플렉스의 배출구라고 해도, 더구나 익명이라는 절대적 안전지대라 해도 말이죠. 끊임없이 악의나 허영심을 흘려보내고 있으면 종국엔 자기 자신이 악의에 먹혀들고 만다고요. 아무리 앞에서 보기에 좋아도 뒤로 돌아가면 남의 악담만 하는 인간과 친구 하고 싶어요?"

그 뒤에도 신보는 별로 칭찬할 수 없는 세 용의자의 행실을 세세히 늘어놓다가 마침내 혀가 안 움직이게 되었고 마지막에는 기분 좋게 코를 골기 시작했다. 일방적으로 듣기만 한 아스카는 술을 마시지도 않았는데 고약하게 취한 기분에 휩싸여버렸다.

"저, 신보 씨가 이렇게 신랄한 사람인지 몰랐어요. 혹시 술버릇이에요?"

"술버릇일 수도 있지만, 신보 씨 자신이 다양한 팬들한테 피해를 입어 과민 반응하는 경향이 있긴 하지."

부스지마는 다다미 위에서 잠든 신보를 내려다보며 말한다. 그 말투에서 전혀 안쓰러워함을 느낄 수 없다는 점이 역시 부스지마답다.

"이 사람이 전에 담당 작가의 부탁으로 마지못해 그 작가가 주재하는 소설 쓰기 강좌에 초빙되어 특별 강의를 한 적이 있거든. 그때 수강생들 작품을 강평했는데 신보 씨가 워낙에 성실하니 하나하나 결점들을 놓치지 않고 지적한 거야. 결국에는 한 수강생이 원한을 품고 인터넷에서 개인적으로 공격해대고 회사에 무언의 전화를 걸어오고 해서, 꽤나 호되게 당했다 하더라고."

부스지마는 조심성 없는 킥킥 소리를 내며 웃는다.

"베테랑이나 나이 든 대가 선배들한테 들어보면 팬들의 형태도 옛날과 많이 달라졌다는데, 역시 인터넷 보급이 주요 요인 중 하나가 된 건 틀림없을 거야. 작가와 독자들 간의 거리가 너무 좁아졌다는 소리가 있어."

"그건 좋은 일 아니에요?"

"물론 독자들 반응을 직접 확인할 수 있게 되었고 출판사 사람들도 인터넷 시대에 걸맞은 판매 전략을 생각할 토대는 되었겠지. 작가들도 자기 작품을 홍보하는 데 활용하고 있으니까. 그러나 단지 거리가 좁혀졌다고 해서 서로에 대한 이해가 깊어졌냐 하면 반드시 그렇지는 않아. 언젠가 내가, 무료 콘텐츠가 범람하는 인터넷에는 악의가 모여들기 쉽다고 얘기한 것 기억나? 내가 처음 한 말이 아니고, 한 소프트프로그램 업체의 대표가 한 말이야. 평소에 노력한 만큼 결과를 얻지 못하는 사람이라도 인터넷이라는 공간 안에서는 익명으로 무슨 말을 하든 어떤 유명인사와도 대등한 입장으로 설 수 있기 때문에 나쁜 마음을 갖고 다가가기도 해. 악의만 직접 전달될 가능성이 있다는 의미에서 팬들의 형태가 변모했다는 건 좋지 않아."

"그러고 보면 부스지마 선배님은 블로그나 SNS도 안 하시죠? 인터넷을 부정적으로 보는 입장이세요?"

"부정이냐, 긍정이냐가 아니야. 모름지기 바닥을 알 수 없는 세계라면 철저하게 권위자가 되거나 완전히 무시하는 수밖에 없어. 어중간하게 했다간 큰코다치게 마련이지. 부주의한 발언으로 비난받는 작가들이 지금도 꽤 많아. 용의자로 지목된 도서관 야쿠자, 스토커 여성, 사이비 문학 동지도 인터넷에서 자신의 악의를 배양했다고 가정하면 납득이 되지 않아? 우훗."

지금이 웃을 타이밍이냐고 한소리 하고 싶은 것을 참는다.

"자, 그럼 신보 씨가 잠들었으니 다시 수사 진척 상황을 얘기해봐."

아스카는 신보가 정말로 잠들었는지 확인해본 뒤 수사에서 밝혀진 모든 내용을 보고한다. 부스지마가 귀담아 듣지 않는 것처럼 가끔 쿡쿡거리면서 고개를 끄덕이는 모습이, 설명하는 아스카에게 짜증을 불러일으킨다.

"한 가지 질문. 현장 주변에 종잇조각이 떨어져 있지 않았어?"

"종잇조각이라고요?"

"응, 크기는 딱 사륙판 크기 정도."

아스카는 기억을 더듬어봤지만 감식반원에게서 그런 보고는 받지 못했다.

"당일 그 시간에 바람이 불고 있었나?"

"아뇨…… 확인해보겠지만, 바람은 거의 없던 것 같은데."

"문단 관계자는 만나봤고? 동료 작가나 신보 씨 말고 다른 담당 편집자들."

"아직 안 마친 것 같은데. 이누카이 선배는 공원을 서성거리는 수상한 사람들을 찾아보겠다고 했거든요."

"수상한 사람이라. 다카모리 씨의 소지품 중에 도둑맞은 물건은 없었잖아. 뭔가 없어졌다면 그 가능성도 있겠지만 그건 아니니까."

"문단 관계자한테 물어보면 뭔가 새로운 사실이 나올까요?"

"별로 새롭지는 않지만 뭔가 나올 수 있지. 다카모리 선생님은 업계에서 유명했거든, 이쪽으로."

부스지마가 동시에 오른손 새끼손가락을 세웠다.

"여자관계요?"

"작가 중에는 꽃미남으로 통했으니까. 꽃미남으로 인기 작가라는 직함이 있으면 여자들의 관심을 끌기에 충분하지."

최근에 작가라는 인종을 색안경을 끼고 보게 된 아스카는 순순히 고개를 끄덕일 수 없다.

"아까 했던 인터넷 이야기로 돌아가면, 만일 착각이더라도 작가와의 거리가 좁혀졌다고 느낀 시점에서 물고기들이 모여들어. 다카모리 선생님한테는 물고기가 '나 잡아줍쇼' 하고 줄을 선 상태. 실제로 팬과 관계를 가졌다는 소문이 있었거든. 그래서 마키시마 히나코 건을 일방적인 스토커 피해라고 비웃을 수 없는 것도 사실이고. 이런 얘기는 고참 편집자를 만나면 조만간 속속 나올 거야."

남들보다 많이 가진 자는 그 사실만으로 원한을 살 원인도 저절로 갖게 된다는 걸까? 아스카는 다카모리에 대한 동정심을 차츰 잃어가고 있다.

"왜 갑자기 의욕이 없어진 얼굴이야?"

"아, 아니에요."

"작품 내용과 작가의 사람됨은 전혀 다르다는 것을 이런 사건을 담당하면서 웬만큼 이해했을 텐데. 이제 와서 작가한테 환멸을 느껴 어쩌려고."

아니다.

작품과 작가의 사람됨이 다르다는 사실을 이해하게 된 것은 사건 관계자가 아니라, 부스지마 본인을 통해서다. 아스카는 파트너가 된 뒤 조금이라도 부스지마를 이해해보려고 그의 작품들을 읽어보았다. 일단 읽게 되자 그 작풍에 놀라 어안이 벙벙해졌다. 대체로 그의 작품들은 요새 보기 드문 열혈 주인공이 사회악에 용감하게 맞서는 이야기로, 작가 부스지마의 냉소나 나쁜 심보 같은 것은 흔적도 발견할 수 없었다. SNS만으로 부스지마를 접하는 독자라면, 언뜻 보기에 선해 보이는 작가의 인상 탓에 틀림없이 부스지마의 본모습을 오해할 것이다.

"이제 와서 작가한테 무슨 환멸을 느끼겠어요."

"그래그래, 환멸은 뭐에 대해서든 빠른 게 좋아."

"왜요?"

"꿈이나 동경은 그 사람의 성격과 인생을 꼬이게 만드는 원인이 되기 아주 쉽거든. 동경을 오랫동안 품고 있을수록 꼬이는 정도도 심해지지. 이번 용의자들이 모두 그렇잖아."

이 말에는 마지못해서라도 수긍하지 않을 수 없다.

"자, 그럼 당장 현장을 보러 가볼까."

부스지마가 힘차게 일어나더니 잠든 신보의 몸을 넘어 문을 열어젖힌다.

"저기, 신보 씨는 어떡하죠?"

"그대로 자게 둬. 어차피 계산은 저 친구, 라고 하나 겐토샤 부담이고."

부스지마는 대수롭지 않게 말하면서 신보 쪽은 쳐다보지도 않는다.

"그건 그렇고 이누 짱도 참 문제야."

"이누카이 선배가 어쨌는데요?"

"이누 짱 머리에 문단이나 그 주변을 좀 알게 되면 이 정도 사건은 금방 해결할 텐데. 먹어보지도 않고 싫어하면 안 되는데 말이야."

먹어보지도 않고 싫어하면 안 된다지만, 실제로 먹는다 해도 너무 압도적이라 삼킬 수 없다. 아스카는 지난 수개월의 체험에서 그것을 강력하게 느꼈다.

"엣, 그럼 부스지마 선배님은 벌써 범인이 누구인지 짐작하시는 거예요?"

등에 대고 질문을 던져봐도 우후후후 웃음소리뿐 부스지마는 제대로 답을 주지 않았다.

4

“작가 사인을 위조하기 쉽다고 생각하세요?”

이케부쿠로 서쪽 출구 공원으로 향하면서 아스카가 물었다. 그러자 부스지마가 이미 예상한 질문이었는지 선뜻 응답한다.

“아아, 다카모리 선생님한테서 사인본을 뺏는 데 실패했으니 범인이 사인본을 위조했다는 가정 말이지?”

“네, 다카모리 씨와 범인이 몸싸움을 하게 되었고 그때 다카모리 씨가 범인에게서 사인본을 빼앗은 채 숨이 끊겼다, 책을 안고 있다시피 하고 있어 범인은 하는 수 없이 이름이 들어간 속표지를 잡아 찢고 도주, 하지만 저자의 사인본이 없으면 의심을 받기에 자기가 새 책에다 다카모리 씨의 가짜 사인을 직접 해두어야 했다…….”

“사인은 작가들마다 흘려쓰기도 하고 아니기도 하고, 여러 스타일이 있지만 가짜 사인본이나 사인지로 장사하는 무리들이 있을 정도니 보통 서명보다는 위조하기 쉬울 수도 있지. 본인이 애용하는 펜도 열성팬이라면 분명히 찾아낼 테고.”

“하지만 필적 감정을 하면 그런 건 바로 밝혀지겠죠.”

“즉 아스카 씨는 사인본을 갖고 있던 마키시마 히나코와 가노 이쿠 중 한 사람이 범인이라고 본다는 거네.”

“아니에요?”

부스지마는 대답이 없었다.

저녁 9시가 지나고 공원에는 이미 어둠의 장막이 내려와 사람 그림자를 찾아볼 수 없다. 보통 때 같으면 몇몇 커플이 있었겠지만 역시 사람이 죽은 직후의 현장을 찾아올 별난 사람은 많지 않을 것이다.

"다카모리 씨가 떨어진 곳은 저 돌계단이에요. 시체는 돌계단 바로 밑에 엎드린 자세로 쓰러져 있었고요."

부스지마는 아스카의 설명을 듣는 둥 마는 둥 하고 돌계단 바로 아래가 아니라 오히려 그 주변 땅을 확인하고 있었다.

"뭐 찾으세요, 선배님?"

"그런 게 있었다면 벌써 감식반원들이 찾아냈겠지."

"종잇조각 말이죠?"

"광장에 분수, 그리고 나무가 좀 심어져 있고. 분수 안에 떨어졌으면 그대로 있었을 테고 바람이 세게 불지 않은 한 멀리 날아갔을 리도 없어."

"그렇게 중요한 증거예요? 그 종잇조각이 있으면 범행을 입증할 수 있어요?"

"반대야."

"엣?"

"있는 것이 문제가 아니라, 없는 것이 문제야. 다음은 다카모리 선생님 댁에 가보자. 솔직히 난 이런 장소보다 다카모리 선생님 서재에 더 흥미가 있거든."

"흥미라니……."

"동업자로서 인기 작가의 서재에 흥미가 없을 리가 없지."

부스지마는 부주의한 목소리로 신나게 떠든다. 아스카는 진심으로 주의를 주고 싶었으나 이내 포기했다.

조심성 없음과 방약무인은 이 남자의 트레이드마크 같은 것이기 때문이다.

"그런데 어째서 집 서재예요? 제가 같은 작가라면 작업실을 더 궁금해할 텐데."

다카모리는 도시마 구에 집이 있지만 시부야에 따로 사무실을 빌려 작업실로 쓰고 있었다. 아내 미즈나의 말에 따르면 아침 9시에 집에서 나가 낮에 작업실에서 글을 쓰다가 저녁 9시 넘어 귀가하는 것이 보통 일과였다고 한다. 마감 직전에는 작업실에서 2박 3일을 지내는 것이 당연했다고 한다.

"다카모리 씨도 마찬가지인데 직장생활을 하다 작가가 된 사람들이 꽤 많아. 집에서 식구들과 함께 있는 것보다 작업실에서 혼자 글 쓰는 편이 일이 잘된대. 직장생활을 할 때의 습관이 밴 탓이겠지."

"서재는 집에 있나봐요."

"물론 다카모리 선생님 작업실에도 책이 있어. 이 일을 하면 책이 한없이 늘어나거든. 책을 한 권 내면 저자 증정본이 열 권, 친분 있는 작가가 주는 증정본, 참고자료, 연재물이 게재된 잡지, 그리고 자기 취향으로 소장하는 책. 그래서 집과 작업실 모두 서재가 책으로 넘쳐나는 작가들이 많아. 다카모리 선생님도 그렇다고 들었고. 그래서 책장을 바라보고 있으면 그 작가가 얼마나 일을 하고 어떤 취미와 기호를 가졌는지 일목요연하게 보이지."

부스지마는 당장이라도 콧노래를 부를 기세였다. 혹시라도 다카모리 집 서재 앞에서 정말로 노래를 부르게 된다면 아무리 선배라도 입을 틀어막아야겠다고 아스카는 생각한다.

다카모리의 집 대문에는 '상중'이라는 종이가 붙어 있었다. 원래 부부 두 사람만의 생활이었기에 지금은 미즈나 혼자 사는 조용한 분위기였다.

부스지마는 담당 형사와 우연히 알고 지내는 동료 작가라는 설정으로 다카모리 집 문턱을 넘었다. 언제나처럼 형사와 작가의 얼굴을 교묘하게 나누어 사용하는 솜씨는 카멜레온을 떠오르게 한다. 아니, 성격까지 따져본다면 박쥐에 더 가까울까?

어쨌든 작가 부스지마 신리의 얼굴이 이번에는 미즈나의 경계심을 푸는 데 도움이 되었다.

"그날도 한밤중까지 남편이 돌아오기를 기다렸는데…… 토크쇼이니 작업실에 묵는다는 말도 못 들었고, 혼자 안절부절못하고 있었어요. 교류 있는 작가분을 알면 물어보기라도 했겠지만…… 그렇군요, 남편과 자주 이야기를 나누셨군요."

"네, 일본추리작가협회가 주재하는 행사에서 만나기도 하고 문학상 파티에서도 자주 이야기를 나눴습니다. 작가들 중에는 게으른 사람들이 많아서 초대장을 보내도 사람들이 잘 안 모이죠. 그래서 행사장에 가면 다카모리 선생님밖에 상대해주는 사람이 없었죠."

"어머나, 남편도 같은 이야기를 했어요. 그이도 건강보험 목적으로 입회하는 인간들뿐이라서 괘씸하다고 투덜거렸죠."

부스지마는 어느새 훌륭한 카멜레온 소질을 발휘해 미즈나 앞에서 동료의 죽음을 비탄하는 작가의 얼굴이 되어 있었다.

"어머, 내 정신 좀 봐…… 죄송해요, 차라도 바로 내올게요."

"아닙니다, 사모님. 신경 쓰지 마세요."

부스지마는 입으로는 신경 쓰지 말라면서 별로 사양할 생각은 없는지 미즈나를 제지하지 않는다.

"그보다 사모님, 서재를 한번 볼 수 있을까요? 아무래도 저희 같은 작가들은 서재를 둘러보는 것이 고인을 그리워하는 데 가장 어울리는 것 같아서요."

미즈나가 이 요청을 두말없이 수락하자 부스지마는 아스카를 데리고 서재로 이동했다.

"역시 다카모리 선생님이시군요. 책장이 참 깨끗해요."

부스지마가 감탄하듯 말하자 미즈나는 약간 부끄러운 기색으로 변명을 댔다.

"아니, 저…… 여기는 남편만 들어가는 곳이라서 청소도 잘 안 되어 있고……."

과연 현관이나 응접실과 비교해서 이 서재는 좀 지저분한 느낌이 든다. 다카모리가 흡연자였는지 방 안에 니코틴 냄새가 배어 있고 천장도 옅은 갈색이 입혀진 모양이다. 책들로 꽉 찬 책장도 자세히 보니 희미하게 먼지가 쌓여 있다.

"아닙니다, 사모님. 책장이 깨끗하다는 것은 무슨 전집이든 단행본이든 수집된 책들에 확고한 기준과 질서가 있다는 뜻에서 한 말입니다. 보시죠. 미스터리는 미스터리대로 장르별로 분류되어 있고, 환상문학도 충실하게 나뉘어 있어 감탄스럽네요. 책장에는 주인의 지성이 반영됩니다. 정말 대단합니다. 제 작업실 책장은 미스터리와 SF가 뒤섞여 있고, 육법전서가 있고 법의학 전문서적이 있는데 그 속에 평론집이 섞여 있고, 정말 손댈 수 없게 지저분한 책장의 견본이죠. 부끄럽기 그지없습니다."

"네, 그렇군요……. 저는 남편 일에는 전혀 관여하지 않다 보니 그런 사정을 잘 몰라서."

"조금 더 봐도 되겠습니까?"

"네, 그러세요."

그 말을 남기고 미즈나가 나가자, 부스지마는 다른 책장으로 다가간다. 다음 책장에는 다카모리 자신의 저서가 죽 꽂혀 있다.

"역시 자기 책도 이런 식으로 꽂아두네요."

아스카가 아는 척하며 무심코 내뱉는 순간 부스지마가 바보 취급하듯 손가락을 흔들었다.

"그런 자기만족에 빠진 사람도 있겠지만 실무적인 이유가 더 크지."

"실무적이라니 무슨 뜻이에요?"

"다카모리 선생님 급이 되면 하드커버로 증쇄하는 일도 흔하거든. 그래서 증쇄에 들어가기 전에 원래 초판본에 가필, 수정을 해놓고 증쇄본에 그것을 반영하는 경우가 있어. 말하자면 재검토를 위해 이전 판이 필요한 거지. 어어, 최신판…… 있다 있어, 이거이거이거이거. 『그 등에 굿바이』."

부스지마는 손에 닿은 한 권을 조심스럽게 책꽂이에서 꺼내더니 천천히 마지막 페이지를 펼쳤다.

"흐흠, 그렇구나."

"뭐가 그렇다는 건데요?"

"이거 봐."

부스지마가 가리킨 곳은 판권 페이지였다.

"1쇄, 날짜는 약 한 달 전."

"네, 그렇게 적힌 것은 아는데."

"이 책, 반응이 좋아서 발매되고 일주일 만에 재쇄를 찍었어."

"그런데 왜요?"

부스지마는 질문에 대답하지 않은 채 책을 빼낸 자리를 가만 들여다본다.

"거기에 뭔가 숨겨져 있어요? 편지나 유가증권 같은 것?"

"책장 안에 숨기기는 시시할 정도로 흔한 일이야. 편지꽂이에 숨겨놓는 게 에드거 앨런 포로부터 내려오는 전통이라는 거 몰라?"

어쩐지 바보 취급하는 말투가 거슬린다. 에드거 앨런 포라니. 하기오 모토의 만화『포의 일족』이라면 옛날 옛적에 읽었다고요.

말없이 쳐다보고 있으려니, 부스지마가 책장 안쪽으로 팔을 뻗어 뭔가를 집은 뒤 자신의 손수건에 싸서 옷 주머니에 집어넣었다. 그리고 꺼내 들었던 책을 원래 자리에 꽂아놓았다.

뭘 꺼낸 건지 물어보려던 순간, 미즈나가 쟁반을 들고 돌아왔다.

"대접이 변변찮아 죄송합니다."

그녀가 들고 온 것은 커피였다. 갑자기 커피 향이 방에 자욱하던 담배 냄새와 섞여 야릇한 냄새를 만들어냈다.

"아이구, 이거 감사합니다. 다카모리 선생님은 커피를 좋아하셨습니까? 글 쓸 때의 의식이나 작법 같은 건 얘기를 나누지 않아서."

"식사하고 난 뒤, 그리고 생각에 잠길 때 자주 마셨어요. 블랙커피만 마셔서 카페인을 많이 섭취하는 게 몸에 안 좋다고 입이 닳도록 충고했지만…… 그것도 헛된 일이 되어버렸네요."

"그렇지 않습니다."

부스지마는 의미를 담은 미소를 짓는다.

"헛된 일 같은 것은 없습니다. 그럼요, 무엇 하나."

부스지마가 다카모리의 집을 나오자마자 바로 수사본부로 가자고 하기에 아스카는 부스지마를 태우고 경시청으로 차를 달렸다.

경시청에 도착한 부스지마는 형사실이 아니라 곧장 감식반으로 향했다. 아스카는 영문을 모른 채 하는 수 없이 부스지마의 뒤를 쫓는 꼴이 되었다. 이런 상태를 '휘둘린다'고 표현할 것이다.

쓰치야가 방에 남아 분석 작업을 하고 있었다.

"이거이거이거이거, 쓰치야 짱, 오랜만이야."

컴퓨터에서 고개를 든 쓰치야는 부스지마의 얼굴을 보자마자 헉 하고 신음 소리를 냈다.

"부, 부…… 부, 부스지마 선배님."

그 반응에 납득이 갔다. 과거에 부스지마가 수사의 최전선에 있을 무렵에 함께 일하는 동료였던 모양이다. 재앙이라도 닥친 것처럼 당혹스러워하는 쓰치야의 표정으로 그 당시 그들의 관계가 어떠했을지 훤히 보이는 듯했다.

"이런 시간까지 남아 있다니 자네 여전하군. 이러면 안 돼. 일은 더 요령 있게, 다른 사람을 끌어들여 해야지. 혼자서 일을 끌어안고 있으면 스스로 시체가 되어버린다고."

쓰치야는 정말로 지긋지긋하다는 건지 입꼬리를 내린다.

"그야 어느 지도원처럼 근무시간 자유 선택으로 일할 수 있으면 편하겠죠."

"에구머니나, 말솜씨 늘었네, 쓰치야 짱. 그래도 나는 작가로 형사로 투잡을 뛰는지라 아마 자네보다 배 이상 일하고 있을 텐데 그런 걸 뭘 비아냥거리나."

"네네, 어차피 그러시겠죠."

처음부터 쓰치야는 백기를 들고 있다. 이래서야 그 누구도 그와 승부를 겨룰 수 없다. 부스지마는 전리품을 과시하듯 조금 전의 손수건을 쓰치야의 눈앞에 내민다.

"그래서 말인데, 일거리 줄게. 이거 분석해봐."

"아니, 저기, 저는 지금 다른 사건의 해석 작업에 쫓겨가지고."

"어어? 쓰치야 짱, 감식반 신참이었을 때 자네가 채취한 지문이 다른 거랑 뒤바뀐 것을 미리 지적해준 사람이 누구였더라?"

"……부스지마 선배님이시죠."

"또또, 쓰치야 짱이 압수품에서 남몰래 복사한 야한 동영상을……."

"으악, 알았어요. 해요, 해. 하면 되잖아요, 하면."

"하면 되잖아요?"

"하겠습니다, 선배님."

쓰치야는 부스지마에게서 손수건을 낚아채더니 어깨를 추켜올리며 방 너머로 사라졌다.

"선배님."

"왜 그래?"

"부스지마 선배님, 현역 때는 검거율 최고의 에이스였다면서요?"

"뭐, 그렇지."

"그런데 사람들은 안 좋아했을 것 같아요."

아스카로서는 한껏 비아냥거린 것이었으나 정작 부스지마는 그저 이해되지 않는다는 표정으로 고개를 갸웃거린다.

"왜 직장 사람들이 좋아해야 하는데?"

다음날 취조실에서 그 여자가 부스지마와 대치하고 있었다. 기록을 담당하게 된 아스카는 컴퓨터 화면을 주시하는 척하면서 두 사람을 힐끔힐끔 훔쳐본다.

"저를 왜 부르신 거죠? 이해가 안 돼요."

"자자자자, 일단 참고인 중 한 분이시니까 시간 좀 내주시죠. 항의는 나중에 천천히 듣겠습니다."

부스지마는 환한 미소로 상대를 현혹시킨다. 물론 환한 미소라는 게 꼭 권력을 내세우지 않겠다 하는 정치가의 말처럼 거짓에 다름 아니지만, 맞은편에 앉은 여자가 그리 보는 것 같진 않았다.

"피해자 다카모리 선생님이 자기 저서의 사인본을 몸 아래 깔고 사망한 것은 알고 계시죠?"

"네, 형사님한테 그렇게 들었어요."

"최신간 『그 등에 굿바이』 말인데 표지 안쪽에 사인된 페이지가 찢겨 있습니다. 사인회나 토크쇼에서는 전매 방지의 목적으로 언제나 사인본에 그 책을 받는 독자의 이름을 적죠."

"그 정도는 알아요."

"그러시군요. 사건이 토크쇼가 끝난 뒤에 발생한 이유로 경찰은 범인이 사인본에 적힌 자기 이름을 숨기기 위해 그 페이지를 찢어갔다고 생각했습니다."

"하긴 그런 것을 남겨놓으면 자신이 범인이라는 증거가 될 테니까요."

"그게 전혀 그렇지 않습니다."

"엣?"

"이 이야기, 설득력이 없거든요. 이름을 남기고 싶지 않아 그 페이지만 찢는다? 언뜻 돌발적인 행동처럼 들리지만 가만 보면 일부러 한 페이지만 찢는 게 훨씬 귀찮은 짓이죠. 그러느니 책을 통째로 가져가면 되거든요."

"아마도 시체가 무거워 잘 빼낼 수가 없어서……."

"어느 특정한 페이지를 펼치기 위해선 시체를 들어 올려 책을 집어야만 합니다. 그걸 골라 찢는 게 통째로 빼앗는 것보다 시간과 수고가 더 많이 들죠. 요는 말이죠, 이게 치졸한 위장이라는 거예요. 마치 사인본의 주인이 다카모리 씨를 살해한 것처럼 보이게 꾸몄을 뿐입니다."

"어떻게 그렇게 단언할 수 있죠? 상대가 죽어서 놀라 당황했다면 냉정한 판단을 하기 어렵잖아요. 시간과 수고가 좀 들더라도 자신의 이름만 챙겨 들고 사라져야겠다고 생각하는 게 정상 아닌가요?"

"다카모리 선생님 밑에 깔려 있던 것은 사인본이 아닙니다."

"어떻게……."

"사인본이라면 반드시 있어야 할 것이 없기 때문입니다."

상대한 여자가 의아하다는 표정을 짓는다.

"사인이 있으면 사인본이잖아요."

"네, 다만 거기에 덧붙여지는 것이 더 있습니다. 간지라는 거죠."

"간지?"

"사이의 종이. 속지라고도 하는데 사인이나 낙관이 밑으로 번지지 않게 반지(얇고 흰 일본 종이/옮긴이)를 페이지 사이에 끼워두는 것이 사인회에서 관습이 되어 있습니다. 그날 토크쇼에서도 독자들의 사인본에는 물론 간지가 끼워져 있었습니다. 그런데 현장에서 그 간지가 발견되지 않았어요. 그렇다면 범인이 간지까지 가지고 간 걸까요? 아니아니아니죠. 범인은 이름이 적힌 부분만 챙기면 되지, 간지까지 챙겨 갈 이유가 없죠. 해당 페이지를 찢은 순간, 간지가 떨어졌을 게 분명한데 공원을 모조리 수색했음에도 결국 발견되지 않았습니다. 만약을 위해 그날 밤의 기상조건을 확인했는데 현장 부근에는 미풍조차 불지 않았다 하니 간지가 어디론가 날아갔을 리도 없어요. 유일한 가능성, 처음부터 책에는 간지가 없었다, 즉 사인본이 아니었다는 것이 됩니다. 여기까지 됐습니까?"

여자가 입술을 꽉 다문다.

"그럼 계속하겠습니다. 범인은 처음부터 사인본을 갖고 있지 않았던 겁니다. 그리고 사전에 사인본을 소지한 사람에게 범행을 덮어씌울 속셈이었습니다. 이 '사전에'라는 부분에 주의해주십시오. 이것은 충동적인 범행이 아니라 계획된 범행이었던 거죠. 그래서 범인은 사전에 속표지를 잡아 찢은 책을 준비해뒀던 겁니다. 그리고 다카모리 씨가 집에 돌아오려면 그 공원을 지나야 한다는 사실을 알고 있었어요."

"아무리 그래도 누가 뒤쫓았다면 눈치챘겠죠. 그렇게 무방비로 떠밀릴 리가……."

"네, 맞는 말씀입니다. 계획적인 범행이었지만 다카모리 씨는 공원에서 범인을 마주쳤음에도 오히려 경계심을 더 늦췄습니다. 그것은 범인이 다카모리 씨와 아주 가까운 인물이었기 때문입니다. 그렇죠, 사모님?"

다카모리 미즈나는 부스지마를 정면에서 노려보았다.

"그렇다면 제가 남편을 죽였다는 건가요?"

"네, 사모님은 작가의 아내이면서 일에는 일절 관여하지 않았습니다. 사인본은 알아도 간지까지 생각이 미치지 못했던 것은 그 때문입니다."

"사인이 없는 책이라면 누구나 손에 넣을 수 있잖아요. 그런데 왜 제가 범인으로 의심받아야 하죠?"

"저기 말이죠, 사모님. 판권 페이지라고 아십니까?"

"판권…… 페이지?"

"책의 맨 마지막에 서지사항이 망라된 페이지인데, 거기에 몇 쇄인지도 적혀 있습니다. 현장에 남아 있던 『그 등에 굿바이』는 2쇄였습니다. 그리고 댁 서재 책장에 꽂혀 있던 것은 초판본. 이게 좀 복잡한 이야기인데, 2쇄를 찍어 가필이나 수정이 반영되었다면 초판본은 더 필요 없기 때문에 대개 최신판인 2쇄를 옆에 꽂아둡니다. 그래야 3쇄를 찍기 전에 2쇄를 참고로 검토할 수 있거든요. 그런데 『그 등에 굿바이』는 이미 2쇄를 찍었는데도 서재에 남은 책은 오로지 초판본. 어떻습니까, 이상하죠? 상상해보건대 다카모리 씨를 살해하기로 하자, 사모님은 서재에 있던 책을 이용할 생각을 한 겁니다. 아까 설명한 대로 사인본으로 보이기 위해 사전에 표지 안쪽 페이지를 찢어버린 뒤에 그 책을 범행현장에 가지고 갔습니다. 뒤풀이가 끝나는 시간도, 다카모리 씨가 집으로 향하는 길도 알고 있으니 숨어 기다리는 것도 어려울 게 없죠. 다카모리 씨는 돌계단 위에 서 있는 사모님을 봐도 전혀 경계할 필요가 없었을 테고요. 그리고 다음날이 되어 서재에 다카모리 씨의 최신간이 없으면 이상하게 보일 수 있다는 사실을 깨달은 사모님은 아무 생각 없이 근처 서점에서 초판본을 구입해 책꽂이에 꽂아둔 겁니다."

"그, 그건 전부 당신 상상이잖아요. 일단 초판이든 2쇄든 남편 작품이라면 몇만 권이든 시장에 나와 있겠죠. 현장에 있던 책이 반드시 서재에 있던 책이라고 할 수는 없잖아요."

"그런데 그게, 할 수 있거든요."

부스지마는 입가를 가리면서 웃음 짓는다. 그저 미즈나에게 빈정대기 위해서라고 생각하고 싶지만 부스지마의 버릇일 따름이라고 보는 게 맞을지도 모른다.

"서재를 관리하고 청소하는 것은 다카모리 씨 일이었기 때문에 먼지가 꽤 쌓여 있었죠. 늘 서재에 틀어박혀 담배를 뻑뻑 피운 데다 정기적으로 블랙커피를 마시고. 사모님도 아시다시피 서재에는 특유의 냄새가 배어 있습니다. 냄새라는 건 아주 작은 분자의 집합체죠. 아무리 좁은 틈새에라도 침입해서 벽이나 책, 그리고 먼지에도 달라붙습니다."

미즈나의 눈이 차츰 휘둥그레진다.

"우후, 이제 아신 모양이군요. 그래요그래. 현장에 떨어져 있던 책에서 먼지가 약간 채취되었습니다. 니코틴과 다양한 향료 분자가 서로 하나 되어 뒤섞인 먼지. 그건 말이죠, 어젯밤 그 서재 책장에서 가져온 먼지와 완전히 똑같은 성분을 포함하고 있었습니다. 현장의 책은 틀림없이 서재 책장에 꽂혀 있던 책입니다. 그리고 그 책을 꺼내 갈 수 있는 사람은 다카모리 씨와 사모님밖에 없습니다. 나머지는 말이죠, 사모님의 구두 밑창을 현장에 남아 있던 족적과 비교하거나 집에서 공원 사이에 설치된 CCTV에 사모님 모습이 찍혀 있는지 확인하는 방법 등으로 더 뒷받침하면 되는데, 나중에 재판으로 갔을 때를 고려하면 그냥 지금 여기서 죄다 얘기하는 편이 훨씬 인상이 낫죠. 어떻습니까? 우후, 우후후후후."

이윽고 미즈나는 무릎을 덜덜 떨기 시작했다.

"전부터 다카모리 씨가 여자관계가 복잡한 걸 알면서도 입 다물고 있던 거지. 그런데 마키시마 히나코가 혼인신고서를 보내오니까 사모님이 완전히 막다른 곳에 몰리게 된 거고."

"다카모리 씨를 많이 사랑하셨나봐요."

"아니아니아니아니. 애정이 아니라, 인기 작가의 아내로서 일 안 해도 실컷 사치 부릴 수 있는 생활을 놓치기 싫었던 거지. 이혼하면 그에 상응하는 위자료는 받아내겠지만 상대편 변호사가 유능하면 확실한 승리도 장담 못 해. 재판이 장기화될 우려도 있어. 그렇다면 다카모리 씨를 죽여서 유산을 혼자 상속받는 편이 훨씬 간편해. 이것도 너무 혼자 성급하게 내린 판단이기도 했지만 원래 그다지 현명한 악녀는 아니었고. 전에도 말했지만 이 정도의 사건은 이누 짱이 진지하게만 임하면 눈 깜짝할 사이에 해결할 수 있어. 요새 게으름 피우고 있어, 그 친구."

"이누카이 선배는 여성을 상대하기 불편해하는 것 같아서."

"이런 건 상대방 거짓말을 꿰뚫을 것도 없는데. 그래, 됐어. 사모님도 술술 불어주었고."

부스지마는 콧노래를 흥얼거리면서 원고를 쓰기 시작한다.

"……어쩐지 즐거워 보이세요, 부스지마 선배님."

"그래? 실은 다카모리 선생님이 돌아가셔서 그 구멍을 메워달라고 잡지 두 곳에서 의뢰가 왔잖아. 아아, 바쁘다, 바빠."

아스카는 눈앞에서 원고를 쓰는 이 사람이 미즈나 못지않은 악인으로 보였다.

5

원작과 드라마 사이에는 깊고 어두운 강이 있다

1

안녕하십니까? 겐토샤의 신보입니다. 어제 『트리콜로—삼색의 악의』의 최종 대본을 받고 원작자인 부스지마 선생님께도 보내드렸습니다. 그랬더니 부스지마 선생님께서 초고와 달라진 부분이 여럿 있다고 지적하셨습니다. 이하, 그 달라진 부분입니다.

1 주인공이 여성으로 변경된 점.

2 주인공의 경력, 성격을 포함해 캐릭터가 원작과 크게 괴리된 점.

3 발생한 사건의 스케일이 극단적으로 축소된 점.

4 서브캐릭터인 상사의 존재가 사라진 점.

5 원작에 없던 주인공과 연인의 대화가 증가한 것. 또 그 장면이 작품 테마와 관련이 없는 점.

6 에피소드의 거의 절반이 변경된 점.

7 진범이 원작과 달라진 점.

이상입니다.

저희가 출간한 『트리콜로』가 드라마로 제작되는 것은 아주 기쁜 일이지만, 초고에서 개편된 부분이 많기에 저희로서는 참으로 곤혹스럽습니다. 또 부스지마 선생님이 지적하신 것은 아니지만, 주인공이 연인과 맺어지는 해피엔드가 되면 앞으로 예정된 시리즈의 색채에도 영향을 주지 않을 수 없습니다. 아시다시피 원작 『트리콜로』 시리즈는 제임스 엘로이의 여러 작품에서 부스지마 선생님께서 착상을 얻은 작품으로 최종 대본과는 인상이 상당히 다르기 때문입니다. 이렇게 되면 부스지마 선생님의 팬과 『트리콜로』 팬을 흡수하기 어렵다는 생각이 듭니다만, 어떻게 보십니까?

그럼 부스지마 선생님과 함께 소네 프로듀서님의 회신을 기다리겠습니다. 바쁘시겠지만 부탁드립니다.

겐토샤 편집본부 제4편집국

편집제1부 신보 세이이치

수신된 메일을 읽고 난 소네 마사토는 콧방귀를 뀌며 바로 메일 창을 닫았다.

"원작자님께서 최종 대본이 마음에 안 드시나 보군요."

눈앞에 앉아 있는 도리가이 미쓰키도 콧방귀로 응한다. 단 이쪽은 체념과 동정이 섞여 들려왔다.

"최종 대본, 수정할 겁니까?"

"안 해요. 촬영은 최종 대본대로 진행합니다. 도리가이 감독님에게도 처음부터 그렇게 설명했잖습니까."

"하지만 원작자와 출판사의 의향을 무시하는 것은 좀 곤란하지 않을까요?"

"부스지마 씨도 약간의 변경은 승인하기로 약속했고, 각서에도 그 뜻은 포함시켜뒀습니다. 이미 원작 사용료 지불도 끝냈어요. 원작을 구워 먹든, 삶아 먹든 우리 맘입니다."

"그건 그렇긴 한데……."

도리가이는 어딘지 미적지근한 말투였다.

"어라, 감독님은 원작자님에게 동정이라도 보내는 겁니까? 아아, 그러고 보니 감독님은 『트리콜로』를 격찬하셨죠."

도리가이는 한심해 보이는 미소를 지으면서 고개를 끄덕인다.

원작의 팬이라고 해서 그게 어쨌다는 건가? 프로 연출자라면 프로듀서의 주문대로 찍는 것이 일 아닌가. 이런 상황에서 원작자 편을 들지 마라. 소네는 하마터면 그렇게 말할 뻔했다.

미스터리 작가 부스지마 신리의 『트리콜로』 시리즈는 현재 누적 발행부수 50만 부를 넘었고 지금도 증쇄가 이어지고 있다. 열혈 팬도 많고, 요즘 출판 사정을 생각하면 그런대로 히트작이라고 말할 수 있다. 여기에 재빨리 주목한 사람이 소네였다. 시리즈의 1권이 중판되었다는 소식을 듣자마자 출판사인 겐토샤에 연락해 『트리콜로』의 옵션 계약을 체결했다. 그 뒤 『트리콜로』는 꾸준한 인기가 기대되는 시리즈로 성장하여 소네의 선견지명을 증명하게 되었다.

옵션 계약이란 정해진 기간 동안 상대에게 우선권을 준다는 것이다. 즉 그 기간 내에 데이토텔레비전이 『트리콜로』의 영상화에 착수한 경우, 겐토샤는 그것을 승낙해야 한다. 소네는 옵션 계약을 체결할 때 교묘한 각서를 동시에 교환하는 것도 잊지 않았다. 고의로 글자 크기를 줄인 문장 중에 '제작사의 사정으로 내용을 변경할 때도 이를 인정한다'라는 한 문장을 섞어 넣었다. 물론 부스지마와 만났을 때도 "출연자의 사정으로 내용이 좀 바뀌기도 하는데 거의 관습화된 문화이니 양해 바랍니다" 하고 덧붙이는 것을 잊지 않았다. 자기 작품이 영상화되는 것이 세 번째라는 점도 작용했는지, 부스지마도 굳이 그 한 문장에 주목하지 않은 듯하다. 문제 될 것은 없다. 인기 작가라 해도 쇼비즈니스에는 완전 초짜이고 산전수전 겪어온 소네 손에 걸리면 갓난아기나 마찬가지였다.

소네가 그렇게까지 하면서 원작을 욕심낸 데는 이유가 있다. 소네에게뿐만 아니라 오늘날의 텔레비전 드라마에서는 우량 콘텐츠가 불가결하다. 모든 사람에게 인기가 있으면서 파란만장한 스토리와 감정이입하기 쉬운 캐릭터. 소네를 비롯한 프로듀서들은 그런 콘텐츠를 매의 눈으로 찾아 돌아다니고 있다.

일본 TV 방송은 다른 나라에서 보면 별나고 이상하다. 유럽 TV 방송이 보도나 스포츠, 버라이어티 쇼에 중점을 두는 데 반해 일본에서는 드라마가 시청률의 주축을 이루고 있다. 게다가 본방송에 그치지 않고 DVD나 송신이라는 2차 사용도 내다볼 수 있기에 사업을 전개하는 데 빼놓을 수 없다.

그러나 언제나 양질의 콘텐츠가 손안에 구비되어 있는 것은 아니다. 또 양질의 콘텐츠라 해서 반드시 시청률이 높은 것도 아니다. '드라마의 데이토'라고 불린 것도 지금은 옛날이야기이다. 2년 전에 사장이 바뀐 뒤로 데이토텔레비전에서 제작한 드라마는 모두 다른 방송국과의 시청률 경쟁에서 뒤지고 있다. 방송국에 소속된 각본가가 맡은 드라마는 전부 평균 시청률 10퍼센트를 밑돌고 그중에는 1쿠르(한 프로그램의 방송기간 단위로 일본에서는 약 3개월/옮긴이) 도중에 중단하는 쓰라린 역사를 지닌 드라마도 적지 않다.

유일한 광명은 원작이 있는 드라마였다. 소네가 대중적으로 히트한 만화나 소설을 영상화한 결과 모두 좋은 성적을 올렸다. 이미 지명도 있는 작가나 애니메이션 작품의 브랜드력은 시청자들의 신뢰로 직결되었던 것이다. 성공 체험은 동시에 선택의 폭을 좁힌다. 기획회의에서는 원작이 있는 드라마를 자연히 더 유망하게 보게 되고, 오리지널 각본은 기획을 통과하기조차 어렵게 되어버렸다.

이후 소네는 오리지널 각본에는 눈길도 안 주고 오로지 원작을 찾는 데 혈안이 되었다. 부스지마의 원작에 탐을 낸 것도 그 무렵이었다.

"『트리콜로』뿐 아니라 인기 원작이라는 것은 크든 작든 과격하니까요. 그것을 안방에 내보내려면 어떻게든 갈고 닦는 작업이 필요합니다. 주인공이 돋보이지 않으면 화면이 빛나지 않고요."

솔직히 소네가 원작에 원하는 것은 인지도뿐이다. 영상화의 권리만 얻고 나면 나머지는 방송국이 내키는 대로 가공할 수 있다. 배역에는 한창 인기 있는 탤런트들을 심어놓고 스토리를 단순하게 하며 해피엔딩으로 만드는 것은 이제 정해진 법칙이다.

"그런데 프로듀서님, 원작에 러브라인 같은 것은 전혀 없었거든요."

도리가이는 포기하지 못하고 다시 그 이야기를 꺼낸다. 원작의 팬인 도리가이는 스토리에 주인공의 연애를 넣는 일에 끝까지 난색을 표했지만 결국 소네가 강행한 데에는 사정이 있다.

“안 돼요, 안 돼, 감독님. 영화든 텔레비전이든 여성들을 끌어들이지 못하면 장사가 안 돼요. 그렇다면 스토리에 러브라인은 필수입니다. 여자들은 그런 것이 있으면 일단 봐주니까요.”

도리가이가 관자놀이 근처에 손가락을 가만 대고 있다. 하고 싶은 말을 어떻게 적절하게 전달할지 고민할 때 나오는 도리가이의 버릇이다.

“그런데…… 스토리의 핵심인 보험금 살인을 평범한 치정 관계로 설정한 것은 부스지마 씨도 납득하지 않을 것 같은데요?”

“무슨 소리 하는 겁니까? 드라마 스폰서 중에 생명보험 회사가 있다고요. 그런데 보험금 살인을 어떻게 다루자는 겁니까?”

도리가이의 심각한 표정에서 다른 불만이 있다는 것도 읽어낼 수 있다. 귀찮은데 먼저 입을 막아버릴까?

“어차피 여자와 아이들 대상이니까 이야기는 단순한 것이 제일입니다. 살인을 다루더라도 그로테스크하거나 선정적인 것은 뜨악하기 때문에 그저 냄새만 풍기는 정도로. 주인공 연기가 서툴러도 어쨌든 팬들은 봐줄 테고 명연기 조연이 꽉 죄어주면 전체 균형도 잡을 수 있습니다. 여기에서 할 일은 그게 다입니다.”

하지만 도리가이는 여전히 불복하는 듯했다.

원래 도리가이는 데이토텔레비전의 사원으로 드라마부에서 연출을 맡게 되었고 인기를 얻은 드라마의 영화판에서는 감독도 맡게 되었다. 그 무렵부터 예술가의식이 싹트게 됐는지 영화를 선망하는 마음이 간절해진 듯싶다. 스태프로부터 흘려들은 바에 따르면 한창 드라마 연출을 하는 와중에도 도리가이의 입에서 영화 얘기가 끊이지 않는다고 한다. 영화에만 허용되는 막대한 예산과 시간, 표현의 자유, 예술성 추구에 넋이 나간 것 같다.

소네는 전혀 이해되지 않았다. 영화의 무엇이 거룩하다는 건가? 단적으로 말해 텔레비전과 똑같은 콘텐츠이며 단지 판돈이 크냐 작냐 차이뿐이지 않은가?

"한 회 한 회 시청률에서 착실하게 타율을 높여가면 조만간 영화 얘기가 나온다니까요. 아무튼 지금은 스폰서가 납득할 수 있는 내용으로 설정하고, 퀄리티를 유지할 수 있게 집중해주십시오. 아아, 그리고 주인공 다카마치 가에의 소속사에서 새로운 요구사항이 들어왔으니 감독님이 후세 씨한테 전해주시겠습니까?"

*

도리가이로부터 수정할 부분을 전달받은 후세 히로노리는 들고 있던 휴대전화를 자기도 모르게 바닥에 내동댕이칠 뻔했다.

드라마 작가로 생활한 지 3년, 그동안 대본이 지적받거나 사장된 것도 한두 번이 아니지만 『트리콜로—삼색의 악의』 건만큼 화가 치민 적은 없었다.

처음에 연출가 도리가이를 중간에 세우고 소네 프로듀서로부터 의뢰받았을 때, 초고는 '최대한 원작에 충실'하게 쓰라고 요청받았다. 부스지마 신리의 원작을 그대로 영상화하면 네 시간은 족히 넘는다. 스토리에 불필요하다고 생각되는 에피소드를 생략하되 원래 주제에서는 벗어나지 말라는 것이었다.

부스지마의 원작은 상당히 마음에 들었다. 제임스 엘로이의 여러 작품에서 촉발되어 집필했다고 하는 이 암흑소설은 가와사키를 무대로 하였다. 후세는 단순한 TV 드라마의 틀을 가볍게 뛰어넘는 원작에 흥분하면서 대본을 썼다. 이대로 영상화되면 틀림없이 일본 드라마 역사에 길이 남을 걸작이 되리라고 생각했다. 완성된 초고는 그 정도로 자신감 넘치는 작품이었다.

하지만 소네는 초고를 한번 읽자마자 이렇게 내뱉었다.

"음, 이 정도면 원작자도 이의 달 게 없겠어. 하지만 이게 바로 최종본이 되지 않는다는 건 알지?"

"그건…… 네."

초고란 시안과 같은 것이다. 여기에 스폰서, 배우 소속사의 요구사항, 감독의 지시를 수용해서 원고를 수정해간다. 3고, 4고는 당연하고 후세의 경우 가장 많게는 6고까지 수정한 적도 있었다.

물론 원고를 계속 수정한다고 보수가 늘어나지는 않는다. 원고료는 완성된 대본 한 편당 얼마로 정해져 있다. 드라마 대본은 두 시간 길이에 원고지 240매 분량이지만, 원고료는 분량으로 계산되는 것이 아니라 편당으로 지불된다. 후세 급으로는 한 편당 30만 엔 정도 될까? 사정 모르는 사람들은 대본 한 편당 30만 엔이 많다 할지 몰라도, 최종적으로 완료될 때까지 몇 번이나 다시 써야 하고 시간도 엄청나게 잡아먹는 수고를 생각하면 별로 수지가 맞는 일이 아니다. 수지 타산이 안 맞는다는 이유로 TV 드라마에서 게임으로 무대를 옮긴 동업자들도 많다.

드라마 작가로 일을 시작했을 무렵엔 뭔가를 제작하는 현장에 있다는 사실로 흥분되었다. 엔딩 크레디트에 자신의 이름이 흘러가는 것이 자랑스러워서 견딜 수 없었다. 적은 보수를 긍지로 메울 수 있었다.

그러나 이슬만 먹고사는 신선이 아닌 이상 언제까지고 긍지만으로 생활할 수는 없다. 후세의 창작의욕은 주머니 사정의 어려움으로 깎여나갔다. 대본을 집필하느라 하염없이 컴퓨터 앞에 앉아 있건만 현실은 전혀 나아지지 않았다.

후세는 이대로 있다가는 생활과 의욕 모두 망해가리라는 위기감에 작정하고 소설을 쓰기 시작했다. 히라이와 유미에와 무코다 구니코 등 각본가에서 소설가로 자리를 옮겨 성공한 선배들도 있다. 같은 각본가인데 나라고 못 할 게 무언가? 그런 생각을 하면서 자신이 쓰고 싶은 것을 분량도 시간도 제한 없이 엮어나갔다. 3개월을 들여 완성된 원고는 자신이 보아도 회심작이었다.

이전에 원작의 영상화 작업으로 친분을 맺은 출판사에 소설 원고를 가지고 갔다. 잘만 되면 바로 작가로 데뷔하는 것도 가능할지 모른다고 기대도 해보았다. 그러나 실제로 출판 세계는 만만하지 않았다. 원고를 받은 편집자는, 지금은 신인상이 난립하는 탓에 탤런트나 유명인이 아닌 이상 신인상 수상이라는 왕관 없이는 데뷔하지 못한다고 말했다.

"아무튼 가져오신 원고는 받아두고, 가능성이 있으면 저희 신인상 공모에 접수해두겠습니다."

후세는 관행상 순서를 납득하고 편집자의 대답을 기다렸다. 아무리 기다려도 대답이 없자 마침내 출판사를 다시 찾아갔다. 자기 원고를 어떻게 읽었는지 감상을 묻자 편집자가 겸연쩍은 듯 말을 꺼냈다.

"역시 대본을 많이 쓰셔서 그런지 반짝이는 대사들이 있는 것 같더군요. 단지, 지문이 좀, 아니, 많이 거칠다는 느낌은 지울 수가 없습니다."

"하지만 대사로 이야기를 진행하는 것이 엔터테인먼트의 기본 아닙니까?"

"대사만 나열된 소설을 좋아하는 독자도 있겠지만 이걸로 신인상을 받기는 어려울 겁니다. 지문이라는 것은 작가의 능숙함과 서투름이 가장 드러나기 쉽거든요. 즉 1차 단계에서 일찌감치 걸림직한 요소라는 거죠. 죄송하지만 이 수준으로는 1차 심사도 통과하기 어려울 겁니다."

후세는 실의와 울분으로 마음이 새까매져 출판사를 나왔다. 지문이 치졸한 것은 편집자가 지적하기 전부터 자각하고 있다.

후세도 나름 할 말이 있다. 대본에서는 등장인물의 심리 묘사가 최대한 배제된다. 심리 묘사는 배우의 연기와 연출 기술로 표현된다, 대본 작가는 대사와 커트 분할만 잘하면 된다, 이런 것들이 촬영 현장에서 내내 야단맞은 말이었다. 자세히 설명하려 할수록 '대본 작가로서 쓸모없다'며 폭언을 들었다. 현장에서 일하기 위해 인상적인 대사나 화려한 커트 분할에 철저해질 수밖에 없다. 절로 지시문이 단순해지고 지문은 멋대가리 없는 문장만 쓰게 되었다.

다른 출판사에 가져가도 같은 대답이었다. 문 앞에서 내쫓긴 적도 여러 번이었다. 그런 일이 반복되자 마음이 황폐해져 가슴속에 검은 응어리가 쌓였다.

소네에게서 『트리콜로—삼색의 악의』 대본 집필의 의뢰가 들어온 것은 마침 그런 때였다. 침울해진 시기였기 때문에 평소라면 웃으며 넘길 일들을 참아내기 어려웠다.

혼신을 다한 초고는 그저 단순한 수단에 불과했고, 스폰서나 소네의 의견이 예전보다 더 중시되었다. 주인공이 꽃중년 분위기의 남자가 아닌 젊은 여자로 바뀐 것도 데이토텔레비전에서 가장 밀어주는 신인 탤런트 다카마치 가에를 띄우기 위해서였다. 각 스폰서 회사를 세심히 배려한 나머지, 항간에서 흔히 발생하는 사건을 다룰 수밖에 없게 되었다. 초고에 넘쳐흐르던 처참함과 어두운 열정은 완전히 자취를 감추고 대신 얼토당토않은 러브라인이 서브 스토리가 되었다.

결정적인 것은 다카마치 가에가 소속된 기획사의 주문이었다.

"다카마치 가에를 범죄현장에 세우면 위화감이 일어나기 때문에 피 흘리는 장면은 최대한 잘라주세요."

"화장품 제휴업체의 로고를 너무 노골적이라고 느껴지지 않게 살짝 비춰주세요."

"죄송하지만, 다카마치 가에가 대사를 잘 못 외우니 대사가 길면 안 됩니다. 아, 그리고 한자를 못 읽으니 독음도 같이 달아주세요."

이리하여 원작과 전혀 다른 작품이 완성되었다. 공통점이라고는 제목과 범죄드라마라는 큰 골자뿐이랄까. 부스지마와 출판사에서 항의에 가까운 메일을 보내왔다고 하는데 당연한 일이다. 원작을 모독했다는 말까지 들려왔다는데, 거기에 가담한 한 사람으로서 쥐구멍에라도 들어가고 싶은 심정이었다. 원작의 완성도가 높기 때문에 더 그랬다.

수정에 이어 수정, 교체에 이어 교체로 어느덧 각본은 제9고에 이르렀다. 관계자의 모든 주문에 부응하고 크리에이터 정신을 끊임없이 포기한 끝에 나온 각본이었지만 소네는 만족했는지 그것을 최종대본으로 결정했다.

어설픈 작가 데뷔를 꿈꾸며 문학성이라는 것을 의식할 즈음이기에 대본의 완성도가 어느 수준인지는 다른 사람의 지적을 받지 않아도 잘 알고 있다. 자신의 뜻에 맞지 않는 것을 창출하는 일이 이처럼 무의미하고 굴욕적일 줄이야. 장인으로 불리는 각본가들은 모두 이런 갈등을 극복하고 담담하게 작업하겠지만, 후세는 그런 경지로부터 아직 머나먼 곳에 서 있었다.

그래도 어떻게든 스스로와 타협하여 다음 작업을 위한 동기부여를 하려 하는데 조금 전 도리가이를 통해 소네의 지시를 전달받았다.

"소속사에서 등장인물을 한 명 더 추가할 수 있는지 타진해왔어. 특수촬영 영웅물에서 주인공을 맡았던 유망 신인인데, 비중은 중요도 10위 안에 들어가는 인물로 설정해서 주인공과 적당히 엮이게 해주면 좋겠다는데."

이 일로 휴대전화를 바닥에 내동댕이치더라도 대부분의 사람들은 동정해줄 것 같았다.

최종 대본을 위해 대사와 에피소드까지 최대한 삭제했다. 주연부터 조연에 이르기까지 배우와 소속사를 최대한 배려해서 순서를 조정했다. 여기에 새 등장인물을 더한다는 것은 배분을 다시 조정한다는 뜻이다. 단순한 제10고가 아니다. 자칫 스토리 전체를 수정하게 되기 십상이다.

겨우 정신이 든 후세는 컴퓨터 책상 앞에 앉아 원고 다발을 꺼냈다. 출판사라는 출판사에 모조리 들고 갔다가 찬밥 취급을 받은 장편소설 원고였다.

표지를 보는데 위가 무지근해졌다.

대체 나는 뭘 하고 있는 걸까? 좋아서 시작한 대본 쓰기가 왜 이렇게 힘들어진 걸까?

*

데이토텔레비전 측을 만나 진의를 확인하는 게 좋겠다는 겐토샤 측의 요구가 너무 끈질겨 소네는 하는 수 없이 자리를 마련하기로 했다. 이 경우 회합 장소는 자사 건물의 한 장소로 정한다. 자신의 진영에서 이야기를 진행하는 것이므로 이미 형세가 유리해지기 때문이다.

상대는 원작자 부스지마와 담당 편집자 신보, 이쪽은 자신과 도리가이, 그리고 후세까지 세 명이다. 연출 담당과 각본 담당으로 멤버를 구성한 것은 사정을 설명하는 데 필요하기 때문이기도 하지만, 인원수로 압도해보자는 심산도 있다.

먼저 입을 연 사람은 신보였다.

"최종 대본 뒤에도 다시 개고가 있어서 솔직히 당혹스럽습니다. 원작에 없는 등장인물까지 더해져서 뭐랄까, 거의 원작 없는 드라마의 느낌이 드는데 저만 그런 겁니까?"

대단히 화가 난 것을 억누르고 있는 말투이다. 원작자를 보호하는 실무자로서 모범적인 태도일 것이다. 하지만 모범으로 치자면 드라마를 만드는 자신에게 그 이상의 노하우가 있다.

"정말 죄송합니다!"

갑자기 소네는 머리를 깊숙이 숙인다. 옆자리는 안 보고 있지만 도리가이와 후세도 사전에 당부한 대로 똑같이 머리를 숙이고 있을 터다. 사죄 요령의 첫 단계는 무조건 사정이나 대응책 등을 대며 제대로 된 사과의 형식을 보여주는 것이다. 대부분의 사람들은 처음부터 코가 땅에 닿도록 머리 숙이는 이를 쉽게 질타하지 못한다.

"저와 제작 스태프들도 완강하게 저항했습니다만 소속사의 압력을 이기지 못하고…… 다카마치 가에와 새 배우를 발탁하지 않으면 앞으로 소속사와 관계가 악화되어 다른 탤런트를 데이토텔레비전에 출연시키지 못하게 될 수 있습니다. 그렇게 되면 저 같은 일개 프로듀서로서는 어쩔 수가 없습니다. 그리고 이미 각서를 교환했기 때문에 방송국을 설득하기도 쉽지 않고……."

각서를 교환한 이상 원작자 측에서 항변할 권리는 없다는 것을 부드럽게 못 박는다. 각서 자체에 법적 효력은 없지만 심리적으로 압박하는 데 큰 영향을 준다는 사실을 경험적으로 알고 있다. 특히 구두계약이 관습화된 출판계 사람이라면 더욱 그렇다. 아니나 다를까, 소네의 한마디로 신보는 입을 다문다. 계약할 때 만일의 경우를 고려하지 않은 자신의 불찰을 이제야 깨달은 듯하다.

그러나 의외로 끈질긴 신보가 소네를 다시 똑바로 쳐다보았다.

"소네 씨의 입장도 이해하지만 담당자인 제 입장도 생각해주십시오. 부스지마 선생님과 그 작품을 지키는 것이 제 책임이며 일입니다."

소네는 입술 끝이 절로 비뚤어진다. 원작자와 작품을 지키는 것 좋아하네. 내가 TV 드라마 이야기를 처음 꺼냈을 땐 개가 꼬리 흔드는 것처럼 신나했으면서.

출판 불황을 부르짖은 지 오래됐지만 베스트셀러가 되는 소설은 엄연히 존재한다. 그 대부분이 영상화된 작품이다. 시중에는 수천수만 권의 소설이 넘쳐나고 있다. 서점에 들르는 손님들은 실망할 책을 굳이 구입하지 않기 위해 손해 안 될 안전한 책을 선택한다. 문학상 수상이나 드라마 원작이라는 왕관은 내용을 인정받았다는 것이기에 저절로 손님들의 관심을 끌어 모은다.

"네, 네, 무슨 말씀인지는 물론 아주, 충분히 잘 알고 있습니다. 단지 좀 관대하게 봐주셨으면 합니다. 이번 드라마화는 다카마치 가에의 소속사에서도 그녀의 인기가 상승할 호기로 기대하고 있어 원작 책의 커버에 다카마치 가에의 사진 사용을 흔쾌히 수락해주었습니다. 원하신다면 주요 출연진들이 전부 나온 더블커버를 제작하시는 것도 가능하게 됐습니다."

더블커버라는 말에 신보가 반응한다. 그 소속사라면 배우들의 초상권에 대해 디즈니에 버금가게 시끄러운 곳이다. 만일 그들의 사진을 표지 전체에 사용할 수만 있다면 원작 책의 판매 상승을 확실히 기대할 수 있다.

"다카마치 가에는 이른바 F1층(20~34세의 여성/옮긴이)에서도 인지도가 상승하고 있습니다. 그녀의 사진을 크게 사용하면 겐토샤의 수익에도 적잖은 영향을 끼칠 겁니다. 무엇보다도 지상파를 통해, 더구나 평일 프라임 시간대(일본에서 19~23시/옮긴이)에 방영된다는 것 자체가 엄청난 광고 효과죠."

워낙에 출판물 광고는 책이나 신문, 인터넷에 의존하는 것이 전부다. 사실 텔레비전은 (텔레비전을 안 본다는, 소네로서는 믿을 수 없는 인종이 출현하고 있다지만) 여전히 광고 효과가 뛰어나다. TV 광고료는 거액에 달하지만 원작이 드라마가 될 경우엔 출판사가 한 푼도 쓰지 않아도 원작과 원작자의 이름이 홍보된다. 감사의 인사라면 몰라도 불평을 들을 하등의 이유가 없다.

"소네 씨, 물론 책이 팔리는 것은 저희에게도 아주 기쁜 일입니다. 하지만 이대로라면 부스지마 선생님이 이름만 빌려주는 셈이지 않습니까? 부스지마 선생님 작품의 열혈 팬들이 있는데 드라마 방영이라는 것은 이 독자층을 확장할 다시없는 기회입니다. 그러나 원작과 이토록 다른 드라마가 만들어지면 부스지마 선생님의 작풍이 잘못 알려질 우려도 나옵니다. 『트리콜로』만이라면 또 몰라도 후속 작품에까지 잘못된 인상을 주게 되면 마이너스로 작용할지 모른다는 걱정도 있습니다."

흠, 제법 끈질긴데. 일단은 원작을 사용하는 입장에서 성의로든 사의로든 뭔가 눈앞에 보여줘야 할 것이다. 그러기 위해 미리 손을 써두었다.

"이 드라마로 부스지마 선생님의 다른 작품에 마이너스가 된다면 그건 전적으로 각본을 담당한 후세의 역량이 부족하기 때문입니다."

소네는 우측에 공손하게 잠자코 있던 후세의 머리통을 찌르듯 건드렸다.

"요즘 텔레비전 업계에서는 제대로 된 미스터리를 쓸 수 있는 작가가 없는 상황입니다. 후세도 올해로 3년차이지만 집필 속도도 늦고 센스도 부족하고 임기응변에 대처도 못 하고, 다방면에서 큰 폐를 끼치고 있죠."

그러고는 주먹으로 후세의 머리통을 다시 꾹꾹 누르며 쥐어박는다. 이렇게 상대방의 면전에서 자기편의 누군가에게 체벌 비슷한 행동을 가하면 대개 상대방은 기가 꺾이어 창끝을 거둔다. 소네의 오랜 불평불만 처리법이었다. 과연 눈앞의 신보가 이 상황이 불편해 미치겠는지 안절부절못하고 있지 않은가.

한데 그 옆에 앉은 부스지마에게 시선을 옮긴 순간, 흠칫했다.

부스지마는 후세가 머리를 쿡쿡 쥐어박히는 모습을 히죽히죽 웃으며 쳐다보고 있었다. 사교상의 형식적 웃음도, 추종하는 웃음도 아니다. 단지 재미있어 죽겠다는 식의 비웃음이었다.

내 방식을 꿰뚫고 있는 걸까? 초초해진 소네는 더욱더 후세를 면박하기로 했다.

"이 녀석이 말이죠, 부스지마 선생님 같은 작가를 동경해서 바로 얼마 전까지도 소설을 써서 출판사 여기저기에 가져간 모양입니다. 근데 그게 정말 봐주려야 봐줄 수 없는 것이라서. 차라리 부스지마 선생님께서 좀 거둬주시겠습니까? 그러면 센스가 좀 나아질 것도 같은데."

그동안 침묵을 지키고 있던 부스지마가 마침내 입을 열었다.

"아니아니, 무슨 말씀을. 요즘 작가들 중에 제자 둔 사람 없습니다. 어차피 작가가 못 될 사람은 뭘 해도 못 되고, 쓰지 못할 것은 뭘 해도 못 씁니다. 노력과 시간 낭비죠!"

후세는 흠칫 어깨를 떨었다. 이 심경을 아는지 모르는지, 부스지마의 얼굴은 여전히 웃고 있다. 소네는 어쩐지 으스스해졌다.

"……부스지마 선생님, 괜찮으십니까? 기분이 상하신 건 아닌지……."

"아, 저요? 저는요, 원래 기분 상하는 일이 별로 없거든요."

"정말 아량이 넓으십니다."

"아니아니아니아니, 그런 게 아니라 그저 화내거나 한탄하거나 원한 품는 것 자체가 아까운 노릇이라 여기는 거죠."

"엣?"

"기분 망가지는 데도 에너지가 필요하잖습니까. 에너지는 글 쓰는 데 소모하는 편이 낫죠. 그래서 소네 씨, 겐토샤는 어떻든 간에 저는 개인적으로 당신이나 도리가이 씨, 후세 씨한테도 화가 나지 않습니다. 응, 전혀 아니죠."

부스지마는 한 손을 천천히 내저으면서 웃는다. 그 웃음이 너무도 환한 것을 보아하니, 이 부스지마라는 남자는 세상의 모든 것을 달관한 인물인 모양이다.

그러나 그것은 크나큰 착각이었다.

"나는 화, 한탄, 원한도 없는 대신에 들은 말, 당한 일은 죽어도 잊지 않아. 원작과 드라마는 별개임을 부정하진 않지만, 그렇다고 거의 사기 치는 식으로 내 작품을 모독한 사실은 바뀌지 않지. 이런 귀중한 체험을 광분하여 흐트러뜨리기보다는, 소설이나 에세이의 소재로 삼는다거나 친분 있는 주간지와 결탁해서 데이토텔레비전 때리기 재료로 삼는 편이 훨씬 의미 있잖아. 우후, 우후후, 우후후후후."

2

도쿄 메트로 아와지초 역의 지하통로에서 한 남자의 시신이 발견된 것은 8월 10일 오전 5시였다. 이누카이의 전화로 억지로 잠에서 깬 아스카가 화장도 하는 둥 마는 둥 하고 현장으로 달려가자, 관할인 간다 경찰서에서 이미 초동수사를 한창 진행하고 있었다.

"왜 이렇게 늦어?"

대체 이 남자는 몇 시에 자고 몇 시에 일어나는가? 이른 아침인데도 이누카이는 평소대로 냉철한 눈빛을 보내고 있다.

마루노우치선 아와지초 역은 지요다선 신오차노미즈 역과 도영 신주쿠선 오가와마치 역에 지하통로로 연결되어 있다. 때문에 통로의 전체 길이가 수백 미터에 이르고 CCTV의 촬영 범위에 들어가지 않는 장소도 있다. 시체가 뒹굴던 곳의 상당 구간이 CCTV 사각지대인 데다 공사 현장에 속했다.

"취해서 저항력이 없는 상태에서 안면과 복부를 몇 차례 구타당했어."

이누카이의 설명을 뒷받침하듯 시체 복부의 몇 군데에 타박상이 선명하게 남아 있었다.

"신원은 밝혀졌어요?"

"지갑에 신분증과 면허증, 그리고 명함이 들어 있었어."

피살자는 소네 마사토. 데이토텔레비전 프로듀서였다.

"이 정도로 맞았다면 내장 파열이나 쇼크사예요?"

"검시관 말로는 질식사라는데."

"질식사요?"

"원래 저항력이 없는 상태에 흠씬 두들겨 맞아 거의 움직이지 못하게 된 거지. 그때 위를 향한 채 넘어지면 혀가 목 안 깊숙이 말려들어가 숨을 못 쉬게 돼버려. 교통사고 현장에서는 흔한 일이야."

시신을 발견한 사람은 이른 아침 당번인 역무원이었다. 처음에는 주정뱅이가 잠든 것인 줄로 생각했다가 숨을 쉬지 않는 것을 알아채고 당황하여 신고하게 된 것이다.

"막차를 놓쳐서 지하통로를 잠자리로 삼는 인간이 가끔 있어. 처음 발견한 역무원도 그런 사람이라고 생각했나봐."

"취한 사람들끼리 싸운 걸까요?"

"글쎄, 여하튼 재난이 이어진 결과야. 평소 행실이 별로였던 것 같아."

재난이 이어졌다는 말이 걸렸다.

"데이토텔레비전의 소네야. 뉴스 기억 안 나? 몇 년 전에, 데이토텔레비전에서 출자한 영화 관련 작업 현장에서 사고를 당했잖아. 머리 위에서 조명이 떨어졌는데 그 사건도 본인의 행실이 초래한 거였지. 프로듀서로서는 유능했을지 몰라도 인간으로서는 변변찮았던 건지도."

그러면서 이누카이는 언짢은 얼굴을 하고 있다. 마치 싫어하는 메뉴를 앞에 둔 어린애의 표정이었기에 무심코 물어본다.

"무슨 일 있었어요?"

"명함첩에 다른 사람 명함이 한 장 섞여 있었어."

이누카이는 여전히 언짢은 표정으로 비닐봉지 안에 있는 명함을 내민다.

한눈에 납득이 갔다.

명함에 '부스지마 신리'라고 적혀 있었던 것이다.

"미리 얘기하는데, 그 작가 선생이 엮여 있어서 싫다는 게 아니야. 지금은 원고 쓰는 것이 주요 일과가 되었지만, 그 사람은 아직도 엄연히 경찰관이야. 현역 경찰관이 살인에 엮여 있으면 여러 가지로 귀찮아진다는 걸 너도 짐작하겠지."

부검 결과, 검시관의 판단대로 사망 추정 시각은 전날 9일 심야 11시부터 이튿날 10일 오전 1시 사이다. 사인은 역시 혀가 목 안을 막아 발생한 질식사였다.

간다 경찰서의 수사원이 탐문하고 있지만 아직 목격자는 나오지 않았다. 평일 심야 시간, 지하통로 입구의 셔터가 닫히기 직전이었기 때문에 문제의 장소를 지나가는 사람은 별로 없었을 것이다. 있다 해도 벽 쪽에서 큰대자로 뻗어 있는 걸 보면 보통 사람들은 취객이라 여기고 지나친다.

일단 부스지마의 이야기부터 들어야 한다. 아스카는 서둘러 간다진보초의 작업실로 발걸음을 옮긴다.

아직 이른 아침인데도 부스지마는 컴퓨터 앞에 앉아 있다.

"밤 새웠거든."

컴퓨터 화면을 노려보면서 부스지마는 괴로운 듯 말한다.

"10시까지 원고를 완성해야 하는데 어제는 귀중한 시간을 정말 쓸데없는 일에 써버려서. 덕분에 꽤나 무리하고 있어."

"쓸데없는 일이라는 것은 소네 프로듀서와의 미팅 말이에요?"

부스지마는 눈이 휘둥그래져 아스카를 쳐다본다. 깜짝 놀란 부스지마의 얼굴은 처음 보는 장면이었기에 기분이 조금 좋아진다.

"아스카 씨가 어떻게 알아?"

이것이 연기라면 아카데미상감이다. 작가라는 생물은 숨을 쉬듯 거짓말하는 생물이기에 방심할 수 없다. 아스카는 신중에 신중을 기하기로 했다.

"오늘 아침 무렵, 시신으로 발견되었어요."

"헤에, 타살이나 무슨 사고를 당한 것이겠지."

"왜 그런 식으로 단정하시는데요?"

"어제 본 바로는 도저히 자살할 인간으로 보이지는 않았으니까. 남의 원한을 사거나 신의 노여움을 사서 절명할 타입이야. 그래 그래."

이 남자는 사람이 죽었다는데 거리낌 없이 유쾌하게 웃고 있다.

"지금 웃음이 나와요? 대체, 제가 여길 왜 왔는지 이해하신 거예요?"

"그 친구 소지품 중에 내 명함이 있어 왔겠지. 어제 만났을 때 명함을 줬으니 당연하지."

"소네 씨와 대체 무슨 얘기를 하신 거죠?"

부스지마의 설명에 따르면 자신의 소설을 드라마로 만드는 데 문제가 발생했다고 한다. 자세히 들어보니 소네 측의 횡포가 분명함에도 이를 설명하는 부스지마의 표정은 그저 즐거워 보인다.

"부스지마 선배님, 원작이 모독당한 게 그렇게 즐거우세요?"

"엣? 내가 웃고 있나?"

"난생처음으로 기쁜 빛이 얼굴에 가득하다는 표현을 쓰고 싶을 정도예요."

"어쩐지 화낼 마음이 안 들어. 아니, 자꾸 웃음이 나온단 말이야. 워낙에 소속 작가의 오리지널 각본으로 승부를 보고 싶은데 그렇게 하면 기획도 통과를 못 해. 과거에 성공 사례가 있으니 만화든 소설이든 인기 얻은 원작에 무조건 먼저 손을 뻗어. 원작 팬들을 거둬갈 수 있기에 시청률이 기대된다고 열띠게 주장하면서 묘한 오리지널 티를 내려고 하더니만, 발연기 하는 어린 배우들을 써서 원작 팬들의 분노를 사. 역효과로 본말이 전도되는 것도 몰라. 아니나 다를까 혹평으로 방영 중단되거나 흥행수익에서 적자도 크게 내. 이제까지 원작자와 출판사에 아주 비싼 수업료를 수차례 지불했을 텐데 질리지도 않고 계속 같은 일을 반복하고 있어."

"그래서 웃는 거예요?"

"혼쭐났으면서 매번 똑같은 실패를 반복하니 지능이 낮다는 증거잖아. 지능이 낮은 상대는 간곡하게 타일러도 이해할 리가 없어. 화를 내도 피곤할 뿐이야. 그렇다면 그런 상대는 비웃어줄 수밖에 없잖아."

"소네 씨가 죽은 정황을 들으면 계속 웃지 못하실 텐데요. 부스지마 선배님, 어젯밤 11시부터 1시까지 알리바이를 입증하실 수 있어요?"

과연 부스지마는 웃음을 거두었다.

"그렇구나. 그 친구, 역시 살해됐구나. 아스카 씨가 그런 질문을 한다는 것은 나도 의심을 받는다는 거고. 시신이 발견된 장소는?"

"아와지초 역 지하통로예요."

"아이구야, 이 사무실 바로 근처잖아. 그래서 사인은? 미리 말해 두는데 나한테서 비밀을 폭로시키는 건 무리일 거야."

그 사실은 누구보다도 아스카 자신이 잘 알고 있다. 자신의 유도심문에 쉽게 넘어올 남자라면 진작에 이누카이가 멀리할 리도 없다.

따라서 용의자가 될 수도 있는 인물에게 정보를 누설하는 일은 망설여졌다.

"범인에게서 심하게 폭행을 당한 것 같아요."

"우후후후, 지금 단계에서 용의자에게 전할 수 있는 것은 그 정도겠지."

부스지마는 이쪽의 곤혹스러운 사정을 꿰뚫은 듯 말한다.

"근데 선배님의 알리바이는요?"

"그게 곤란하게도 말이지."

본인에게는 아무것도 아닐지라도 아스카의 눈에는 부스지마가 머리를 긁적이든 뺨을 붉히든 고약한 사람에 다름 아니다.

"미팅이 끝난 뒤에 데이토텔레비전 관계자들과 신보 씨는 자연스럽게 회식을 갔는데, 나는 아까도 말했다시피 마감이 코앞이라 곧바로 작업실로 돌아왔거든. 방송국에서 나온 시간이 거의 저녁 7시였는데 그때부터 지금까지 작업실에 그냥 틀어박혀 있었기 때문에 알리바이를 증명해줄 사람은 없어. 알다시피 건물이 이렇게 낡았으니 CCTV 같은 세련된 물건은 설치되어 있지 않고, 계단을 오르내려도 아래층 튀김가게에서는 정황을 알 수 없을 테니 역시 나한테 유리한 증언은 해줄 것 같지 않아."

"어딘가 출판사와 통화하거나 메일 보낸 기록 같은 건 없어요?"

"금요일 늦은 시간엔 웬만하면 연락을 삼가는 편이야. 물론 이 업계에 근로기준법 같은 것은 존재하지 않으니까 전화를 걸었다면 누군가 상대는 해줬겠지만."

아스카가 수사본부로 돌아가 부스지마의 사정을 전하자 아소 반장이 머리를 감싸 쥐었다.

"하필이면 살해되기 직전에 문제가 있었다니."

"더군다나 '당한 일은 죽어도 안 잊는다'고 했다니까요."

아소 반장은 옆에서 끼어드는 이누카이를 험악한 눈초리로 흘겨보지만 부스지마의 품성을 이누카이 이상으로 잘 알기에 굳이 반론하지 않는다.

"그분이 웃으면서 사람을 때리는 모습을 상상해봐도 전혀 위화감이 없어. 게다가 위장공작도 완벽하게 해낼 것 같아. 이보다 안성맞춤일 용의자도 없고 이보다 더할 강적도 없어."

이 말은 칭찬일까, 비방일까?

"부스지마 씨 손을 슬쩍 관찰했는데 사람을 기절시킬 정도로 때린 흔적은 없었어요."

저기 말이지, 하고 아소 반장이 고개를 들이민다.

"그분이 격정을 못 이기고 주먹을 휘두르는 단세포였으면 나나 이누카이도 고생 안 해. 사람을 때리고 싶다 생각했다면 다른 누군가를 꼬드겨서 때리게 할 양반이야. 그렇게 쉽게 증거를 남길 리가 없지."

"그럼 반장님은 부스지마 씨를 의심하시는 거예요?"

"지금 단계에서는 용의자 목록에서 제외할 수 없다는 거야. 그분이라면 살인이 수지가 안 맞는 범죄라는 점을 누구보다 잘 알아.

하지만 그분이 작정만 하면 충분히 수지가 맞는 범죄로 만들 수 있다고, 분명히."

옆에서 듣는 이누카이가 동의하듯 연신 고개를 끄덕인다.

"부스지마 씨를 체포하고 싶어 하시는 것 같아요."

"그럴 리가. 말 같잖은 소리 그만 좀 해라."

하지만 아스카는 말 같지 않은 소리를 한 기억이 한 번도 없다.

"형사 기능지도원이라 해도 한창 현역인 경찰관과 대우는 같아. 만일 부스지마 씨가 체포돼봐. 모가지 날아갈 사람이 몇이겠어. 기껏 퇴직했는데 그 사람의 뛰어난 능력과 업적을 신임하여 재고용한 윗분들이 아직도 그 의자에 앉아 계시다고. 만약의 경우에 책임을 추궁당해도 도망칠 수 없어."

"전부터 궁금했는데요, 부스지마 씨는 왜 퇴직하신 거예요? 그렇게 능력도 좋고 업적도 훌륭한 사람이면 퇴직할 이유가 뭐가 있겠어요. 범죄수사도 워낙에 좋아하는 것 같고."

그러자 아소 반장이 복잡한 표정으로 이누카이를 쳐다보았다. 마치 알려주는 것은 네 일이라고 말하는 듯했다.

"아무튼 말이야, 소네와 마지막 회식 자리에 있었던 세 사람을 심문하고 와. 부스지마 씨를 어떻게 할지는 그다음이다."

겐토샤로 향하는 자동차 안에서 아스카는 이누카이에게 똑같은 질문을 다시 던졌다. 아소 반장이 노려본 순간에 각오는 했던 모양인지 이누카이는 마침내 거드름 피우지 않고 아스카에게 부스지마의 퇴직에 대해 설명해주었다.

"검찰에 송치하기 전에 범인을 죽여버렸어."

깜짝 놀란 아스카는 소리도 지르지 못했다.

"취조 과정에서 죽인 것이 아니라…… 아니, 결과적으로 마찬가지인가…… 마약도 다 나왔고 이제 자백조서만 쓰면 되는 살인범이었는데 부스지마 씨의 취조가 완전 장난 아니었어. 물론 손가락 하나 건드리지 않았지. 목소리가 거칠어진 것도 아니고. 피살자의 원한과 괴로움, 범인의 어리석음과 저능함, 징역수의 운명과 처우, 장기수의 시간이 길어질수록 인간이 망가져가는 과정이라든지, 한 나절에 걸쳐 그 말투로 치근치근 몰아세운 거야. 애당초 우리는 녀석이 뻔뻔한 놈이라고만 생각했는데 의외로 여린 녀석이었나 봐. 부스지마 씨가 쉬느라 잠시 자리를 비운 사이에 유리창을 깨서 그 파편으로 자기 목을 그어버렸어. 바로 경찰병원에 실려 갔지만 출혈과다로 사망. 사태를 중대하다고 본 경시청은 사정을 설명하고 부스지마 씨를 사직시켰어. 그런데 반년도 못 되어서 재고용을 했으니 자기들이 불 질러놓고 또 꺼준 거잖아. 아니, 그 반대구나. 긁어 부스럼을 만드는 정도가 아니라 기껏 잠잠해진 재난을 다시 소환한 것과 다를 게 없지."

겐토샤의 신보는 소네의 사망 소식을 듣자 고개를 푹 떨어뜨렸다.

"그, 그, 그, 그, 그건 언제 일입니까, 아스카 씨?"

"어젯밤 11시 넘어서예요."

"그럼 제가 소네 씨와 헤어진 직후가 되지 않을까 싶습니다."

신보의 이야기는 다음과 같다.

데이토텔레비전 측과 부스지마 측의 협의가 서로 평행선만 달리는 와중에 7시가 지나자 소네가 회식을 제안했다. 위장을 만족시켜 신보와 부스지마의 분노도 진정시키리라는 생각에 미리 예약해놓고 장소도 일부러 신경 써서 부스지마의 작업실 근처로 잡은 모양이었다.

그러나 정작 원작자인 부스지마는 마감이 있다면서 서둘러 가버렸다. 그대로 감정이 상한 채 헤어지면 상사로부터 질타 받을 게 뻔했으므로 신보는 혼자서라도 소네 일행과 어울려야 했다.

“정말 불편하셨겠어요.”

“고문의자에 앉은 기분이었습니다. 부스지마 선생님이 안 계신데 원작을 지키려고 전수방위하면서, 상대편 세 사람이 선생님의 인품을 비꼬고 있는 구도였습니다. 그때만큼은 선생님이 옆에 계시기를 어찌나 바랐던지.”

즉 비꼬기로 보자면 부스지마가 세 사람을 상대하더라도 지지 않으리라는 의미다.

“결국 식사는 마지막 주문 시간인 11시쯤까지 이어졌습니다. 그러고서 데이토텔레비전의 세 사람과 교차로의 전철 입구에서 헤어졌고요. 그것은 연출하는 도리가이 씨와 각본 쓰는 후세 씨가 증언해줄 겁니다. 그다음 저는 회사로 돌아가서 다른 작가분의 원고를 확인했습니다.”

“시간은 기억나세요?”

“회사에 도착한 것은 11시 반을 좀 넘었을 때였습니다. 이것은 편집부에 남아 있던 동료가 증언해줄 겁니다.”

아스카는 태연한 척 신보의 주먹을 훔쳐봤지만 역시 사람을 때린 흔적은 보이지 않는다.

“혹시 경찰이 부스지마 선생님도 의심하는 겁니까?”

이 물음에는 이누카이가 대신 대답한다.

“어제 미팅에서 그분이 할 법한 음산한 언동이 있었다니 말이죠. 게다가 당신들과 헤어진 다음에는 혼자 작업실에 틀어박혀 있었다고 하니까 알리바이가 성립되지 않아 곤란한 상황이긴 합니다."

"부스지마 선생님이 사람을 죽이다니! 적어도 직접 손댈 분은 아닙니다."

아아, 신보 씨도 역시 그렇게 얘기하시네요.

"일단 그런 일로 선생님이 구속되면 저희 연재는 어떻게 되는 겁니까? 아마 이번 달 원고는 아직 시작도 안 하셨을 거라고요."

아스카는 무심결에 이누카이와 서로 얼굴을 쳐다본다. 아니나 다를까, 이누카이는 떨떠름한 표정이다.

"선생님이 아닌 다른 사람을 범인으로 체포할 수 있다면 저도 협조를 아끼지 않겠습니다."

겐토샤 사옥에서 나올 때 아스카는 조심스럽게 질문을 건넸다.

"이번에는 부스지마 씨도 마음대로 못 움직이겠죠?"

"당연하지. 아무리 경찰관이라도 용의자 리스트에 들어 있어. 증거인멸을 방지하기 위해 행동이 제한되고 감시도 붙어."

그렇다면 어떻게 해야 할까? 누구에게 의지해야 할까?

그 갑작스러운 염려와 불안을 이누카이의 다음 말이 깨끗이 씻어주었다.

"이번에는 문단에서 일어난 사건이 아니잖아. 그럼 내 일이야."

3

무엇보다 방송국 프로듀서가 살해되었으니 데이토텔레비전은 틀림없이 시끌벅적한 대혼란에 빠져 있을 것이다. 그러한 아스카의 상상과 달리 의외로 방송국은 왠지 축제처럼 수런거리는 분위기로 가득했다. 설마 동료 직원의 죽음으로 들떴을 리는 없고 복도를 오가는 사람들의 대화를 엿들어보니 아무래도 각 프로그램의 진행 정도를 걱정해서 떠들썩한 모양이다.

"이 사람들, 소네 프로듀서 사건을 잘 모르는 걸까요?"

"아니, 데이토텔레비전 아침 뉴스에서도 첫 보도로 내보냈으니까 방송국 사람들이 모를 리 없지. 소네가 있던 드라마부는 어떻든 간에 다른 부서는 상복 입을 틈도 없다는 거겠지."

예전에 다른 사건으로 데이토텔레비전 사옥을 드나든 적이 있는 이누카이는 당연하다는 표정으로 앞서 걸어간다.

도리가이는 회의실에서 드라마 미팅 중이었다. 이누카이는 아스카를 데리고 회의실로 직행하여 반 강제로 도리가이를 끌어냈다.

"바쁘신데 죄송합니다."

"그러게요."

이누카이의 사교성 인사에 도리가이는 더할 나위 없이 무뚝뚝하게 대답한다.

"폐가 되는 줄은 알지만 소네 씨가 그런 일을 당했으니 부디 협조 부탁드립니다."

"프로듀서가 그런 일을 당해서 1분, 1초도 아쉬운 상황이 됐어요. 오늘 아침에 첫 뉴스를 보고 나서 후임을 정하고 스태프, 출연진에게 전달하느라 한나절을 날린 꼴이 되었으니까요."

옆에서 듣던 아스카가 머쓱해지는 느낌이었다. 프로듀서라고 하면 드라마 제작을 지휘하는 역할일 텐데 이 남자는 지휘자가 죽었다는 사실보다 그 뒤처리가 더 큰일이라는 양 말한다.

"정말 정신없이 바빠서, 떠나신 분을 애도할 기분은 아니신 것 같군요."

이누카이가 날카롭게 비아냥거려도 도리가이는 전혀 찔리는 기색이 없다.

"보통 사람이 죽으면 다들 온후한 사람으로 기억되는 경향이 있지만 예외도 있답니다."

"소네 씨가 그 예외였다고요? 듣기로는 아주 유능하신 분이었다던데요?"

"유능하다고 사람들이 모이는 것은 아니죠. 소네 씨가 솜씨 좋은 프로듀서로 이름을 떨치긴 했지만 신뢰와 신용은 뉘앙스가 달라요. 그 사람과 일하고 싶어 한 사람은 많았을지 몰라도 같이 한잔하고 싶어 한 사람은 적었을 겁니다."

생전의 소네에 대한 평판을 단적으로 드러내는 언급으로 들려왔다.

"한잔한다 해서 말인데, 어젯밤도 딱 그런 모임이었다고 들었습니다. 소네 씨와 도리가이 씨 당신, 그리고 대본 작가 후세 씨와 겐토샤의 신보 씨가 참석했었죠? 드라마의 성공을 위한 모임이었을 테니 아마도 왁자지껄 성대했겠네요."

"성대했다……."

도리가이는 천장으로 시선을 옮긴다.

"뭐, 소네 프로듀서와 견줄 자가 없었다는 점에서는 성대한 모임이었겠네요. 결국 마신 사람도 소네 프로듀서 혼자였고."

"다른 사람들은 안 마셨습니까?"

"도저히 마실 분위기가 아니었어요. 소네 프로듀서라는 사람은 평소 솔직하게 말하는 것이 장점인 사람이지만 알코올이 들어가면 제어가 안 되거든요. 어젯밤에도 어찌나 심하던지."

도리가이는 그 당시 정경이 떠올랐는지 비참해 보이는 미소를 짓는다.

“부스지마 선생님의 작품을 가지고 저희가 드라마 제작을 기획하고 있는 건 아세요?”

“네, 겐토샤의 신보 씨한테 들었습니다.”

“실제 계약서와 각서를 서로 교환했기 때문에 영상화와 관련된 작품 수정은 원작자의 허락이 필요 없었습니다. 이런 방식 자체는 별로 칭찬할 수 없지만요. 소네 프로듀서에게 가장 큰 난제는 어떻게 부스지마 선생님의 노여움을 누그러뜨리느냐였죠. 다음에 또 부스지마 선생님의 원작을 쓰게 될 일도 있을 테니까요.”

“거의 사기꾼 같은 수법으로 계약을 성립시켰는데도 다음 기회를 또 기대한다는 것은 좀…….”

“보통은 있을 수 없겠지만 쇼비즈니스 세계에서는 전혀 드문 일이 아니거든요. 소네 프로듀서 자신은 방송국 사람이라 그런 일이 없었지만 프로듀서들 중에는 제작비를 들고튀어 기획이 엎어졌는데도 다음번에 만났을 때 아무 일 없던 얼굴로 아양을 떠는 양반도 있으니까.”

“그런 사람은 사기꾼이나 타짜라고 하지 않습니까?”

“그러니까 그런 사람들을 쇼비즈니스 세계에서는 프로듀서라고 부른다고요.”

아스카는 듣는 와중에 머리가 아파왔다. 문단에도 정말 아무짝에도 쓸모없는 사람들이 모여 있었지만 쇼비즈니스인가 뭔가도 그 못지않은 불량한 세계란 말인가?

“소네 프로듀서는 술자리에서 부스지마 씨를 회유할 계획이었죠. 아무리 기분 안 좋은 사람도 배가 부르고 맛있는 술이 들어가면 관용을 베풀게 된다는 것이 그 사람의 지론이라서.”

이누카이는 우울한 얼굴로 아스카를 쳐다본다. 틀림없이 아스카 자신도 같은 얼굴을 하고 있으리라. 식사와 술로 그 남자를 조종할 수 있다면 얼마나 편할까? 접대와 포상, 게다가 직업윤리와 세상 상식마저 비웃을 사람이기에 아소 반장과 이누카이도 어떻게 대처할지 곤란해하고 있다.

"그런데 그 가장 중요한 부스지마 선생님이 참석하지 못하셨으니 자연히 소네 프로듀서는 다른 사람들한테 울분을 터뜨린 거죠. 이것도 드문 일은 아니지만."

"다른 사람들이라는 것은 당신과 후세 씨?"

"아니, 아니, 신보 씨도 완전 표적이었어요. 편집자 주제에 작가 하나 관리 못 하느냐, 어떻게 그런 성격 더러운 인간과 일하느냐, 당신 월급의 대부분은 그걸 참아내는 비용일 것이다 등 정말 막말 대잔치였죠."

부스지마의 성격이 나쁘다는 점은 수긍할 수밖에 없다. 그렇다고 그의 목에 밧줄을 거는 것은 신보에게 불가능한 일이다.

"그때부터 온갖 욕설을 쏟아내는데, 작년에 베스트셀러를 기록한 소설의 80퍼센트는 영상화된 작품이었다, 출판사는 그렇게 영상에 업혀가기 때문에 원작 사용료는 반액으로 해야 한다, 아니, 공짜로 해도 될 정도다 등등."

"그것 참 고자세네요."

"본인은 그렇지 않다고 생각하기 때문에 점점 격해지는 거죠. 이미 판매 열기가 식은 소설이 여전히 명맥을 유지하는 것은 자신들이 드라마로 만들어준 덕이니 그에 상응하는 대우를 하는 것이 상식이다, 오히려 문학잡지 같은 팔리지도 않는 지면에 싣느니 직접 방송국 드라마부로 보내라, 출판사는 프로그램 홍보비 조로 원작만 빌려주면 된다 등등. 사실 열기가 식은 걸로 치면 텔레비전 드라마도 사양길에 접어들었죠. 특히 저희 같은 경우는 옛날 잘나가던 시절은 다 어디로 갔는지, 요즘은 프라임 시간대조차 도쿄 지역 방송국에 시청률이 뒤지는 상황이니까요. 소네 프로듀서가 손댄 드라마도 모두 저공비행, 방송국 평가는 추락 직전. 본인한테도 그런 울분이 쌓여 있었기 때문에 신보 씨한테 쏟아냈을 겁니다."

아스카는 신보의 음울한 표정을 떠올린다. 알코올이 들어가면 돌연 시비 거는 사람이 되는 장면을 자신도 목격했지만 뒤집어보면 신보 역시 평소에 울분을 안고 있을 수밖에 없겠다. 그토록 일방적으로 욕을 먹었으니 분통 터지지 않을 리가 있을까.

그러자 아스카의 생각을 꿰뚫은 듯 도리가이가 말을 잇는다.

"아아, 조금 전에도 말씀드렸지만 표적이 신보 씨만은 아니었어요. 후세 씨도 거의 샌드백 상태였죠. 소네 프로듀서가 데이토텔레비전이 원작에 의지하게 된 이유가 오리지널 대본을 쓰는 녀석들이 한심해서라고 후세 씨한테도 화살을 돌렸거든요."

도리가이가 딱하다는 듯 고개를 흔들며 얘기를 계속한다.

"부스지마 선생님을 설득할 때부터 소네 프로듀서는 옆에 앉아 있던 후세 씨를 괴롭혔어요. 못된 관리직이 클라이언트한테 사과할 때 쓰는 상투적 수법을 펼쳐 보인 건데, 소네 프로듀서는 정도를 좀 벗어났죠."

도리가이는 소네가 어떻게 행동했는지 자세히 설명한다. 듣기만 해도 속이 뒤집힐 이야기인지라 그런 일이 일상적으로 일어나고 있었다면 소네가 원한으로 살해되었다 해도 전혀 이상할 것이 없다.

시신이 발견되었을 당시 소네의 지갑에는 손댄 흔적이 전혀 없었다. 카드를 빼간 것도 아닌지라 수사본부는 일찌감치 강도 소행의 가능성을 지워버렸다. 그 때문에 사건 발생 직전에 만난 부스지마 일행이 용의자 리스트에 올라간 것이다.

"술자리는 요컨대 2라운드였습니다. 후세 씨가 쓴 시나리오는 여기가 부족하다, 거기가 잘못됐다며 내내 헐뜯고 비방하는데 결국에는 아파트에 사는 가난뱅이에다 유토리 세대(주입식 교육 대신 창의성과 자율성을 중시하는 교육을 받은 세대를 가리키는 말로, 젊은 층을 기초학력이 없다고 비하하는 말로 쓰이기도 했음/옮긴이)라서 만족스러운 것을 쓰지 못한다고 생트집을 잡았죠."

"그런 말을 듣고도 후세 씨는 참고 있었던 겁니까?"

"참지 않으면요? 작가 생활 계속하려면 방송국 프로듀서를 거스를 수 없어요. 인기 없는 드라마 작가는요, 인권도 없는 것이 실상이에요."

회식이 저녁 7시가 넘어 시작되었으니 그런 대화가 거의 네 시간 가까이 이어졌다는 계산이 나온다. 소네를 제외한 참석자들에게 그 상황은 틀림없이 가시방석보다도 더한 고통의 자리였을 것이다.

"그래서 가게에서 주문 시간이 끝났다는 말을 들었을 때는 마치 고문에서 해방된 기분이었어요."

"그러고서 여러분은 오가와마치 교차로의 전철 입구에서 헤어져 각자 귀가한 것이로군요."

이것은 신보에게서도 청취한 사실이다. 신보는 지요타선의 신오차노미즈 역, 후세는 신주쿠선 오가와마치 역, 소네는 마루노우치선 아와지초 역으로 향했다.

"도리가이 씨는 택시를 탔죠? 이런 질문은 실례인 줄 알지만,

당신이 택시를 타고 소네 씨는 전철을 탔다……. 보통은 반대 아닙니까?"

"아까도 살짝 말씀드렸지만 요새 저희는 시청률 하락으로 허덕이고 있어요. 시청률이 떨어지면 무엇보다 광고수익이 줄죠. 광고수익이야말로 가장 큰 재원이기 때문에 이것이 격감하면 바로 경비 삭감을 부르짖게 됩니다. 평사원이든 프로듀서든 외근 나갔다 귀가할 때엔 전철을 이용하라는 것이 지금 사내 규칙이에요. 단지 저는 방송국에 돌아가서 일해야 했기 때문에 택시를 탄 거고요. 어떻습니까? 화려한 방송국의 짠한 이야기죠?"

도리가이의 말투에서 자조하는 분위기가 느껴진다.

"택시요금 영수증 같은 것은 갖고 있습니까?"

"그럼요. 나중에 정산할 때 필요하니까."

도리가이에게 질문을 마친 이누카이와 아스카는 이어 후세가 있는 곳으로 향한다.

"도리가이 씨는 어떤 것 같아요?"

그 물음에 이누카이는 무표정한 얼굴로 아스카를 쳐다본다.

"그러는 너는? 그 사람 손을 힐끔거리던데."

역시 보고 있었구나.

"도리가이 씨 손등에도 사람을 때린 흔적은 없었어요. 서툰 사람이 정권(주먹을 쥐어서 손등과 직각을 이루는 네 손가락의 마디 부분/옮긴이)으로 남을 때리면 주먹을 다치잖아요."

"그래, 아마추어의 펀치는 대개 손가락으로 때리려 하니까. 뼈 같은 딱딱한 부위를 약한 손가락으로 때리면 당연히 때린 사람의 주먹이 다치지. 하지만 그런 선입견은 위험해."

이누카이는 오른손을 천천히 휘젓는다.

"손으로 쓰든, 키보드로 치든, 후세나 부스지마 씨 같은 작가들은 하루에 수천 자, 수만 자를 써. 그런 직업을 가진 사람이라면 반사적으로 자신의 주먹을 보호하려고 하지. 만약 소네를 때려죽이려고 맘먹었다면 주먹을 안 다치게 하려고 했을 거야."

"하지만 충동적인 범행이라면 그럴 준비를 할 여유가 없잖아요."

"그렇지. 근데 만약 부스지마 씨라면 어때? 그 사람이라면 계획적이든 충동적이든, 그런 위장공작 따위는 식은 죽 먹기 아니겠어?"

아스카는 차마 부정할 수 없어 차라리 입을 다물었다.

다행히 후세도 최종 대본의 수정작업으로 드라마부의 한 방에 틀어박힌 상태이다.

후세의 첫 인상으로는 우선 비쩍 마른 체격이 눈에 들어왔다. 상대방을 보는 눈초리, 행동 하나하나가 몹시 신경질적으로 보인다. 같은 작가라도 부스지마의 유들유들함과는 차이가 크다. 아스카는 후세의 두 주먹을 꼼꼼히 살펴보지만 역시 구타한 흔적은 보이지 않는다.

전날 밤의 알리바이를 확인하자 신보와 도리가이의 증언을 뒷받침하는 내용이 나왔지만 약간 다른 점도 있었다.

"헤에, 도리가이 감독이 그런 식으로 말했어요?"

비아냥거리는 말투가 이의를 제기하려는 눈치였다.

"마치 도리가이 감독은 무사했다는 얘기처럼 들리는데, 사실은 그 사람이야말로 가장 호되게 당했을걸요."

후세의 입술 끝이 약간 올라간다. 이누카이가 그 모습을 놓치지 않고 바라보았다.

"그럼 도리가이 씨야말로 가장 큰 희생자였다는 겁니까?"

"거의 전방위 폭언 축제였지만 도리가이 감독에 대한 공격도 상당했어요. 어쨌든 프로듀서와 사원감독 관계니까요. 술 안 들어가도 빡센 것이 있거든요."

후세가 입술에 혀를 날름거리며 침을 바르는 게 꼭 남 이야기를 떠들고 싶어 하는 음흉한 사람의 모습이다.

"그러니까요, 영화에서는 감독, TV 드라마에서는 연출이라고 부르지만 업무 내용과 지위는 같아요. 그러니까 프로듀서와의 관계도 마찬가지예요. 외국에서는 감독이라는 직함이 있어도 할 수 있는 일이라곤 고작 배우에게 연기를 지도하는 정도이고, 캐스팅이나 스태프 선정, 시나리오 결정권, 편집권은 프로듀서가 쥐고 있어요."

"그건 외국 이야기죠?"

"일본에서는 비교적 감독한테 권한이 많긴 하죠. 그래도 텔레비전 세계에서는 프로듀서에게 전권이 집중되어 있다고 해도 과언이 아니에요. 예를 들어, 지금 크랭크인을 눈앞에 둔 『트리콜로』는 제9고에 등장인물을 새로 쑤셔 넣게 되었으니까요. 기껏 이쪽에서 원작의 에센스를 살려도 소네 프로듀서의 한 마디로 얼마든지 변경되죠. 저기요, 도리가이 감독도 제4고까지는 오케이를 했거든요."

"호오, 그럼 제5고부터 소네 씨가 안 된다고 했다는 겁니까?"

"스폰서를 고려하고 프로덕션의 요청사항을 고분고분 따르게 된 거죠. 그 사람한테는 좋은 작품을 만들겠다는 마음이 눈곱만치도 없어요. 여자들과 아이들한테 좋은 반응을 얻고 시청률을 올리는 거라면 학예회가 되어도 상관없다는 식이었어요."

그 여자들과 아이들의 한 명인 아스카는 한마디 하고 싶은 마음을 꾹 억누른다. 그게 무슨 말버릇인가. 요즘은 여자들도 아이들도 간단하게 속이지 못한다는 것을 알기에 내뱉는 폭언인가?

"그에 반해 도리가이 감독은 예전에 영화 작업을 한 적도 있어서 요새는 더 예술성을 지향하면서 찍고 싶어 했어요. 그래서 소네 프로듀서와 종종 반목하게 되었고요."

"반목이라면 공공연히 맞붙어 격투라도 했다는 겁니까?"

"설마, 방송국에서는 어디까지나 상사와 부하 관계니까요. 소네 프로듀서가 입 다물라 하면 그걸로 끝이죠."

"이른바 눈엣가시라는 겁니까?"

"네, 뭐…… 그렇게 말하면 그런데, 서로 싫어할 뿐만 아니라 도리가이 감독이 소네 프로듀서 자리를 노리는 것 같았어요."

후세의 이야기를 들은 이누카이는 납득이 되었다는 듯 가볍게 고개를 끄덕인다.

"아하, 좋아하는 일을 하기 위해서는 윗자리로 가야 한다는 겁니까?"

"예술 지향이든 오락 지향이든 자신의 생각대로 작품을 만들려면 프로듀서가 되는 수밖에 없으니까요."

"그래도 목표로 삼는 자리라면 반목하더라도 그에 상응하는 존경심도 있었겠죠."

"아니, 그러니까 도리가이 감독은 프로듀서를 목표로 삼은 거지, 소네 프로듀서를 목표로 삼은 건 아니에요. 말하자면 반면교사죠. 어떤 일이 있어도 저렇게는 되고 싶지 않다는 것. 소네라는 사람은 작품의 질보다 시청률, 아래보다는 위를 보는 타입이니까 그냥 싫어하는 사람도 많았을 거예요."

이런 말투 자체가 소네에 대한 자신의 증오를 토로한다는 사실을 이 사람은 생각하지 못하는 걸까? 만일 생각하지 못하는 것이라면 이 남자가 쓰는 대본의 인물 묘사는 허술하기 짝이 없을 것이다.

"형사님들한테 어제의 그 회식 자리를 보여주고 싶네요. 차마 거스를 수 없는 처지라는 것을 구실로 소네 프로듀서가 도리가이 감독을 철저하게 디스했거든요. 어차피 샐러리맨 감독인데 제대로 된 예술작품을 어떻게 만들겠느냐, 만든다 해도 그 사람이 너는 아니다, 이런 식으로. 도리가이 감독 작품에서 여기가 나빴다, 거기가 부족했다, 흥행수익이 홍보비에도 못 미쳤다, 관객들과 비평가들의 코멘트도 최악이었다 등등, 도리가이 감독이 가장 듣기 싫어하는 소리들만 줄기차게 이야기하는 거예요."

듣고 있으려니 도리가이에게 동정심이 일었다. 물건 만드는 사람은 노력이 부족하다는 말보다 재능이 없다는 말을 더 괴로워한다. 지난 수개월간 문학 세계를 보고 들으면서 실감한 일이다.

그렇다면 술자리에서 자신의 재능에 대해 왈가왈부하는 말을 들은 후세도 마찬가지일 터다. 어쩌면 사원이라는 안정된 직함을 가진 도리가이보다 프리랜서 입장의 후세에게 더 비참한 시간이 아니었을까?

"역시나 중간부터 도리가이 감독도 얼굴색이 바뀌었지만 그렇다고 역습할 사람이 아니고 소네 프로듀서도 창을 거둘 사람이 아니죠. 대박 낸 모 유명 감독과도 비교하고 나중에는 인생 경험이 적어 제대로 된 작품을 만들지 못한다, 언제까지고 샐러리맨 근성이라 작품 스케일도 작다고 터무니없는 얘길 늘어놓는 거예요. 웃음이 안 나올 수 없죠. 자기도 데이토텔레비전에서 월급 받는 주제에."

후세가 숨기려고 해도 말 곳곳에서 소네에 대한 원한과 괴로움이 용솟음친다. 자신이 술자리에서 어떤 취급을 당했는지 일절 말하지 않음으로써 그 인상이 더 강력해진다.

"정말이지, 돈 모으는 재주밖에 없는 인간이 작품을 만드는 당사자한테 재능을 운운하다니. 완전 실례되는 소리죠. 하긴, 소네 프로듀서한테도 정말 특출한 재능이 하나 있죠. 독설 내뱉는 재능."

이누카이의 눈썹이 움찔한다. 이제는 그 표정의 움직임만으로 이누카이가 무슨 말을 하려는지 손바닥 보듯 훤히 알겠다.

당신은 부스지마를 만나봤으면서 소네의 독설이 특출하다는 말이 나오나? 그런 소리를 하고 싶었겠지.

"취한 사람은 소네 씨뿐이었습니까?"

"저와 다른 두 사람도 어울려 주문은 했지만. 그런 상황에서 마시면 주정을 부리거나 술기운으로 난폭해질 수 있으니 참고 있었죠. 그렇게 세 사람 모두 마시지도 않고 말도 안 하니까 유난히 소네 프로듀서의 취기가 올라서, 마지막에는 폭언을 내뱉으면서 곤드레만드레가 돼가지고. 토악질 대신에 폭언을 뱉었던 겁니다. 그건 그렇고 그렇게 만취했으면서 택시도 안 부르고 전철로 돌아가려고 한 건 위를 의식한 본능이에요. 누가 샐러리맨 근성인 건지."

"전철 팀은 어떤 식으로 헤어졌습니까?"

"어떤 식이랄 것이 있나요. 가장 먼 거리가 소네 프로듀서가 타는 마루노우치선 아와지초 역이었고요. 신보 씨는 서둘러 다른 방향의 지요다선을 향했고, 저도 일 초도 더 같이 있고 싶지 않아 바로 신주쿠선의 개찰구 근처에서 헤어졌어요. 안타깝게도 소네 프로듀서와는 적당히 인사했을 뿐, 뒤도 안 돌아다봤어요."

"전철은 표로 입장합니까? 아니면 카드로 입장합니까?"

질문을 받은 후세는 귀찮아하는 표정으로 지갑에서 교통카드를 꺼낸다. 이누카이의 눈앞에서 자신의 교통카드를 흔들어 보이는 폼이 꼭 약 올리려는 모양이다.

"방송국 오가는 일이 많아서 오로지 이것만 쓰고 있죠. IC칩 내장이라 승차시간도 기록된다면서요? 이런 일에 도움이 될 줄은 상상도 못 했어요."

역시 용의자 리스트에 속하는 이상, 부스지마도 심문을 해야 한다. 간다진보초의 사무실로 향하는 이누카이의 얼굴빛은 심히 좋지 않았다.

"마치 시장에 팔려가는 송아지 같은 얼굴이에요."

딱딱한 분위기를 누그러뜨리려고 한 농담이었지만 아무래도 좋은 생각이 아니었던가 보다. 이누카이는 포악스러운 눈빛으로 아스카를 노려본다.

"왜? 바꿔주랴?"

"저는, 그, 부스지마 씨와 파트너를 많이 해봐서 나름 친숙하다 할 수 있는데 그 점이 심문에는 좀 안 좋을 것 같아요."

"반장님이 말씀하시던데? 너와 그 사람을 묶어준 것은 반은 성공이고 반은 실패였다고."

"왜요?"

"그런 성격 나쁜 선배와 붙어 다녀서인지 전보다 배짱이 커졌다더라."

"그럼 실패는요?"

"그런 성격 나쁜 선배와 붙어 다녀서인지 굉장히 입이 험해졌다 하시던데."

아스카는 자신도 모르게 자신의 입을 틀어막는다.

작업실로 이어지는 계단 밑에는 제복 경찰이 서 있었다. 경호원처럼 보이는 감시요원으로, 수사본부가 부스지마를 평범한 용의자로 다루고 있지 않다는 사실을 드러냈다.

작업실에서는 부스지마가 평소대로 컴퓨터 앞에 앉아 있었다.

"그래, 그래, 그래, 그래, 오늘은 이누 짱도 같이 왔네. 정말 오랜만이야."

한껏 친밀하게 인사를 건네는 선배에게 이누카이도 한껏 거추장스럽다는 표정으로 응대한다.

"그야 당연하죠. 경찰서에서는 가능한 한 얼굴을 보지 않으려고 했으니까요."

"으앗, 야박하긴."

"……선배님한테 그런 말 듣고 싶지 않아요. 그건 그렇고 조금 더 고분고분해지시죠. 현재 용의자 리스트에 올라 있다고요."

"그렇지만 내가 범인이 아니라는 사실을 가장 잘 아는 사람은 이누 짱이잖아. 정말 내가 범인이라면 살인이 일어난 사실조차 외부에 드러나지 않았을 테니."

"일단 그만둔 부스지마 선배를 왜 다시 불렀는지 상부의 마음을 이제야 알겠네요."

이누카이는 속내를 들킨 사실이 분한지 무뚝뚝한 얼굴을 유지하기로 마음먹은 듯하다.

"이것도 평소 행실이 나빴기 때문이라고 반성 좀 하시고……."

"내가 행실을 잘했으면 소네 씨가 살해되지 않았을까? 그럴 일은 없지. 그 사람들이 간 술집에는 방이 없었으니 소네 씨의 폭언은 주변에 다 들렸을 테고. 자기에 대한 험담이 공공장소에서 폭로되었으니 살의야 어느 정도 생겨날 수 있지."

흠칫했다. 이누카이도 같은 생각인지 순간 아스카를 쳐다보았지만 아스카는 수사 정보를 부스지마에게 누설한 기억이 없다.

"아아, 걱정 마, 걱정 마. 사건 개요는 밖에 서 있던 젊은 친구들한테 들었으니까."

그 제복 경찰이구나. 아직 젊고 사람 좋아 보이는 남자였다. 부스지마의 농간에 말려들었다면 아는 정보를 전부 토해내는 데 시간도 별로 안 걸렸을 터다.

"도리가이 씨는 택시, 나머지 세 사람은 전철로 귀가. 택시 영수증에 기재된 무선번호로 승차시간이 밝혀질 테고, IC칩 내장 교통카드에서도 마찬가지로 전철 이용시간을 알려주겠지. 단, 그걸로는 범인을 단정할 수 없어. 소네 씨의 사망 추정 시각에는 여유가 좀 있기 때문에 택시나 전철에 타기 전에 범행을 마쳤을 가능성도 있거든. 즉 모두 알리바이 없음. 게다가 모두 동기가 있어. 피해자가 실컷 구타당했기 때문에 범인이 주먹을 다쳤을 것 같지만 현재 모든 사람들 손등에 그런 흔적은 안 보여. 그렇다고 금품을 빼앗긴 건 아니니 원한에 의한 살해 가능성을 여전히 버릴 수는 없다…… 그런 것 아니야?"

이누카이는 이야기 중간부터 맥이 빠져 버렸다.

"덧붙이자면 그 속에 부스지마 선배도 포함시켜야겠죠? 선배도 알리바이는 없고 동기는 있다는 요건을 갖추고 있으니까."

"우후, 우후, 우후후후, 내가 화난다고 사람 때리는 중노동을 할 것 같아? 거기 지하통로는 유난히 계단이 많아. 위에서 밀치는 편이 훨씬 편하잖아. 증거도 남지 않고."

부스지마는 손등을 보란 듯이 하늘거리면서 유쾌하게 웃는다.

"저기요, 부스지마 선배님은 분명 현명하다고 할까, 교활한 책사이시니 자기 손 더럽히는 짓은 안 하시겠죠. 그래도 용의자니까 자신의 처지가 어떤 것인지 분별하셔야……."

그러나 부스지마는 이누카이가 나무라는 중간에 다시 컴퓨터 화면으로 돌아앉아 키보드를 두드리기 시작한다. 이누카이가 돌연 얼굴빛이 바뀌어 부스지마에게 다가간다. 재빠른 그 움직임을 아스카도 막을 수 없었다.

"부스지마 선배, 전부터 계속 말하려고 했는데 사람을 업신여기는 듯한 그 행동은 그만 좀 삼가시죠. 철저하게 논리적이고 남의 감정 따위는 길바닥에 굴러다니는 돌멩이 정도로만 생각한다는 것도 잘 알아요. 하지만 형사의 냉정함을 학습한 저조차 화가 치밀 때가……."

"이것 봐, 이누 짱."

갑자기 긴박해진 분위기 속에서 부스지마가 몹시 늘어진 목소리를 낸다.

"이누 짱과 아스카 씨한테도 흥미로울 거야."

대체 이 상황에서 무슨 생각을 하는 것인가? 아스카는 의아해하면서 이미 독기 빠진 이누카이와 함께 컴퓨터 쪽으로 다가간다. 화면에 띄워진 창은 동영상 공유 사이트 중 하나로 거친 입자의 영상이 흐르고 있다.

"이건 3년 전 드라마. 시간의 흐름이란 것은 무서워. 겨우 3년 전 방송인데 아주 옛날 작품처럼 케케묵은 느낌이야. 다시 말해, 그때 그때의 유행을 뭐든 집어넣어놔서 유통기한도 짧다는 거야. 아, 미리 말해두는데 나한테 지난날을 돌이켜보는 취미 같은 것은 없어. 사실은 이 동영상, 도리가이 씨 연출과 후세 씨 각본으로 둘이 함께 만든 첫 드라마야. 이누 짱과 아스카 씨가 오기 전에 인터넷을 뒤져서 찾았어."

"이 드라마가 어쨌다는 겁니까?"

"여기를 봐봐."

부스지마는 커서를 움직여 영상을 빨리 돌린다. 이윽고 눈앞에서 재생되는 영상을 보고 이누카이와 아스카는 할 말을 잃어버렸다.

"선배님, 이건……."

"아스카 씨도 눈치챘지? 3년 전 드라마가 이번 사건의 복선이었던 거야."

"하지만 이것은 증거가 안 돼요."

"응, 증거는 안 돼. 하지만 그 사람에 대한 의심은 더 강해졌지?"

정신을 차린 이누카이가 정지된 화면을 뚫어지게 바라본다.

"이 영상을 가지고 선배의 결백을 증명하는 겁니까?"

"저기, 이누 짱, 사건을 빨리 해결하고 싶으면 나를 괴롭히는 것보다 여기에다 더 신경 써봐. 또 아소 짱한테 칭찬 들을 거야."

"선배를 괴롭혀도 마찬가지로 칭찬 들을 것 같은데요."

4

"어이구, 설마 부스지마 선생님께서 몸소 격려하러 오실 줄이야……."

디렉터 체어에 앉아 있던 도리가이가 부스지마를 보자마자 환하게 웃으며 일어났다.

"소네 프로듀서와의 일로 화가 나셨다고만 생각했는데 이렇게 와주셔서 솔직히 놀랐습니다."

"어이구 무슨 그런, 화가 나다뇨. 제 작품이 신인 여배우와 중후한 베테랑 배우에 의해 영상화된다니 별 볼 일 없는 작가로서는 분에 넘치도록 기쁜 일이죠."

"괜히 또 그런 말씀을, 별 볼 일 없는 원작이 영상화될 리 없잖아요. 겸손도 적당히 하셔야지, 그러면 비꼬시는 겁니다."

도리가이와 부스지마의 대화를 듣고 있자 아스카는 왠지 등줄기가 으스스해진다. 아무리 사교성 인사라 해도 뻔뻔함이 저토록 하늘을 찌를 정도라니. 평범한 남자의 말이라면 그렇고 그런 배경으로 흘려보낼 수 있지만, 부스지마가 입 밖으로 내기만 하면 위험한 분위기가 조성된다.

"근데 담당자인 신보 씨 말고 또 같이 오신 분들이 계시네요."

이누카이와 나란히 선 아스카는 자신들이 너무도 어울리지 않는 존재라는 사실을 절감한다. 이곳 데이토텔레비전 제2스튜디오에서는 『트리콜로—삼색의 악의』를 한창 촬영 중이다. 설치된 세트 안에 드라마에서 본 배우들의 얼굴이 보인다. 예능인이 발하는 아우라 따위는 단지 좀 유별난 성향 정도라 여겼는데 실제로 그들을 보고 있으니 제법 괜찮다는 느낌이 든다.

특히 아스카의 눈을 번쩍 뜨이게 한 배우는 주연을 맡은 다케와키 유야였다. 원래 아이돌 그룹 멤버였지만 요즘은 연기로 활동 거점을 옮겨 일본 영화계의 유망주가 되고 있다. 경찰 배지와 수갑을 갖고 있지 않았더라면 아스카도 사인해달라고 달려갔을지 모른다.

"죄송합니다. 소네 씨 사건으로 저와 신보 씨, 그리고 도리가이 감독님과 다른 분도 아직 사이좋게 용의자 리스트에 있잖아요. 이런 식으로 한자리에 모이면 용의자들끼리 정보 교환하는 게 아닌가 하고 경계하다 보니."

이누카이와 아스카는 조금 얌전해진 얼굴로 가볍게 인사한다. 정보 교환을 경계하기 위해서라고 운운한 것은 부스지마가 지어낸 이야기지만 용의자들이 한자리에 모이는 것은 사실이다. 원작자가 격려차 왔다는데 주요 스태프들이 안 나타날 수 없는 노릇인지라 스튜디오 한구석에 후세가 우두커니 서 있다.

"경계라는 표현은 좀 어폐가 있네요. 수사 과정에서 피해자의 근무지에 나가보는 것은 일상적이죠. 이번에는 여러분들이 모인다고 우연히 들어서 부스지마 선생님께 동행하고 싶다고 한 것뿐입니다."

말할 것도 없이, 부스지마가 경찰 관계자라는 사실은 여전히 비밀에 부쳐져 있다. 따라서 이누카이와 아스카는 부스지마와 거리를 두는 연기를 해야 하는데 의외로 자연스럽게 연기가 된다.

그도 그럴 것이 이누카이는 경찰 채용 시험을 보기 전에 배우학원에 다닌 경력이 있다. 이 정도의 연기는 문제없다. 한편 아스카도 평소 부스지마와 거리를 두려고 마음을 쓰고 있기에 어려움이 별로 없다. 두 사람 모두 연기하는 데 꼭 맞는 인재인 것만 같다.

"아무튼요, 형사님. 열심히 일하시는 것은 좋지만 여기는 저희 직장이니 정숙해주시기를 부탁드리겠습니다."

그야 물론입니다, 하고 이누카이가 그럴싸하게 머리를 숙인다.

"그럼 부스지마 선생님과 신보 씨는 세트 정면에 있는 의자에 앉아주세요. 형사님들은 그 뒤쪽에. 그건 그렇고 부스지마 선생님."

"네네, 왜 그러시죠?"

"선생님께서 와주시는 것은 정말 영광이지만 왜 하필 오늘이죠? 일주일 뒤라면 모든 등장인물들이 모일 수 있는데."

"아아, 마침 견학하고 싶었던 장면이 오늘 촬영 예정에 포함되어 있더라고요. 원작자 입장에서 이것이 영상화하면 어떤 식일까, 하고 내심 기대한 부분이었거든요. 그리고 감독님. 저도 촬영장 사정을 전혀 모르진 않고요."

"엣?"

"드라마 촬영은 대개 스케줄에 여유가 없어서 현장이 항상 살기를 좀 띠잖아요. 그런 가운데 원작자라며 얼굴 내밀고 관계없는 사람들이 나타나면 방해가 될 뿐이죠. 어차피 방해꾼이 된다면 제가 원할 때 방문해야겠다 싶어서요. 우후, 우후후, 우후후."

부스지마 일행은 조금 겁먹은 표정이 된 도리가이의 안내로 스튜디오 중앙으로 간다.

방송국 스튜디오에 처음 들어온 아스카는 마치 미니어처 정원 같다는 느낌이 든다. 높은 천장의 스포트라이트를 끄면 세트가 어둠 속에 빠진다. 그럴 때마다 세트가 순간적으로 작게 느껴진다.

조명으로 밝아진 세트 안에서 먼지가 피어오르며 반짝반짝 빛난다. 스태프들과 아직 등장할 차례가 안 된 배우들이 세트 밖에 모인 가운데 울려오는 목소리는 톤이 낮고 조용한 긴장감이 감돈다. 비슷한 분위기를 어디선가 느낀 적이 있다. 가만 생각해보니, 살인사건이 발생한 직후의 현장이 이러했다는 게 바로 떠올랐다. 어떤 세계라도 프로의 현장은 비슷한 걸까?

"그럼 신23, 테스트 들어갑니다!"

도리가이의 목소리를 신호로 등장인물이 움직이기 시작한다. 미리 받은 대본에 따르면 신23은 주인공 여형사가 마약밀수단의 아지트에 혼자서 잠입하는 장면이다.

"이것도 실은 다케와키 군 역할이었을지도 모르는데 말이죠."

신보가 아쉽다는 듯 조그만 목소리로 내뱉는다. 『트리콜로』 원작에서 주인공 형사는 남자이지만 드라마로 만들면서 여형사로 변경되었다. 시청자들이 여형사를 더 좋아할 것이라고 판단한 모양이지만 아무래도 부스지마와 신보는 그것이 마음에 안 드는가 보다.

하지만 아스카에게는 이 설정 변경이 나쁘지 않아 보였다. 일단 여형사 역할은 지금 한창 인기 있는 다카마치 가에가 맡았다. 실제로 다카마치 가에는 다케와키 유야를 쫓아다니다가 다케와키의 매니저가 발탁해 데뷔시킨 여배우였다. 이렇듯 신데렐라 걸을 능가하는 에피소드의 주인공으로 출발했지만 다카마치 가에는 여배우로서 천부적인 화려함을 발산하면서 몇몇 영화제에서 신인상까지 수상할 정도로 각광받았다. 아스카에게는 다케와키 유야뿐 아니라 다카마치 가에도 좋아하는 배우인지라 오늘의 촬영장 견학은 그야말로 뜻밖의 횡재이다.

"준비…… 액션!"

도리가이의 목소리가 울려 퍼지자 아직 리허설 단계임에도 세트장 전체 분위기가 긴장된다.

조명이 밝기를 낮추자 스튜디오의 어둠이 넓고 깊어진다.

폐건물의 문 앞, 인상이 험상궂은 남자가 서 있다. 길 건너에는 여형사로 분한 다카마치 가에가 뛰어 들어갈 기회를 가만히 엿보고 있다. 대본에 따르면 여형사가 소리 없이 접근해서 남자를 때려 눕히고 건물 안으로 침입하는 장면이다. 격투 장면인 탓에 세트 밖에서는 액션 장면을 담당하는 스태프가 두 사람의 일거수일투족을 주시하고 있다. 리허설 이전부터 가에와 남자는 격투 동작의 순서를 정해놨을 터다. 그 정해진 움직임을 실제 촬영에서 얼마나 자연스럽게 풀어내느냐, 이 장면의 핵심은 오로지 그것에 달렸다.

남자가 다른 방향을 쳐다보는 틈에 가에가 건물 문으로 뛰어갔다. 남자가 돌아보고 가에의 급습을 알아차린다.

"누구냐?"

순간적으로 자세를 취하는 남자. 가에는 그의 왼쪽 빰에 오른쪽 주먹을 곧장 날린다…….

"컷!"

도리가이의 목소리로 두 사람이 연기를 멈춘다.

그 이유는 연기에 문외한인 아스카도 알아챘다. 가에의 펀치가 너무 둔해 도저히 남자를 때려눕힐 것처럼 보이지 않기 때문이다.

"저기 있잖아, 가에 짱. 거기는 공중을 가르듯 더 날쌔게 날렸으면 싶은데. 그런 펀치라면 상대방이 맞아도 안 쓰러져."

"죄송합니다."

"그럼 지금 신, 다시 해보자. 액션!"

다시 반복되는 장면.

"누구냐?"

돌아보는 남자에게 가에가 오른쪽 주먹을 내지른다…….

"컷! 안 돼, 가에 짱."

"아까보다 빨리 움직였는데요."

경찰이 되기 위해 체포 기술을 배운 아스카는 도리가이가 원하는 것과 가에가 주장하는 것이 모두 이해된다. 도리가이는 다 큰 성인을 한 방에 케이오시키는 타격을 원한다. 남자의 동체시력을 웃도는 속도와 광대뼈에 심각한 타격을 주는 힘.

한편 가에도 아주 열심히 하고 있다. 본인의 말대로 오른팔을 날리는 속도는 칭찬할 만하다. 연습한 결과이든 어떻든 훌륭한 편이다.

문제는 가에의 가는 팔이다. 군더더기 살 없는 가녀린 팔. 같은 여성인 아스카가 봐도 매력적일 정도다. 그렇기 때문에 속력은 내도 힘을 싣지 못한다. 타격을 구성하는 것은 단단한 주먹과 근력이지만 가에는 근력이 부족하다. 실제로 내지르는 펀치에 위력이 있더라도 그 겉모습에 설득력이 없다. 도리가이도 그 점을 이해했는지 가에에게 다가가 그 팔을 붙잡고 생각에 잠긴 얼굴이 된다.

"저는 체형이 가늘어서 남자 한 명을 때려눕히려면 쿵후처럼 움직여야……."

"으음, 그러면 딴 드라마가 된다고 해야 하나, 정말 억지 설정이 되어버리니."

"그렇지만 제가 한 방에 쓰러뜨린다는 모양새에는 무리가 있어요. 그렇게 때린다 하더라도 제 손이 골절될 거예요."

가에는 납득되지 않는 모습으로 열을 낸다.

"이 신이 거짓말 같아지면 다음 신 전부 망치게 되지 않을까요?"

"으음, 그건 분명 맞는 말인데."

"펀치 한 방도 안 된다, 쿵후 같은 격투도 안 된다면 저는 어떻게 움직여야 할까요?"

"액션 스태프와 상의해서 그럴싸하게 찍어볼까?"

"그럴싸하다는 게 뭔데요? 스토리를 받쳐주는 것은 세부의 리얼리티라고 말씀하신 분이 감독님이잖아요."

"그게 말이지, 스케줄이 밀려 여유가 좀 없어."

"이해 안 돼요."

마침내 세트 한가운데에서 도리가이와 가에가 말다툼을 시작한다. 촬영을 계속 진행하고자 하는 도리가이와 어디까지나 박진

감 있는 연기에 신경 쓰고자 하는 가에. 두 사람의 주장에 모두 수긍이 가고 각각의 이야기는 평행선을 그려나간다. 액션 스태프가 중재를 시도하다가 스태프는 스태프대로 다른 착지점을 제안하며 물러서지 않는다. 승강이는 다른 스태프들까지 끌어들이며 점점 더 확대되고 수습할 수 없게 되었다.

"야, 각본, 후세 짱! 이 신, 삭제나 수정 안 될까?"

도움을 요청하는 도리가이의 목소리에 후세가 뛰어간다.

"장난 치냐? 이제 와 바꾸라고?"

후세가 지나갈 때 못마땅한 듯 중얼거리는 소리가 아스카의 귀에 들렸다.

"그러니까, 거 보라고요."

신보가 부스지마에게 귓속말을 하는 소리도 들렸다.

"원래 원작에서는 아주 힘센 남자 형사였으니까요. 여자로 설정을 바꾸면 이런 세부적인 부분에서 아무래도 차질이 생깁니다."

"이제 와서 뭐 어때. 어차피 원작자 손에서 떠났고. 그리고 이 설정이 보기에도 재미있고."

무책임한 부스지마에 개의치 않고 가에와 스태프들의 설전은 더욱 혼란스러워진다.

"시간이 없어!"

"방송에만 안 늦으면 된다는 겁니까?"

"우리도 좋은 작품을 만들겠다는 프라이드는 있다고요. 근데 감독님은……."

"후세 짱, 어떻게 안 될까?"

"안 된다니까. 후세 짱, 프로듀서의 요청이 없으면 대사 한 줄도 못 써."

고집과 회유로 극도의 혼란 상태에 빠져들려는 찰나 후세의 우렁찬 목소리가 모두를 압도했다.

"간단히 해결됩니다, 이런 문제쯤은!"

수런대던 공기가 그 한마디에 멈춘다.

"이렇게 하면 되잖아요!"

후세는 입고 있던 재킷을 벗더니 남자 머리에 푹 덮어씌우고 그 위에서 때리는 시늉을 했다.

"이렇게 재킷 위에서 때리면 주먹은 안 다쳐요. 이러면 여자라도 남자를 때려눕힐 수 있어요. 이미 실제로 해봤고."

그렇게 소리친 순간, 후세의 표정이 경직되었다.

도리가이와 가에의 표정도 얼어붙었다.

반론을 제기하는 사람은 더 이상 없다.

갑자기 내려앉은 정적 속에서 짝짝짝 박수를 치는 사람이 있다.

"실제로 해봤다고? 응응응, 그렇지. 뒤에서 재킷을 뒤집어씌우면 나머지는 때리기만 하면 돼. 상대가 취했으면 더욱더 맘껏 때릴 수 있지. 소네 씨의 경우가 딱 그랬어."

후세 앞으로 나선 부스지마가 얼굴 가득 미소를 짓는다. 후세에게 세상에서 가장 무서운 미소이리라는 생각에 아스카는 약간의 동정심이 일어나려 했다.

"아, 아니야, 그게 아니에요. 실제로 해봤다는 것은 전에 쓴 드라마에서 이 장면을 사용했다는 의미예요."

"응응, 당신의 작가 데뷔작이지. 잘 봤어. 그래서 좀 알아봤더니 당신 젊은 시절에는 꽤나 사고뭉치로 스트리트파이터 같은 짓을 했었나 봐. 그렇게 때리는 방법도 그때 습득했겠지."

아스카는 이누카이와 같이 후세의 양옆으로 다가간다. 여기까지 접근하면 당장이라도 그를 잡을 수 있다.

"그, 그런 옛날 일이 무슨 증거가 된다고……."

"그렇지. 우리도 증거가 될 거라는 생각 안 해. 보강자료는 되겠지. 그러니까 말이지, 증거는 따로 있거든. 소네 씨가 살해된 곳, 지하통로로 공사 중이었던 것 기억해? 공사 중이라서 벽, 천장, 바닥 할 것 없이 주변은 온통 먼지투성이. 따라서 피살자 소네 씨뿐 아니라 그의 발자국도 또렷하게 남아 있었어. 후세 씨, 신주쿠선 개찰구 근처에서 소네 씨와 헤어졌다고 증언했지? 그렇다면 왜 범행 현장에 당신 발자국이 남아 있었을까?"

현장에서 후세의 발자국이 채취되었다는 보고가 올라온 것은 바로 그저께였다. 하지만 후세를 끌어내려면 발자국만으로는 약하다. 거기에 살해 방법도 지적할 수 있는 환경이 필요했다.

"그날도 그 재킷을 입고 있었지? 단벌신사는 이럴 때 손해야. 앗, 이누 짱, 그 재킷 압수해. 소네 씨를 때린 뒤에 세탁했을지도 모르지만 아무리 빨아도 루미놀 반응을 속이지 못하니까."

후세의 얼굴이 순식간에 회의와 절망의 빛으로 물들어간다.

"서, 설마 이 엔지는 날 속이려고?"

"미안해. 다카마치 가에 짱은 전에도 내 작품의 드라마에 출연한 적이 있어서 그 친분으로 협조를 부탁했지. 도리가이 씨도 끌어들였으니 가에 짱의 연기력도 참 대단해. 후세 씨, 일부러 소네 씨를 쫓아가서 때릴 정도로 화가 났던 거야?"

그 물음에 후세는 한스럽다는 듯 부스지마를 쳐다본다.

"선생님은 술자리에 없었으니 모르겠지만 녀석은 한 인간의 노력에 발길질하는 소리를 태연하게 내뱉었어요. 내가 쓴 소설이 아마추어 이하고 드라마 작가로도 삼류 이하라고 비난했고요. 결국에는 앞으로 일을 주지 않겠다고 선언했다고요."

"지하통로에서 헤어졌을 때 기회라고 생각한 건가? 아직 죽지 않은 옛날 실력으로 때려죽이겠다고?"

"죽일 생각은 없었어요! 뒤에서 재킷을 씌운 건 내 얼굴을 보이기 싫어서였고. 단순한 분풀이였어요!"

"하지만 죽었잖아."

"설마 그 정도로 죽을 줄은 몰랐어요. 대여섯 번 때렸더니 움직이지 않아서 재킷을 벗겼더니 숨이 거의 끊어지고 있었어요. 그, 그래서 갑자기 무서워져서……."

"소네 씨를 엎어놓고 도망쳤다? 구급차를 불러야 한다는 생각 안 들었어?"

"그, 그래요, 부르면 내가 의심받잖아요. 정말 숨이 끊어지려고 했고 내가 도망친 후 다른 사람이 지나가다가 신고해줄 거라고 생각했어요."

"근데 신고하지 않았어."

"……엣?"

"현장에는 먼지가 쌓여 있어 발자국를 채취하기 용이했다는 것은 설명했지? 그런데 있었어. 후세 씨 다음에 현장에 온 사람이 딱 한 명. 다시 한 번 묻는데 소네 씨를 엎어놓은 상태로 도망쳤지?"

"그랬어요."

"그 사람 발자국은 당신 발자국 위에 있었어. 그리고 시체가 발견되었을 때 시체는 위를 보고 있었어. 자, 이것을 어떻게 설명해줄까, 신보 씨?"

후세가 멍하니 입을 벌린다.

부스지마 뒤에 서 있던 신보는 얼굴이 창백했다.

"응, 제일 나중에 생긴 발자국은 신보 씨 것이었어. 내 작업실에 남아 있던 신보 씨 발자국과도 일치했으니까 틀림없어. 그렇다면 엎드려 쓰러져 있던 소네 씨를 일부러 똑바로 눕혀놓은 사람은 신보 씨라고밖에 생각할 수 없는데. 왜 숨겼지?"

먼저 후세를 실토하게 한 것은 그 뒤에 이어 신보를 추궁하기 위한 포석이었다. 여기서 후세가 자백하지 않으면 다음 수를 쓸 수 없었다. 신보는 발자국 탓에 더 이상 도망칠 수 없다는 것을 깨달았는지 힘없이 고개를 떨어뜨린 채 입을 연다.

"쓰러진 사람이 소네 씨인지를 확인하기 위해 안아 일으켰습니다. 하지만 저도 무서워져서 그대로 도망친 겁니다."

"저기 말이야, 내 단편에서 현장에 달려간 구급대원이 가장 먼저 하는 일은 환자의 기도 확보라고 썼지? 처음에 원고를 읽는 사람이 신보 씨니까 당연히 그 사실은 알고 있었을 테고. 죽어가는 환자를 똑바로 뉘어놓으면 자신의 혀 때문에 질식하는 것도 알고 있었어. 그치? 그치?"

부스지마의 다그침에 신보는 고개를 더욱더 떨어뜨린다. 차마 아스카도 더는 보고 있을 수 없었다.

"당신도 후세 씨와 마찬가지로 참을 수가 없었던 거야. 그래서 일단 헤어진 뒤 소네 씨를 뒤쫓아 갔는데 마침 후세 씨가 습격 중이었거나 아니면 그 직후였어. 안아 일으켰더니 소네 씨는 숨이 간당간당하고. 당신은 죽음에 이르게 하리라는 사실을 인지한 채 소네 씨를 똑바로 뉘었어. 몸을 뒤집기만 하면 되니까 3분도 안 걸려. 그대로 방치해놓고 천연덕스럽게 신오차노미즈 역 개찰구로 돌아갔고. 11시 반 넘어서 여유롭게 회사에도 돌아갈 수 있었어. 신보 씨, 당신에게 그 정도로 살의가 있었다는 생각은 안 해. 하지만 눈앞에서 죽어가는 소네 씨가 뒹구는 모습을 보고서 그만 뭔가에 씐 것 아니야? 신보 씨, 기본적으로 선한 사람이잖아."

신보가 소네의 신체에 접한 증거는 아직 없다. 부정하려면 할 수도 있을 텐데 부스지마가 몰아붙이는 방법이 무섭게 주도면밀했다. 예전에 피의자를 자살로 몰아넣었다는 이야기의 조각을 보는 느낌이 들었다.

신보는 힘없이 그 자리에 주저앉는다.

"술자리에서 선생님의 작품을 폄하했습니다. 결국 두 시간 드라마의 원작으로 알맞아서 사용해주는 것만으로도 고마워하라고. 그 작품은 선생님과 제가 이인삼각으로 낳은 작품입니다. 그것을 모욕하는 것은 저도 모욕하는 일이었습니다. 아니, 저뿐이 아니에요. 그 남자는 출판계를 우롱했어요. 문학을 우롱했어요. 어떤 소설이든, 드라마 소재밖에 안 된다고 우롱했어요. 저는 그것을 용서할 수 없었습니다. 축 늘어진 소네 씨를 안아 일으킬 때 저는 그를 똑바로 눕혔습니다. 단지 그러기만 하면 됐어요."

신보의 자백이 끝나자마자 도리가이가 흥분을 억누르지 못하고 카메라를 가리켰다.

"이봐, 계속 카메라 돌아가고 있었지? 대박. 지금 당장 보도국 사람 불러와."

갑자기 스태프들이 웅성거리기 시작한다. 하지만 부스지마의 다음 말이 다시 그들을 침묵시켰다.

"정말이지 당신들 하는 짓하고는. 드라마에서는 여기저기 온갖 배려하며 예의 차린 것만 만들면서, 보도만 된다 하면 한없이 천해진다니까. 보통은 드라마와 보도, 그 반대로 해야 하는 거 아닌가?"

아스카는 신보와 후세가 연행되어 나가는 모습을 부스지마 옆에서 바라봤다. 곧 경찰서로 돌아가야 하지만 지금은 부스지마를 위로할 때라고 생각했기 때문이다.

"그 자리에서 신보 씨를 지명하는 것 괴롭지 않으셨어요? 부스지마 선배님이 데뷔하셨을 때부터 파트너였잖아요."

"그렇지. 하지만 데뷔하기 전부터 나는 형사였거든."

그 말을 듣고 아스카는 부스지마가 다시 보였다. 아무리 독설을 내뱉고 아무리 냉혈한이라 해도 이 남자는 형사로서 존경할 만하다.

그러나 그 감동도 한순간에 무너졌다.

"그리고 이걸 소재로 책 하나 쓸 수 있잖아. 우후, 우후후, 우후후후."

작가 형사 부스지마

초판 1쇄 인쇄 2018년 6월 11일
초판 1쇄 발행 2018년 6월 15일

지은이 나카야마 시치리 | **옮긴이** 김윤수
펴낸이 신경렬
펴낸곳 (주)더난콘텐츠그룹

기획편집부 송상미 · 김순란 · 이희은 · 조은애 | **디자인** 박현정
마케팅 장현기 · 정우연 · 정혜민 | **관리** 김태희 | **제작** 유수경

책임편집 황현주

출판등록 2011년 6월 2일 제2011-000158호
주소 04043 서울시 마포구 양화로12길 16, 7층(서교동, 더난빌딩)
전화 (02)325-2525 | **팩스** (02)325-9007
이메일 book@ibookroad.com | **홈페이지** www.ibookroad.com
ISBN 979-11-5879-087-5 03830